KB233951

사람을 만드는 **고사성어**

사람을 만드는

고사성어

지은이 | 이준구
초판 2쇄인쇄 | 2008년 5월 5일
초판 2쇄발행 | 2008년 5월 10일
펴낸곳 | 무진미디어
펴낸이 | 임순엽
디자인 | 윤영화
등록번호 | 제11-300호
주소 | 서울시 강북구 수유1동 466-49
전화 | 2-945-3431
팩스 | 02-945-3430

ISBN 89-91977-01-4 03820

값 12,000원

잘못 만들어진 책은
본사나 구입하신 서점에서 교환하여 드립니다.

사람을 만드는 고사성어

이준구 교수 선정 故事成語

이준구(李俊球) 편저

무진미디어

중국(中國) 고전(古典)의 위력(威力)

중국(中國) 고전(古典)에 포함되어 있는 명구(名句)와 명언(名言)은 인생에 대해서 이상스러울 정도로 놀라운 힘을 갖고 있다. 그 힘은 때로는 사람을 가르치고, 또 이끌어 간다. 또 때로는 사람을 격려하고, 위로해 주기도 한다.

그 위대한 힘이란 '고전(古典)'이 수백천년을 경과하면서 이미 수천만인을 가르쳐 인도하면서 또한 격려하고 위로해왔다는 실증(實證)의 힘이 남모르는 사이에 우리들의 마음에 의식되어 왔기 때문이다. 고전(古典)을 사용하면서 알게 된 것은 바로 이것이 성현(聖賢)들의 말이며, 한 사람의 사어(私語-사사로운 말)가 아니라는 점이다.

그 동안 과거의 많은 사람들도 이미 사용하면서 잘못된 것이 없음을 입증했을 뿐만 아니라, 날로 높이 평가되고 있음을 누구도 부인하지 못하고 있기 때문이다.

특히 고전(古典)을 듣는 측에서도 또한 개인의 사사로운 말보다는 오랫동안 '공통의 이해(共通의 理解)'에 뿌리가 깊이 내린 것이라고 생각하고 아주 여유 있게 귀를 기울여 듣기 때문이다. 게다가 구절이 짧기 때문에 외우기 쉽고, 또 길어도 그 응용은 무의자재(無疑自在: 의심함이 없이 자유롭게 쓴다)이다.

그래서, 본 책자의 편저(編著) 내용은 크게 셋으로 나누었다. 첫째, 제1부는 중국(中國) 고전(古典)에 나오는 명구(名句)와 명언(名言)을 고사성어로 선정해 그 내용을 편저하여 집대성(集大成)하였다.

둘째, 제2부는 중국의 고전 가운데서도 《논어(論語)》와 《사기(史記)》를 선정했다. 먼저, 2천년 이상 많은 사람에게 애독되어 온 동양사상(東洋思想)의 근간(根幹)이 된 《논어》는 구시대의 사상으로서 묻어버릴 수 없는 영원히 빛나는 현대에 살아있는 중국의 지혜로서, 평명(平明)·간결(簡潔)한 문장으로 되어 있다. 그래서 《논어(論語)》는 한 구절 한 구절마다 읽는 사람의 인생경험에 큰 도움을 주고 있다.

그러므로 공자(孔子)의 겸허함과 친밀감이 깊은 인간상(人間像)을 부각시켜 '온고지신(溫故知新)'의 역할에 더욱 주안점을 두었다.

그 다음, 2천 수백 년 전의 고대 중국의 역사서인 《사기(史記)》. 흔히 사람들은 격동기 변화의 시대, 그 행방을 정하기 어려울 때 새삼스럽게 역사책을 펴서 읽게 된다. 물론 역사는 동일평면(同一平面)하게 되풀이되지는 않지만, 나선(螺旋)상의 움직임처럼 크게 파도치는 가운데서 밀려오고 밀려가는 행방을 좇아 오늘을 확고하게 할 수 있는 방도를 찾을 수 있다. 그렇기 때문에, 2천 수백 년 전의 고대 중국의 역사서인 《사기(史記)》가 우리나라에도 오래 전부터 특히 시대의 변천 때마다 더욱 읽히게 된 것이다. 이것은 바로 《사기(史記)》에서 변화와 역사의 원점을 찾을 수 있었기 때문이다.

　셋째, 제3부는 편저자가 직접 지면을 통해 발표한 것을 몇 편 선정하여 게재하였다.

　요컨대, 고전(古典)의 명언(名言)은 이와 같이 이상스러울 정도로 놀라운 위력(威力)을 가지고 있다는 점에서 누구나 중국 고전의 명구(名句)와 명언(名言)에서 선정한 고사성어(故事成語)에 대해 크게 관심이 있기를 바란다.

2006년 4월
편저자 이준구(李俊球)
교육학 박사/한국인간학회 회장

머리말 • 5

제1부 중국 고전으로 만나는 고사성어(故事成語)

가인박명(佳人薄命) • 15
각주구검(刻舟求劍) • 17
개과천선(改過遷善) • 18
건곤일척(乾坤一擲) • 21
고침안면(高枕安眠) • 23
곡학아세(曲學阿世) • 24
공중누각(空中樓閣) • 26
과유불급(過猶不及) • 27
관포지교(管鮑之交) • 28
괄목상대(刮目相對) • 30
교언영색(巧言令色) • 32
구사일생(九死一生) • 33
구우일모(九牛一毛) • 34
국사무쌍(國士無雙) • 36
군자삼락(君子三樂) • 38
군자표변(君子豹變) • 40
권선징악(勸善懲惡) • 41
권토중래(捲土重來) • 43
금상첨화(錦上添花) • 44
금성탕지(金城湯池) • 45
금의야행(錦衣夜行) • 47

기사회생(起死回生) • 49
낙양지귀(洛陽紙貴) • 50
난형난제(難兄難弟) • 52
남가일몽(南柯一夢) • 54
남풍불경(南風不競) • 55
내우외환(内憂外患) • 56
노마지지(老馬之智) • 58
누란지위(累卵之危) • 59
다다익선(多多益善) • 61
대공무사(大公無私) • 62
대기만성(大器晩成) • 64
대의멸친(大義滅親) • 65
도원결의(桃園結義) • 66
도주지부(陶朱之富) • 68
도청도설(道聽塗說) • 69
도탄지고(塗炭之苦) • 70
동가식서가숙
　　(東家食西家宿) • 72
동병상련(同病相憐) • 73
동호지필(董狐之筆) • 74
두주불사(斗酒不辭) • 76

득어망전(得魚忘筌) • 77
마이동풍(馬耳東風) • 79
막역지우(莫逆之友) • 80
만사휴의(萬事休矣) • 81
만전지책(萬全之策) • 82
망국지음(亡國之音) • 83
맹모삼천(孟母三遷) • 85
명경지수(明鏡止水) • 86
무산지몽(巫山之夢) • 87
무용지용(無用之用) • 88
문경지교(刎頸之交) • 89
문일지십(聞一知十) • 91
문전성시(門前成市) • 92
문전작라(門前雀羅) • 93
미생지신(尾生之信) • 95
반식재상(伴食宰相) • 96
발본색원(拔本塞源) • 97
방약무인(傍若無人) • 98
배수지진(背水之陣) • 100
백년하청(百年河淸) • 102
백문불여일견(百聞不如一見) • 103

병입고황(病入膏肓) • 105
복수불반분(覆水不返盆) • 106
부중지어(釜中之魚) • 108
불입호혈 부득호자
  (不入虎穴不得虎子) • 109
붕정만리(鵬程萬里) • 111
비방지목(誹謗之木) • 112
비육지탄(髀肉之嘆) • 114
빈자일등(貧者一燈) • 115
빙탄불용(氷炭不容) • 117
사면초가(四面楚歌) • 118
사이비(似而非) • 120
사해형제(四海兄弟) • 121
살신성인(殺身成仁) • 122
삼고초려(三顧草廬) • 123

삼십육계 주위상계
  (三十六計走爲上計) • 125
삼인성호(三人成虎) • 126
상가지구(喪家之狗) • 128
상전벽해(桑田碧海) • 129

새옹지마(塞翁之馬) • 130
선종외시(先從隗始) • 131
선즉제인(先則制人) • 132
소심익익(小心翼翼) • 134
송양지인(宋襄之仁) • 135
수구초심(首丘初心) • 137
수서양단(首鼠兩端) • 138
수수방관(袖手傍觀) • 139
수어지교(水魚之交) • 140
식자우환(識字憂患) • 141
신출귀몰(神出鬼沒) • 143
실사구시(實事求是) • 144
암중모색(暗中摸索) • 145
양두구육(羊頭狗肉) • 146
양상군자(梁上君子) • 148
양약고구(良藥苦口) • 149
양포지구(楊布之狗) • 151
어부지리(漁父之利) · 방휼
지쟁(蚌鷸之爭) • 152
연목구어(緣木求魚) • 154
오리무중(五里霧中) • 156

오십보백보(五十步百步) • 157
오월동주(吳越同舟) • 158
오합지중(烏合之衆) • 160
옥상가옥(屋上架屋) • 161
옥석혼효(玉石混淆) • 163
온고지신(溫故知新) • 164
와신상담(臥薪嘗膽) • 165
요동지시(遼東之豕) • 167
요령부득(要領不得) • 168
용두사미(龍頭蛇尾) • 170
우공이산(愚公移山) • 171
원교근공(遠交近攻) • 172
월하빙인(月下氷人) • 174
은감불원(殷鑑不遠) • 176
읍참마속(泣斬馬謖) • 178
의심암귀(疑心暗鬼) • 180
이심전심(以心傳心) • 181
이하부정관
  (李下不整冠) • 182
일각천금(一刻千金) • 183
일거양득(一擧兩得) • 184

일망타진(一網打盡) • 186
일이관지(一以貫之) • 187
자업자득(自業自得) • 188
자포자기(自暴自棄) • 190
적반하장(賊反荷杖) • 191
절치부심(切齒腐心) • 192
전전긍긍(戰戰兢兢) • 193
정중지와(井中之蛙) • 194
조강지처(糟糠之妻) • 195
조령모개(朝令暮改) • 196
조삼모사(朝三暮四) • 198
주지육림(酒池肉林) • 199
죽마고우(竹馬故友) • 200
중구난방(衆口難防) • 202
지록위마(指鹿爲馬) • 203
창해일속(滄海一粟) • 204
천고마비(天高馬肥) • 206
천도시비(天道是非) • 207
천려일실(千慮一失) • 208
천의무봉(天衣無縫) • 210
천재일우(千載一遇) • 211

철부지급(轍鮒之急) • 212
청운지지(靑雲之志) • 213
청천백일(靑天白日) • 214
청출어람(靑出於藍) • 216
초미지급(焦眉之急) • 217
촌철살인(寸鐵殺人) • 218
치인설몽(癡人說夢) • 219
타산지석(他山之石) • 221
토사구팽(兎死狗烹) • 222
파죽지세(破竹之勢) • 224
패군지장(敗軍之將) • 226
평지파란(平地波瀾) • 227
포호빙하(暴虎馮河) • 228
풍성학려(風聲鶴唳) • 229
필부지용(匹夫之勇) • 231
한단지몽(邯鄲之夢) • 232
한단지보(邯鄲之步) • 234
합종연횡(合縱連橫) • 236
해로동혈(偕老同穴) • 237
형설지공(螢雪之功) –
형창설안(螢窓雪案) • 239

호가호위(狐假虎威) • 240
호사유피(虎死留皮) • 241
호연지기(浩然之氣) • 242
화룡점정(畵龍點睛) • 244
환골탈태(換骨奪胎) • 245

제2부 **중국의 지혜로 만나는 논어(論語)와 사기(史記)**

    1. 논어(論語) • *251*
    논어는 공자와 제자와의 문답 • *252*
    논어는 동양인의 성서(聖書) • *255*
    만물교아(萬物教我)와 평생 교육 • *258*
    2. 사기(史記) • *259*
    사기(史記)의 생명력 • *260*
    사기(史記)는 역사와 인생의 비단벌레' • *264*
    인간관계의 접착제 • *267*
    사전에 납득시킬 배려(配慮) • *268*
    인간판단법의 제1과 • *271*
    말이 아니라 행동으로 판단 • *273*
    우는 방법으로 마음을 꿰뚫는다 • *274*

제3부 **삶의 지혜와 넋두리**

    인간을 바꾸는 학문 • *281*
    책은 인생(人生)의 좋은 스승 • *284*
    철학(哲學)은 '삶의 지혜(智慧)' • *287*
    사람됨의 '그릇' 크기 • *289*
    인생(人生)의 회귀(回歸)와 원점(原點)을 찾아 • *292*

    부록 • *296*

제1부

중국 고전으로 만나는
고사성어(故事成語)

가인박명 佳人薄命

【자해字解】 佳 아름다울 **가**. 人 사람 **인**. 薄 얇을 **박**. 命 목숨 **명**.

【출전出典】 소식(蘇軾) 소동파의 시(詩)

【의미意味】 여자의 용모가 너무 아름다우면 운명이 기박함.

    동파(東坡) 소식(蘇軾)*은 우연히 지나가는 어린 승려의 모습을 보자 그 아름다움에 취해 걸음을 멈추었다. 어리디 어린 중은 여인이어서가 아니라 그 숭고한 모습이 너무 처량하리만치 아름다웠다. 이런 모습을 보고 쓴 시의 제목이다. '예부터 미인은 운영이 박함이 많다'는 생각을 하며, 어린 승려를 노래한 칠언율시로 되어 있다.

* 동파(東坡) 소식(蘇軾:1036~1101)은 북송 후기의 시인, 대문장가요, 학자이기도 했다.

    두 볼은 엉긴 우유와 같고 머리는 옻칠을 한 것처럼 새까맣고,

눈빛이 발에 들어오니 주옥과 같이 빛난다.
본디 흰 비단으로써 선녀의 옷을 지으니,
입술 연지는 천연의 바탕을 더럽힌다 하여 바르지 않았네.
오 나라 사투리의 애교 있는 소리는 어린아이를 띠었는데,
무한한 사이의 근심 다 알 수 없네,
예로부터 아름다운 여인 운명 박함이 많으니
문을 닫고 봄이 다하니 버들 꽃 떨어지네.

길가에 아무렇게나 피어난 야생화는 많은 사람들의 눈길을 끌지 못한다. 그리하여 제 혼자 피어났다가 저절로 시들어 가도 모른 채 피고 지는 것이다. 그러나 아름다운 백합은 너무 아름다운 모습 때문에 그냥 보지 않고 결국은 꺾이고 만다. 그래서 꺾일 운명에 있는 장미는 자신을 보호하기 위해서 몸에 가시를 달고 태어났다고 하지 않는가?

활용의 예 아름다운 여인일수록 그 아름다움 때문에 늘 많은 사람들의 시선을 받게 되고 그러다 보니 저절로 다른 사람보다 자만심에 **빠지기** 쉽다. 그래서 대부분의 미인들의 경우 **가인박명**이라는 말처럼 행복한 경우 보다는 오히려 아름다움이 일생을 망치는 경우가 많다.

각주구검 刻舟求劍

[자해字解] 刻 새길 **각**. 舟 배 **주**. 求 구할 **구**. 劍 칼 **검**.

[출전出典] 여씨춘추(呂氏春秋) 찰금편(察今篇)

[의미意味] 칼을 강물에 떨어뜨리자 뱃전에 표시를 했다가 나중에 그 칼을 찾으려 한다는 뜻으로, 어리석어 시세에 어둡거나 완고함의 비유.

중국의 춘추전국시대. 초나라의 한 젊은이가 배를 타고 양자강을 건너갔다. 배가 강 한복판에 이르렀을 때, 배가 잠시 기우뚱하는 바람에 그만 손에 들고 있던 칼을 강물에 떨어뜨리고 말았다.

'아뿔싸 이를 어쩐다?'

젊은이는 허둥지둥 손을 뻗쳐 칼을 잡으려 하였지만, 이미 늦었다. 거친 물결 속으로 빠진 칼은 어느새 물 속 깊이 가라앉고 말았다. 그는 허리춤에서 단검을 빼 들고 칼을 떨어뜨린 그 뱃전에다 표시를 했다. 이 모습을 본 승객들은 이상하게 생각하고 그 청년을 바라보았다.

"내가 칼을 떨어뜨린 자리에 이렇게 표시를 해두었으니 걱정할 것 없습니다. 곧 건질 수 있을 터이니까요."

하고 젊은이는 자신만만하였다.

이윽고 배가 나루터에 닿자 그는 곧 옷을 벗어 던지고 표시를 한 뱃전 밑의 강물 속으로 뛰어들었다.

"내가 이렇게 표시를 해두었으니 틀림없이 이 밑에 칼이 있을 것이오."

그러나 칼이 그 밑에 있을 리가 없었다. 많은 승객들은 이미 배가 얼마나 많은 거리를 흘러 왔는데 칼을 여기서 찾느냐고 비웃었지만,

젊은이는 몇 번이나 강물 속으로 뛰어 들어서 강바닥을 더듬었다.

활용의 예 지난 한해 내내 한강에 뛰어들어 자살한 사람이 많았다. 그러나 그 시신을 찾기까지는 상당한 어려움이 많았다. 다리에서 뛰어 내린 시신은 그 자리에 있을 리 없는데 다리를 중심으로 찾았으니 **각주구검**이 아니던가?

개과천선 改過遷善

[자해字解] 改 고칠 **개**. 過 허물 **과**. 遷 옮길 **천**. 善 착할 **선**.
[출전出典] 보서(普書) 본전(本傳)
[의미意味] 지난 허물을 고치고 착한 사람이 됨.

진나라 혜제 때 양흠지방에 주처라는 괴팍한 사람이 있었다. 아버지 주방은 동오에서 파양 태수를 지낸 적이 있으므로 양반 가문의 자제였다.

그러나 불행히도 주처가 열살 무렵에 아버지가 세상을 떠났다. 아버지의 가르침과 보살핌을 받지 못한 주처는 하루 종일 할 일없이 방랑생활을 하며 나쁜 짓만 골라하고 다녔다. 거기다가 어려서부터 남달리 몸이 단단하고 팔 힘은 보통 사람의 몇 배나 되었다.

그는 천하에 무서울 것이 없이 아무나 두들겨 패기가 일쑤였고, 못된 짓만 골라하여서 마을 사람들은 그를 두려 하지 않는 사람이 없었다.

차차 자라면서 마을 사람들은 점점 그를 미워했고 멀리하였다. 주처도 자연히 철이 들면서 자신의 잘못을 깨달았다. 그는 지난 허물을 과감히 고치어 새로운 사람이 되겠다고 굳은 결심을 하였다. 하루는 그가 마을 사람들에게 이렇게 말했다.

"지금 세상이 편안하여 모두들 먹을 것 입을 것 걱정 없이 잘 사는데 왜 당신들은 나만 보면 낯을 찡그리십니까?"

이 말에 어느 대담한 마을 사람이 대답했다.

"우리 마을을 해롭게 하는 세 가지 때문에 견딜 수 없는데 어찌 태평한 세상이라 할 수 있겠나?"

"세 가지 괴로움이라니요?" 주처는 이상히 여겨 물었다.

"남산에 있는 사나운 호랑이, 장교 아래 있는 교룡, 그리고 주처, 자네를 합해서 세 가지 괴로움이라 마을 사람들이 말하는 걸세."

주처는 이 말이 몹시 귀에 거슬렸지만, 마을 사람들의 말을 듣고는 더욱 새로운 사람이 되어야겠다는 각오를 굳게 가졌다. 그래서 굳은 결심으로 마을 사람들에게 다짐했다.

"제가 반드시 그 세 가지 괴로움을 없애드리겠습니다."

마을 사람들은 주처가 세 괴로움을 없애겠다는 말을 듣고 마음속으로 비웃었다.

'세 가지 중에 자기 자신이 있다는 데 자기가 모두 없앤다고?'

그러나 한 편 다행한 일이라고 제각기 좋아해 마지않았다. 두 호랑이가 싸우면 반드시 하나가 상하는 법이니까 세 가지 괴롭히는 것들을 한꺼번에 없애지는 못하더라도 한두 가지의 괴로움을 없어질 것이기 때문이었다.

마을 사람들은 모두들 주처를 응원하고 격려했다. 워낙 힘이 세고 날쌘 주처는 칼을 차고 남산에 올라가 맹호를 잡아 죽였다. 이어서 장교아래 물에 뛰어 들어 교룡과 싸움을 벌였다. 사흘 밤낮이 지나도 주

처가 나타나지 않았다. 마을 사람들은 주처가 교룡에게 잡혀 먹힌 줄
알고 모두 기뻐하였다. 그러나 주처는 온 몸이 피투성이가 되어서 교
룡을 죽이고 살아 돌아왔다.

그러나 이렇게 고마운 주처를 본 마을 사람들은 반갑게 여길 수가
없었다. 호랑이나 교룡은 피하면 그만이지만 사람은 피하기가 어려운
데 하필이면 주처가 남았으니 더 괴롭힘을 당할까 걱정이었다. 주처
는 아직도 자기에 대하여 미움을 지니고 있음을 깨달았다. 그는 진심
으로 허물을 벗고 착한 사람이 되겠다는 마음의 각오를 굳게 다졌다.

그는 정든 고향을 등지고 아버지가 벼슬을 하였던 동오로 갔다. 대
학자 육기와 육운 두 형제를 만나서 육운에게 모든 것을 털어놓았다.

"전에 저는 나쁜 짓을 헤아릴 수 없이 많이 했습니다. 그러나 지금
저는 뜻을 세워 착한 사람이 되려고 합니다. 그러나 나이가 들고 너무
늦은 감이 있는 것이 가장 두렵습니다."

하고 말하자 육운이 격려를 했다.

"자네는 나이가 아직 젊네! 자네가 굳은 의지를 지니고 지난 허물
을 고치며 새로이 착한 삶이 된다면 자네의 앞길은 무한한 것일세."

이때부터 주처는 뜻을 세워 정말 열심히 글을 배웠다. 10여 년 동
안 덕행과 학문을 닦고 익혀 마침내 유명한 대학자가 되었다.

활용의 예 저 목사님은 어린 시절 잘못으로 감옥살이를 하다가
신앙의 힘으로 **개과천선**하여서 유명한 목사님이 되셨지 않는가?

건곤일척 乾坤一擲

[자해字解] 乾 하늘 **건**. 坤 땅 **곤**. — 한 **일**. 擲 던질 **척**.
[출전出典] 한유(韓愈)의 시(過鴻溝)
[의미意味] 하늘과 땅을 걸고 한 번 주사위를 던진다는 뜻.
곧 ① 운명과 흥망을 걸고 단판걸이로 승부나 성패를 겨룸.
② 흥하든 망하든 운명을 하늘에 맡기고 결행함의 비유.

이 말은, 당나라의 대문장가인 한유가 하남성의 한 고장인 홍구를 지나다가 그 옛날, 한왕 유방에게 '건곤일척'을 하라고 주장한 장량 진평을 기리며 읊은 회고시〈과홍구(過鴻溝)〉에 나오는 마지막 구절이다.

용은 지치고 범은 피곤하여 강을 나누니
만천하 백성들의 목숨이 보존되는 도다
누가 군왕에게 말머리를 돌리도록 권하여
진정 '건곤일척'의 성패를 겨루게 했는가

춘추전국의 그 어렵고 힘들었던 싸움이 시작 된지 3년 만에 진나라를 쳐 부수고 스스로 초패왕이 된 항우는 팽성(서주)을 도읍으로 정하고 의제를 초나라의 황제로 삼았다. 그리고 유방을 비롯해서 진나라를 치는데 공을 세운 사람들을 왕후로 봉함에 따라 천하는 일단 평화가 오는 듯했다. 그러나 이듬해 의제가 시해되자, 지난 번 싸움에 공을 세웠으나 벼슬을 제대로 못 받았다고 불만을 가진 제후들이 각지에서 반기를 들자 천하는 다시 혼란에 빠졌다.

항우는 화가 나서 제, 조, 양 나라의 땅을 돌아가면서 전영, 진여, 팽월 등의 반군을 치는데 정신이 없는 사이에 유방은 중심지인 관중을 합병하여 버렸다. 그리고 이듬해에는 의제 시해에 대한 죄를 묻는다는 구실로 56만의 대군을 휘몰아 단숨에 팽성을 침공했다. 이런 급보를 받고 달려온 항우가 대군을 몰아 반격하자 유방은 아버지와 아내까지 적의 수중에 남겨둔 채로 겨우 목숨만 건져 형양(하남성 내)으로 도망을 치는 큰 패전을 했다.

그 후 병력을 보충한 유방은 항우와 일진일퇴의 공방전을 계속하다가 홍구를 경계로 천하를 양분하고 싸움을 멈췄다. 항우는 비록 적군이지만 유방의 아버지와 아내를 돌려보내고 팽성을 향해 철군 길에 올랐다. 이것을 본 유방도 철군하려 하자 참모인 장량과 진평이 유방에게 간곡하게 주장했다.

"한나라는 천하의 태반을 차지하고 제후들도 따르고 있으나 초나라의 항우는 지금 군사들이 몹시 지쳐 있는데다가 군량마저 바닥이 났사옵니다. 이야말로 하늘이 초나라를 멸하려는 하늘의 뜻이오니 당장 쳐부숴야 하옵니다. 지금 치지 않으면 '호랑이를 길러 후환을 남기는 꼴이 될 것이옵니다."

이 말을 들은 유방은 여기서 말머리를 돌려 항우를 추격했다. 이듬해 유방은 한신, 팽월 등의 군사와 더불어 해하에서 초나라 군사를 포위하고 '사면초가(四面楚歌)' 작전을 폈다. 참패한 항우는 오강으로 도망을 하였다가 스스로 목숨을 끊고 말았다. 이리하여, 유방은 천하 통일의 길을 열었다.

활용의 예 맥아더원수는 인천상륙작전이라는 건곤일척의 작전으로 6,25전란의 승기를 잡은 우리의 은인이다.

고침안면 高枕安眠

【자해字解】 高 높을 고. 枕 베개 침. 安 편안할 안. 眠 잘 면.
【출전出典】 《戰國策》〈魏策 哀王〉, 《史記》〈張儀列傳〉
【의미意味】 베개를 높이 하여 편히 잘 잔다는 뜻.
곧 ① 근심 없이 편히 잘 잠. ② 안심할 수 있는 상태의 비유.

전국시대 말경 소진이란 사람은 진에 대항하기 위하여 남북의 여섯 나라(한, 위, 조, 연, 제, 초)가 동맹을 맺어 진나라에 대항하자고 주장하였다. 그러나, 소진이 피살된 뒤에 장의가 이들 여섯 나라를 동서로 묶어 진을 섬기게 한 연횡정책을 폈다.

이러한 두 외교정책을 합한 말로 합종연횡[합종연회라고도 씀]은 국제무대에서의 외교적 각축전을 가리켜 쓰는 말이다. 종은 남북을 뜻하고, 횡은 말한다. 이 말을 외교정책으로 처음 들고 나온 것은 전국시대의 유명한 소진과 장의였다.

전국시대는 이른바 칠웅(일곱 영웅)이 할거해 있던 시대로 서쪽으로 진나라가 강대한 세력을 유지하고 있었고, 동쪽으로 나머지 여섯 나라가 남북으로 줄지어 있었다. 소진은 여섯 나라가 남북으로 합작해서 방위동맹을 맺어 진나라에 대항하는 것이 공존공영의 길이라고 주장하여 이를 '합종'이라 불렀고, 이에 맞서서 장의는 약한 나라끼리 합종을 하는 것보다는 강한 진나라와 연합하여 불가침 조약을 맺는 것이 안전한 길이라고 하여 이를 '연횡'이라 불렀던 것이다.

소진은 먼저 이 '합종책'을 들고 나와 6국의 군사 동맹을 성공시킨 다음 그 공로로 6국의 제상직을 한 몸에 겸하고 자신은 종약장(從約長)이 되어 6국의 왕들이 모인 자리에서 의장 노릇을 하게 되었다.

소진의 이 정책을 깨뜨리기 위해 각국은 개별적으로 찾아다니며 진나라와의 연합책만이 '베개를 높이 베고 편안한 잠을 잘 수 있는' 안전한 길이란 것을 설득시켜 소진의 합종책이 사실상 그 효력을 발휘할 수 없게 만든 것은 장의였다.

활용의 예 요즘 정치판에서는 열린당과 민주당, 민노당, 한나라당과 중부당, 등이 서로 정책 대결이 아닌 **합종연횡**을 되풀이하면서 더욱 혼란스럽기만 하다.

곡학아세 曲學阿世

【자해字解】 曲 굽을 **곡**. 學 배울 **학**. 阿 아첨할 **아**. 世 세상 **세**.
【출전出典】 《史記》 儒林傳
【의미意味】 정도(正道)를 벗어난 학문으로 세상 사람들에게 아첨함.

한나라 6대 황제인 경제는 즉위하자 천하에 널리 어진 선비를 찾다가 산동에 사는 원고생이라는 시인을 찾아 등용하기로 했다.

원고생은 나이가 90세나 되는 고령이었으나 직언을 잘하는 대쪽 같은 선비로도 유명했다. 그래서 사이비 학자들은

"원고생은 고집불통으로 자기 주장만 하여서 황제폐하를 괴롭게 할 사람입니다. 그를 등용하심은 없는 걱정거리를 만드시는 일이오니 거두어 주십시오."

이렇게 중상비방하는 상소를 올려 그의 등용을 극력 반대하였으

나 경제는 끝내 듣지 않았다.

당시 원고생과 함께 등용된 공손홍이란 젊은 학자가 있었는데, 그역시 산동 사람이었다. 공손홍은 원고생을 고향사람이라는 것도 생각지 않고, 늙은이라고 깔보고 무시했다. 그렇지만 원고생은 전혀 개의치 않고 도리어 공손홍에게 이렇게 말했다.

"지금, 학문의 정도가 어지러워져서 속설이 유행하고 있네. 이대로 내버려두면 유서 깊은 학문의 전통은 결국 사설로 인해 그 본연의 모습을 잃고 말 것일세. 다행히 자네는 젊은 데다가 학문을 좋아하는 선비란 말을 들었네. 그러니 부디 올바른 학문을 열심히 닦아서 세상에 널리 전파해 주기 바라네. 결코 자신이 믿는 '학설을 굽히어[曲學]'이 '세상 속물들에게 아첨하는 일[阿世]'이 있어서는 안 되네."

하고 일러주었다. 올바른 학문의 길이 아닌 것으로 세상 사람들에게 인기를 얻기 위한 말을 하거나 행동을 하는 짓을 하지 말라는 부탁이었다.

원고생의 말이 끝나자 공손홍은 몸둘 바를 몰랐다. 진정한 학문을 내세우고 다른 사람들의 생각에 흔들리지 않는 고매한 인격과 학식이 높은 원고생의 태산 같은 인품을 알아보지 못한 자신이 부끄러웠기 때문이다. 공손홍은 당장 지난날의 무례를 사과하고 원고생의 제자가 되었다고 한다.

활용의 예 한 때 우리 국회에서는 서로의 정책이 **곡학아세**라고 치고받는 논란이 일었던 적도 있다.

공중누각 空中樓閣

【자해字解】 空 빌 **공**. 中 가운데 **중**. 樓 다락 **루**. 閣 누각 **각**.

【출전出典】 《夢溪筆談》

【의미意味】 공중에 떠 있는 누각[蜃氣樓(신기루)]이란 뜻.
　　　　　곧 ① 내용이 없는 문장이나 쓸데없는 의론(議論).
　　　　　② 진실성이나 현실성이 없는 일.
　　　　　③ 허무하게 사라지는 근거 없는 가공의 사물.

　송나라의 학자 심괄이 저술한 일종의 박물지인 《몽계필담》에는 실려 말이다.

　등주는 사방으로 바다에 보이는 곳으로 아름다운 고장이다. 이 고장은 경치가 아름다워서 많은 사람들이 즐겨 찾는 곳이었다.

　"여보게, 저기 저것 좀 보게. 저기 내 손가락 끝에 아물거리는 것이 어디인가?"

　"이 사람아, 자네 손끝에는 앞산이 보이는데 무슨 소린가?"

　"이쪽 내 뒤쪽으로 서 보게나. 저기 하늘 끝에 보이는 도시가 어디란 말인가?"

　"글쎄. 어디 거기에 도시가 있기나 한 곳인가? 헛것이 보이는 것이겠지?"

　이렇게 다투기까지 하게 만든 것이 있었다.

　봄과 여름철이 되면 태양의 방향에 따라 바다 저 멀리 하늘가에 아련하게 비치는 큰 도시와 높은 건물의 모습이 보이는 것이었다. 마치 아름다운 호수에 주변의 경치가 비쳐서 물그림자를 만들 듯 수평선의 하늘에 보일 듯 말 듯 비치는 풍경은 이 세상이 아닌 하늘 나라의 풍경만 같았다. 이렇게 비친 풍경을 이 고장 사람들은 이것을 '해시'라고 불렀다. 요즘 과학으로 말하는 신기루이었다.

활용의 예 황우석교수의 논문이 조작되었음이 밝혀지므로 해서 우리나라의 바이오산업에 대한 기대를 받던 줄기세포허브는 공중 누각이 되고 말았다.

과유불급 過猶不及

【자해字解】 過 지날 **과**. 猶 같을 **유**. 不 아니 **불**. 及 미칠 **급**.
【출전出典】 《論語》〈先進扁〉
【의미意味】 정도를 지나침은 미치지 못하는 것과 같다는 뜻.

어느 날 제자인 자공이 공자에게 물었다.

"선생님, 자장과 자하 중 어느 쪽이 더 현명합니까?"

공자는 두 제자를 비교한 다음 이렇게 말했다.

"자장은 아무래도 매사에 지나친 면이 있고, 자하는 부족한 점이 많은 것 같다."

"그렇다면 자장이 낫겠군요?"

자공이 다시 묻자 공자는 이렇게 대답했다.

"그렇지 않다. 지나침은 미치지 못한 것과 같다[過猶不及]."

공자는 어느 한쪽으로 치우침이 없이 중정함이 중용(中庸)의 도를 가르친 것이었다.

이 세상을 살면서 우리는 이러한 일을 흔히 겪게 된다. 지나친 것이 오히려 화가 되는 일은 너무나 많다. 요즘 사람들이 너무 많이 먹고 영양이 지나쳐서 비만이 일반화되었고, 이것을 더 이상 두고 볼 수 없어서 국가에서 비만을 질병으로 취급하게 된 것도 그런 예일 것이다.

아프리카 여러 나라에서 굶주려 말라비틀어진 어린이들의 모습이나 북한의 비참한 모습을 보면 영양부족에 시달리는 사람들은 너무 먹어서 비만에 걸려 살과 전쟁을 겪고 있는 사람들 비교하여 보면 지나침이 부족함만 같지 못하다는 말을 쉽게 이해 할 수 있을 것이다.

활용의 예 WTO협상이 진행이 되면서 농민들은 생존이 걸린 쌀 협상을 반대하는 목소리를 높이 외쳤다. 그러나 이 시위가 너무 격렬하게 진행이 되면서 경찰과의 몸싸움으로 두 명의 농민이 목숨을 잃은 사고가 생겼다. 주장을 강하게 내세우는 것도 좋지만 지나쳐 폭력을 행사한 것은 **과유불급**이라고들 혀를 찼다.

관포지교 管鮑之交

【자해字解】 管 대롱 **관**. 鮑 절인 고기 **포**. 之 갈 **지**(의). 交 사귈 **교**.
【출전出典】 《史記》〈管仲列傳〉, 《列子》〈力命篇〉
【의미意味】 관중과 포숙아 사이와 같은 사귐이란 뜻.
　　　　　　시세를 떠나 친구를 위하는 두터운 우정을 일컫는 말.

춘추 시대 초엽, 제나라에 관중과 포숙아라는 두 관리가 있었다.

이들은 죽마고우로 둘도 없는 친구 사이였다. 자라서 관중이 공자 규의 측근(보좌관)으로, 포숙아가 규의 이복동생인 소백의 측근이 되었다. 둘도 없는 친구라도 같은 사람의 밑에서 같은 일을 할 수는 없었던 것이다.

세력다툼이 일어나 각각 모시던 두 공자는 서로 임금이 되기 위해 귀국을 서둘렀고 관중과 포숙아는 본의 아니게 정치적으로 다투게 되었다. 관중은 한때 소백을 암살하려 했으나 그가 먼저 귀국하여 환공이라 일컫고 노나라에 공자 규의 처형과 아울러 관중의 압송을 요구했다.

환공이 압송된 관중을 죽이려 하자 포숙아는 이렇게 진언했다.

"전하, 제 한 나라만 다스리는 것으로 만족하신다면 신으로도 충분할 것이옵니다. 하오나 천하의 패자가 되시려면 관중을 기용하시오소서."

도량이 넓고 식견이 높은 환공은 신뢰하는 포숙아의 진언을 받아들여 관중을 대부로 중용하고 정사를 맡겼다.

이윽고 재상이 된 관중은 과연 정치가로서 능력을 발휘했다.

'창고가 가득 차야 예절을 안다'
'의식이 풍족해야 영욕을 안다'

고, 그는 국민 경제의 안정을 앞세운 덕본주의의 선정을 베풀어 마침내 환공으로 하여금 춘추의 첫 패자로 군림케 하였다. 이 같은 정치적인 성공은 환공의 관용과 관중의 재능이 한데 어우러진 결과이긴 하지만 그 출발점은 역시 관중에 대한 포숙아의 변함없는 우정에 있었다. 그래서 관중은 훗날 포숙아에 대한 감사한 마음을 이렇게 쓰고 있다.

"나는 젊어서 포숙아와 장사를 할 때 늘 이익금을 내가 더 많이 차지해도 나를 욕심쟁이라고 말하지 않았다. 내가 더 가난했었기 때문이다. 또 그를 위해 한 사업이 실패하여 그를 궁지에 빠뜨린 일도 있었다. 그래도 나를 용렬하다고 여기지 않았다. 일에는 성패가 있다는 걸 알고 있었기 때문이다. 나는 또 벼슬길에 나갔다가는 물러나곤 했었지만 나를 무능하다고 말하지 않았다. 내게 운이 따르고 있지 않다는 걸 알고 있었기 때문이다. 어디 그뿐인가. 나는 싸움터에서도 도망친 적이 한두 번이 아니었지만 나를 겁쟁이라고 말하지 않았다. 내게 노모가 계시다는 걸 알고 있었기 때문이다. 그는 내가 무엇을 어떻게 했든지 늘 나를 용서하고 이해해 주었다. '나를 낳아 준 분은 부모이지만 나를 알아준 사람은 포숙아 뿐이다'"

활용의 예 저 두 사람의 사이는 뗄래야 뗄 수 없이 항시 붙어 다니지. 그러니 관포지교란 말을 듣지.

괄목상대 刮目相對

【자해字解】 刮 비빌 **괄**. 目 눈 **목**. 相 서로 **상**. 對 마주 볼 대할 **대**.
【출전出典】 《三國志》〈吳志 呂蒙傳注〉
【의미意味】 눈을 비비고 본다는 뜻. 곧 남의 학식이나 재주가 전에 비하여 딴 사람으로 볼만큼 부쩍 는 것을 일컫는 말.

삼국시대 초엽, 오왕 손권의 신하 장수에 여몽이란 장수가 있었다. 그는 무식한 사람이었으나 전공을 쌓아 장군이 되었다. 어느 날 여몽은 손권으로 부터 공부하라는 충고를 받았다. 그래서 그는 전쟁터에서도 '손에서 책을 놓지 않고' 학문에 정진했다. 그 후 나라에서 가장 유식한 재상 노숙이 전쟁터 시찰 길에 오랜 친구인 여몽을 만났다. 노숙은 대화를 나누다가 여몽이 너무나 박식해진 데 그만 놀라고 말았다.

"아니, 여보게. 언제 그렇게 공부했나? 자네는 이제 '오나라에 있을 때의 여몽이 아닐세' 그려."

그러자 여몽은 이렇게 대꾸했다.

"무릇 선비란 헤어진 지 사흘이 지나서 다시 만났을 땐 '눈을 비비고 대면할' 정도로 달라져야 하는 법이라네."

하고 말을 하였다.

여몽은 유비가 촉 땅을 차지하면 형주를 오나라에 돌려주겠다던 약속을 지키지 않자 촉군을 치기 위해 손권에게 은밀히 위나라의 조조와 화해 제휴할 것을 진언, 성사시키고 기회를 노리고 있었다.

그러던 중 형주를 지키던 명장 관우가 중원으로 출병하자 여몽은 이때를 놓치지 않고 출격하여 관우의 여러 성을 하나하나 공략하여 빼앗고 마침내 관우까지 사로잡는 큰 공을 세웠다. 무식한 장수가 아닌 지혜로운 장수로 오나라의 백성들로부터 명장으로 추앙을 받았다.

활용의 예 씨름 선수가 K1 선수로 뛰어든 최홍만은 그 실력이 괄목상대할 만큼 달라지고 있다.

교언영색 巧言令色

【자해字解】 巧 교묘할 교. 言 말씀 언. 令 명령할 하여금 령. 色 빛 색.

【출전出典】 ≪論語≫〈學而篇〉

【의미意味】 발라 맞추는 말과 알랑거리는 태도라는 뜻. 남의 환심을 사기 위해 아첨하는 교묘한 말과 보기 좋게 꾸미는 표정을 이르는 말.

공자는 아첨꾼에 대해 이렇게 말했다.

"사람을 대할 때 어느 사람이나 발라 맞추는 말과 알랑거리는 태도에는 '인(仁)'이 적은 법이니라."

하고 말하였다. 이 말은 말재주가 교묘하고 표정을 보기 좋게 꾸미는 사람 중에 어진 사람은 거의 없다는 뜻이다.

우리나라의 속담에도 "장 단 집에는 가도 말 단 집에는 가지 마라"는 말이 있다. 이 말은 장이 맛있는 집은 음식이 맛있는 집이어서 대접을 받을 수 있지만, 말이 많고 아부하는 말을 잘 하는 사람은 가까이하여서 좋을 것이 없다는 말이다.

이 말을 뒤집어서 또 공자는 자로편에서 이렇게 말했다. 의지가 굳고 용기가 있으며 꾸밈이 없고 말수가 적은 사람은 '인(덕을 갖춘 군자)'에 가깝다는 뜻이다.

이러한 지혜를 아는 사람이라면 다른 사람을 대할 때 너무 많은 말을 하는 것보다는 자신의 진면목을 보여 줄 수 있는 꼭 필요한 말만으로 상대에게 강인한 인상을 주는 것이 좋은 것이다.

그래서 항상 말을 앞세우는 사람은 조심을 하라는 것이다.

활용의 예 잘못을 저질러 죄를 지은 지자체의 지도자들은 교언영색으로 주민들을 우롱하려 들지만 주민들의 민심은 천심이라 함부로 속지 않는다.

구사일생 九死一生

[자해字解] 九 아홉 **구**. 死 죽을 **사**. 一 한 **일**. 生 날 **생**.
[출전出典] 楚辭(초사), 史記 굴원과 가생 열전
[의미意味] 여러 차례 죽을 고비에서 헤매다가 겨우 살아남.

굴평은 임금이 신하의 말을 듣고 분간하지 못하고, 아첨하는 말이 왕의 밝은 지혜를 가리고, 간사하고 비뚤어진 말이 임금의 공명정대함을 상처 내어 마음과 행실이 방정한 선비들이 용납되지 않는 것을 미워했다. 그리하여 근심스러운 생각을 속에 담아서 상소 한편을 지었다.

이 상소에서 "길게 한숨 쉬며 눈물을 닦으며, 인생의 어려움 많음을 슬퍼한다. 그러나 자기 마음이 선하다고 믿고 있기 때문에 비록 아홉 번 죽을 지라도 오히려 후회하는 일은 하지 않으리라"라고 썼다. 여기에서 말하는 아홉 번이라는 말은 숫자의 끝이라고 한다. 우리가 숫자를 쓸 때에도 1,2,3,4,5,6,7,8,9,0이라고 쓰지 않는가? 그러니까 9, 아홉은 수의 끝이다.

유량주라는 사람은 "이 네 마음이 선하고자 하는 바이니, 이해를 만남으로써, 아홉 번 죽어서 한번을 살아나지 못한다. 할지라도, 아직

후회하고 원한을 품기에는 족하지 못하다."라고 쓰고 있어서, 구사일
생은 유량주가 말한 아홉 번 죽어서 한번 살지를 못한다. 에서 나온
것으로, 열 번 중에서 아홉 번까지는 별로 도움을 주지 못한다. 는 뜻
이기도 하지만, '죽을 고비를 여러 차례 넘기고 간신히 살아난다.' 는
뜻이다.

활용의 예 인도네시아 쓰나미 때에 휩쓸려 바다로 떠내려간 사람
이 무려 12일만에 **구사일생**으로 구출된 적도 있었다.

구우일모 九牛一毛

【자해字解】 九 아홉 **구**. 牛 소 **우**. 一 한 **일**. 毛 털 **모**.
【출전出典】 ≪漢書≫ 〈報任安書〉, ≪文選≫ 〈司馬遷 報任少卿書〉
【의미意味】 아홉 마리의 소 가운데서 뽑은 한 개의 (쇠)털이라는 뜻.
　　　　　　많은 것 중에 가장 적은 것의 비유.

한나라 황제인 무제 때 5000의 보병을 이끌고 흉노를 정벌하러
나갔던 이릉 장군은 열 배가 넘는 적의 기병을 맞아 처음 10여 일간은
잘 싸웠다. 그러나 결국 너무 많은 적을 이길 수 없어 패하고 말았다.
그런데 이듬해 놀라운 사실이 밝혀졌다. 싸움터에서 전사한 줄 알았
던 이릉이 흉노에게 투항하여 후대를 받고 있다는 것이었다. 이를 안
무제는 크게 노하여 이릉의 일족을 참형에 처하라고 엄명했다. 그러
나 침묵 속에 무제의 안색만 살필 뿐 누구 하나 이릉을 위해 변호하는

사람이 없었다.

그러나 분개한 사마천이 그를 변호하고 나섰다. 사마천은 지난 날 흉노에게 가장 무서워하던 이광 장군의 손자인 이릉을 평소부터 '목숨을 내던져서라도 국난에 임할 용장'이라고 굳게 믿어 왔기 때문이다.

그는 사가로서의 냉철한 눈으로 사태의 진상을 통찰하고 대담하게 무제에게 아뢰었다.

"황공하오나 이릉은 소수의 보병으로 오랑캐의 수만 기병과 싸워 그 괴수를 경악케 하였으나, 원군은 오지 않고 아군 속에 배반자까지 나오는 바람에 어쩔 수 없이 패전한 것으로 생각되옵니다. 하오나 끝까지 병졸들과 신고를 같이한 이릉은 인간으로서 극한의 역량을 발휘한 명장이라 해도 과언이 아닐 것이옵니다. 그가 흉노에게 투항한 것도 필시 훗날 황은에 보답할 기회를 얻기 위한 고육책으로 사료되오니, 차제에 폐하께서 이릉의 무공을 천하에 공표하시오소서."

무제는 잔뜩 화가 나서 사마천을 투옥한 후 궁형(남성의 생식기를 잘라 없애는 것)에 처했다. 남자로서는 가장 수치스런 형벌이었다. 그러나, 사마천은 이를 친구인 '임안에게 알리는 글'에서 '최하급의 치욕'이라고 적고, 이어 착잡한 심정을 이렇게 쓰고 있다.

"내가 법에 따라 사형을 받는다고 해도 그것은 한낱 '아홉 마리의 소 중에서 터럭 하나 없어지는 것'과 같을 뿐이니, 나와 같은 존재는 땅강아지나 개미 같은 미물과 무엇이 다르겠는가? 그리고 세상 사람들 또한 내가 죽는다고 해도 절개를 위해 죽는다고 생각하기는커녕 나쁜 말하다가 큰 죄를 지어서 어리석게 죽었다고 여길 것이네."

이렇게 생각한 사마천이었지만, 수모를 당하면서까지 살아남아야 하는 데는 그만한 이유가 있었다. 사마천은 태사령(역사를 기록하는 관리)으로 봉직했던 아버지 사마담이 죽으면서 "통사를 기록하라"고 한 유언에 따라《사기》를 집필 중에 있었기 때문이다.

그래서 그는《사기》를 완성하기 전에는 죽을래야 죽을 수도 없는 몸이었다. 그로부터 2년 후에 중국 최초의 사서로서 불후의 명저로 꼽히는《사기》130여권이 완성되어 오늘에 전해지고 있는 것이다.

활용의 예 요즘 각 정당에 정치자금이 얼마나 전달되었느니 야단 들이지만, 이 세상 사람들에게 알려진 것은 **구우일모** 일 뿐 그것이 진짜 얼마인지는 아무도 모를 것이다.

국사무쌍 國士無雙

【자해字解】 國 나라 **국**. 士 선비 **사**. 無 없을 **무**. 雙 쌍 **쌍**.
【출전出典】 《史記》〈淮陰侯列傳〉
【의미意味】 나라 안에 견줄 만한 자가 없는 인재라는 뜻으로 국내에서 가장 뛰어난 인물을 일컫는 말.

초패왕 항우와 한왕 유방에 의해 진나라가 멸망한 한왕 원년의 일이다. 당시 한나라에는 한신이라는 군관이 있었다. 처음에 그는 초나라 군사이었으나 아무리 군사 전략을 말해 보아도 받아 주지 않는 항우에게 실망하여 , 한나라에 투신하여 온 사람이다.

그 후 한신은 우연한 일로 재능을 인정받아 군량을 관리하는 치속도위가 되었다. 이때부터 그는 직책상 승상인 소하와도 자주 만났다. 그래서 한신이 비범한 인물이라는 것을 안 소하는 그에게 은근히 기대를 걸고 있었다.

그 무렵, 고향을 멀리 떠나온 한군은 향수에 젖어 도망치는 장병이 날로 늘어나는 바람에 사기가 말이 아니었다. 그 도망병 가운데는 한신도 끼어 있었다. 영재를 자부하는 그는 치속도위라는 낮은 벼슬로는 도저히 만족할 수 없었던 것이다. 소하는 한신이 도망갔다는 보고를 받자 황급히 말에 올라 그 뒤를 쫓았다. 그 광경을 본 어느 장수가 소하도 도망가는 줄 알고 유방에게 고했다.

"전하 승상 소하가 말을 타고 달아나고 있사옵니다."

이 말에 유방은 넋이 나간 듯 먼산을 바라보고 서 있었다. 마치 오른팔을 잃은 듯이 낙담한 유방은 노여움 이만 저만이 아니었다. 그런데 이틀 후 소하가 돌아왔다는 보고를 받았다. 유방은 말할 수 없이 기뻤지만 노한 얼굴로 도망친 이유를 물었다.

"승상이란 자가 도망을 치다니, 대체 어찌된 일이오?"

"도망친 것이 아니오라, 도망친 자를 잡으러 갔었던 것이옵니다."

"그래, 누구를 잡으러 갔단 말인고?"

"한신이옵니다."

"뭐, 한신? 이제까지 열 명이 넘는 장군이 도망쳤지만, 경은 그 중 어떤 사람도 뒤쫓은 적이 없지 않소?"

"이제까지 도망친 장군 몇 사람 따위는 얼마든지 얻을 수 있으나, 한신은 실로 '국사무쌍' 이라고 할 만한 인물이옵니다. 만약 전하께오서

이 파촉의 땅만으로 만족하시겠다면 한신이란 인물은 필요 없사옵니다. 하오나 동방으로 진출해서 천하를 손에 넣는 것이 소망이시라면 한신을 제쳐놓고는 함께 군략을 도모할 인물이 없는 줄로 아나이다."

"물론, 과인은 천하 통일이 소망이오."

"하오면 한신을 활용하시오소서."

"짐은 한신이란 인물을 모르지만 경이 그토록 천거하니 경을 위해 그를 장군으로 기용하겠소."

"그 정도로는 활용하실 수 없사옵니다."

"그러면 대장군에 임명하겠소."

이리하여 한신은 대장군이 되었다. 즉 기량을 한껏 발휘하여 큰 공을 세운 것은 물론이다.

활용의 예 네가 아무리 용맹하다고 하나 국사무쌍이라는 그 명장을 이길 수 있겠느냐?

군자삼락 君子三樂

【자해字解】 君 임금 **군**. 子 아들 **자**. 三 석 **삼**. 樂 즐길 **락**, 좋아할 **요**.
【출전出典】 ≪孟子≫〈盡心篇〉
【의미意味】 군자에게는 세 가지 즐거움이 있다는 말.

공자의 사상을 계승 발전시킨 맹자는 《맹자》〈진심편〉에서 이렇게 말했다. 군자에게는 세 가지 즐거움이 있다.

첫째 즐거움은 양친이 다 살아 계시고 형제가 무고한 것이요.

둘째 즐거움은 우러러 하늘에 부끄러움이 없고 구부려 사람에게 부끄럽지 않은 것이요.

셋째 즐거움은 천하의 영재를 얻어서 교육하는 것이다.

흔히 군자삼락이라 하면 이렇게 세 가지를 모두 다 말하는 것이 아니라 그 중에서 맨 끝의 '영재를 얻어 교육하는 것'을 이야기하고 있다.

다시 말해서 세 가지 중에서 가장 큰 즐거움이 잘 된 제자를 두는 것이라는 말이다.

이것은 첫 번째의 부모형제가 있고 건강한 것이나 두 번째의 자신에 대한 부분은 개인적인 것이지만 세 번째의 제자는 사회적인 공헌이요 국가에 대한 자랑이기 때문일 것이다. 그런 면에서 교육에 봉직하는 사람들만이 가질 수 있는 즐거움인 제자를 잘 두는 것은 교직을 보람 있는 직업으로 만들어 주는 것이기도 하다.

하긴 요즘은 사회 각 곳에서 스승과 제자라는 이름보다는 멘토와 멘티로서 자기 후배를 길러서 멋진 선배로 또는 인생의 스승으로 자리 잡아 가는 일이 흔해지고 있다.

활용의 예 군자는 아니지만 교사로 일생을 바친 사람들은 군자삼락의 뜻을 잃지 않기 위해서 삼락회라는 단체를 만들고 있다.

군자표변 君子豹變

【자해字解】 君 군자 **군**. 子 아들 **자**. 豹 표범 **표**. 變 변할 **변**.
【출전出典】 ≪주역≫
【의미意味】 군자는 표범처럼 변함.

표범의 털가죽의 색깔을 자주 바꾸듯이 군자는 자기 잘못을 고쳐 선으로 향하는데 신속함을 말한다.

이 말은 소인 위에 군자가 있고 군자 위에 대인이 있다고 본 것이다. 여기서 가장 바람직한 것은 대인은 '호변(虎變)'이며 그 다음 군자는 '표변(豹變)'이고, 소인의 '혁면(革面)'이 그 아래라는 것이다.

대인(大人)이 호변(虎變) 한다함은 '호랑이가 여름에서 가을에 걸쳐 털을 갈고 가죽의 아름다움을 더하는 것처럼 천하를 혁신하여 세상의 폐해가 제거되어 모든 것이 새로워짐'을 뜻한다.

표범도 가을이 되면 털이 바뀌지만 호랑이보다는 바뀌는 것이 미치지 못한다. 군자들이 '혁명의 마무리 사업에 노력하여 구습을 버리고 과감하게 세상을 새롭게 바꾸는 것이 마치 가을에 새로 난 표범의 털처럼 아름답다'는 뜻이다. 즉, 군자가 잘못을 고침에 있어 표범의 털처럼 선명하고 아름답게 변한 뚜렷한 태도로 선으로 옮겨가는 행위가 아주 빛난다. 지도적 위치에 있는 사람은 변해야 할 때 과감히 변해서 새로운 요구에 부응해야 한다.

소인은 혁면, 즉 '대인의 새로운 사업에 안면만을 고치고 윗사람의 새로운 사업에 따르도록 마음을 써야 한다'는 것이다. 군자표변(君子豹變)의 원뜻이 군자의 신속한 자기개선이나 자기변혁에 의하여 덕행을 쌓는 것으로, 호변이나 표변이나 모두 좋게 달라진다는 뜻이었다.

그런데, 지금은 이제까지의 방식 또는 태도를 한꺼번에 바꾸어버리는 사람이라는 부정적 의미를 나타내는 경우가 많다. 자신의 영달과 욕망 때문에 정의나 의리를 헌신짝 버리듯 하는 세상이다. 우리 주위의 소인은 윗사람의 눈치만 살피면서 얼굴색을 수시로 바꾸고 있다. 더욱 표변과 혁면을 혼동하고 있기도 하다. 자기가 하는 짓은 군자표변(君子豹變)이고 남이 하는 짓은 소인혁면(小人革面)으로 생각하고 우겨대는 경우도 많다.

오늘날 이 말은 그저 '표변'이라고만 따로 떼어 쓰면서, 자신의 주의ㆍ주장이나 행동을 지조 없이 하루아침에 싹 바꾸어버리는 비겁한 행위를 말하는 것이 되고 말았다

활용의 예 사람이 바른 길로 가기 위해서는 저래야 하는 법이야. 저 사람 보게 **군자표변**이라고 어느 날 갑자기 달라진 모습이 아닌가?

권선징악 勸善懲惡

[자해字解] 勸 권할 **권**. 善 착할 **선**. 懲 징계할 **징**. 惡 악할 **악**.
[출전出典] 《春秋左氏傳》
[의미意味] 착한 일을 권장하고 악한 일을 징계함.

노나라 성공 때에 제나라로 공녀를 맞이하러 가 있던 교여가 부인

강씨를 제나라로 데리고 돌아왔다. 교여라고 높여서 부른 것은 부인을 안심시켜 슬며시 데리고 오기 위해서였다.

그러므로 군자는 이렇게 말한다.

"춘추 시대의 호칭은 알기 어려운 것 같으면서도 알기 쉽고, 쉬운 것 같으면서도 뜻이 깊고, 빙글빙글 도는 것 같으면서도 정돈되어 있고, 노골적인 표현을 쓰지만 품위가 없지 않으며, 악행을 징계하고 선행을 권하는[勸善懲惡] 성인이 아니고서야 누가 이렇게 지을 수 있겠는가?"

실은 이 말이 정말 권선징악을 한 일에서 생긴 말이 아니라 당시에 벼슬의 이름을 지을 때에 참으로 묘하게 잘 지어서 아주 멋지고, 훌륭하다고 칭찬을 하는 말에서 나온 말이라는 것이다. 이렇게 '이름을 잘 지은 것은 권선징악을 할 수 있는 성인이 한 일과 같이 참으로 잘 한 일이다'고 칭찬하는 글 속에서 튀어나온 말인 셈이다.

그러나 지금은 글자의 본래 뜻대로 선을 권하고 악을 징벌한다는 뜻으로 쓰이고 있어서, 본래의 뜻과는 달리 쓰이고 있는 말이다.

활용의 예 춘향전은 젊은 이도령과 춘향의 사랑을 망치는 신관 변사또에게 권선징악의 철퇴를 내리치는 이야기이다.

권토중래 捲土重來

【자해字解】 捲 걷을 말 **권**. 土 흙 **토**. 重 무거울 거듭할 **중**. 來 올 **래**.
【출전出典】 두목(杜牧)의 시〈題烏江亭〉
【의미意味】 흙먼지를 말아 일으키며 다시 쳐들어온다는 뜻, 한 번 실패한
　　　　　사람이 세력을 회복해서 다시 공격(도전)해 온다는 말.

오강은 초패왕 항우가 스스로 목을 쳐서 자결한 곳이다. 유방과 해하에서 펼친 '건곤일척－운명과 흥망을 건 한판 승부'를 벌인 싸움에서 패한 항우는 부하들의 "강동으로 돌아가 다시 힘을 모아 재기하십시오"라는 권유를 받았다. 그러나 "8년 전 강동의 8000여 자제와 함께 떠난 내가 지금 혼자 '무슨 면목으로 강을 건너 강동을 돌아가' 부형을 대할 것인가"라며 스스로 목을 쳐서 자살하므로 해서 파란 만장한 31년의 생애를 마쳤던 것이다.

항우가 죽은 지 1000여년이 지난 어느 날, 두목이라는 시인이 오강의 여관에서 일세의 풍운아 항우를 생각하면서
　　단순하고 격한 성격의 항우,
　　힘은 산을 뽑고 의기는 세상을 덮는 장사 항우,
　　사면초가 속에서 애인 우미인과 헤어질 때 보여 준 인간적인 매력도 있는 항우를 생각했다.
　　그리고 그는

　'강동의 부형에 대한 부끄러움을 참으면
　강동은 준재가 많은 곳이므로

권토중래할 수 있는 기회가 있었을 텐데도
31세의 젊은 나이로 자결한 항우를 애석히 여기며'

이 시를 읊었다. 이 시는 항우를 읊은 시중에서 가장 잘 알려진 것이다.

활용의 예 그는 입사 시험에서 낙방한 뒤 **권토중래** 할 마음으로
외국어 학원에 등록했다

금상첨화 錦上添花

[자해字解] 錦 비단 **금**. 上 윗 **상**. 添 더할 **첨**. 花 꽃 **화**.
[출전出典] 왕안석(王安石)의 즉사(卽事)
[의미意味] 비단 위에 꽃을 더한다. 좋은 일에 겹쳐 또 좋은 일이 일어난
다는 뜻이다.

강은 남원으로 흘러 언덕 서쪽으로 기우는데
바람엔 수정 빛이 있고 이슬에는 꽃의 화려함이 있네.
문 앞의 버드나무는 옛 도령의 집이요
우물가 오동나무는 전날 총지의 집이라.
좋은 초대받아 술잔을 거듭하니
아름다운 노래는 비단 위에 꽃을 더한다.
문득 무릉의 술과 안주의 객이 되니
내 근원에는 아직 붉은 노을이 적네.

올림픽 경기에 출전한 우리나라 사격 선수 중에 정말 탤런트보다 더 아름다운 얼굴을 가진 강초롱이라는 선수가 있었다. 국민들은 그 아름다운 얼굴에 반할 지경이었는데, 이 선수가 사격에서 우수한 성적으로 입상까지 하여서 우리나라에 금메달을 안겨 주었을 때에 선수의 아름다운 얼굴에 금메달이라는 꽃을 수놓은 격이 되었다.

이에 신문들은 강선수의 기사를 쓰면서 '금상첨화(錦上添花)'가 바로 이런 경우가 아니겠는가? 라고 격찬을 했었다.

아름다운 비단만으로도 화려하고 감탄을 할 만한 것인데 거기에다가 더 화려한 꽃을 수놓았다면 그 비단은 얼마나 빛난 것인가?

활용의 예 우리나라의 운동 선수들이 해외로 진출이 늘어나고 많은 소득을 올리고 있다. 거기다가 멋진 경기로 득점을 많이 올리면 **금상첨화**였을 것이다.

금성탕지 金城湯池

[자해字解] 金 쇠 **금**. 城 성 **성**. 湯 끓을 **탕**. 池 연못 **지**.
[출전出典] 《史記》, 《한서(漢書)》
[의미意味] 매우 튼튼하고 견고한 성지.

진나라의 2세 황제 원년에 각지에서 차례로 진나라에 반란을 일으켰으며, 조나라의 옛 영토에서도 무신이라는 사람이 군대를 일으켜 무신군이라고 불렀다.

이때 범양에 있던 괴통이라는 사람이 나서서

"제가 무신군을 만나서 전쟁을 하지 않게 설득을 해보겠습니다."

"무슨 수로 그리 한다는 말이오."

"만일 범양을 공격하여 항복을 받고, 현령을 섣불리 취급한다면 여러 나라의 현령들은 그 항복이 헛수고임을 알고, 반드시 성을 굳게 지키려 할 것이니, 모두가 금성탕지(몹시 견고하고 끓는 물의 연못이 있어 가까이 가지 못하는 성)를 굳게 지켜 공격할 수 없겠지만 범양의 현령을 후하게 맞이하고, 모든 방면으로 사자를 보내면 그것을 보고 모두 싸우지 않고 항복할 것이다."

라고 설복하겠다고 말했다. 그러면 무신군도 깨닫는 바가 있을 것이라는 것이었다.

항상 나라가 평안하려면 전쟁이 없어야 하는 법이다. 무신군을 찾아간 괴통은 정말 잘 설득을 하여 말한 대로 일이 잘 되었다. 범양 사람들은 서공이 덕이 있다고 말하고, 30여 개의 성이 무신군에게 항복했다.

금성탕지를 지키는 일보다 더 나은 것은 이렇게 평화적인 회담에 의해 해결하는 길이었다.

활용의 예 행주산성은 강가에 있는 낮고 보잘것없어 보이는 산이지만 일본군을 물리칠 때에는 **금성탕지** 노릇을 해주어서 행주대첩을 이루었다.

금의야행 錦衣夜行

【자해字解】 錦 비단 **금**. 衣 옷 **의**. 夜 밤 **야**. 行 다닐 행할 **행**.

【출전出典】 《漢書》〈項籍傳〉,《史記》〈項羽本紀〉

【의미意味】 비단옷을 입고 밤길을 간다는 뜻.
　　　　　　곧 ① 아무 보람 없는 행동의 비유.
　　　　　　② 입신출세(立身出世)하여 고향으로 돌아가지 않음의 비유.

유방에 이어 진나라의 도읍 함양에 입성한 항우의 행동은 유방과는 대조적이었다. 항우는 유방이 살려 둔 3세 황제 자영을 무자비하게 죽여 버렸다. 또 진시황의 아방궁(세계에서 가장 크고 아름다운 궁궐)에 불을 지르고 석 달 동안 불타는 그 불을 안주 삼아 미녀들을 끼고 술을 퍼마시며 승리를 자축했다.

"내가 이제 이 나라의 제왕이다. 감히 누가 나를 막을 자가 있겠느냐?"

심지어 시황제의 무덤까지도 파헤쳤다.

먼저 들어와 차지했던 유방이 함부로 손대지 못하게 창고에 봉인해 놓았던 엄청난 금은보화도 몽땅 독차지했다. 모처럼 제왕의 길로 들어선 항우가 이렇듯 제멋대로 행동하여서 스스로 그 공적을 무너뜨리고 말았다.

가장 가까이 모시는 신하 범증이 나서서 말렸으나, 항우는 듣지 않았다. 오히려 그는 오랫동안 누벼온 싸움터를 벗어나 많은 재산과 보물, 미녀를 거두어 고향인 강동으로 돌아가고 싶어했다. 그러자 한생이라는 사람이 나서서 말렸다.

"관중은 사방이 산과 강으로 둘러싸인 요충지인데다 땅도 비옥하옵니다. 하오니 이곳에 도읍을 정하시고 천하를 호령하시오소서."

그러나 항우의 눈에 비친 함양은 황량한 폐허일 뿐이었다. 그 화려했던 궁선노 모두 불살라 버리고 말았으니 그럴 수밖에 없었다. 더구나 그는 하루바삐 고향으로 돌아가 성공한 자신을 과시하고 싶었다.

항우는 동쪽 고향 하늘을 바라보며 말했다.

"부귀한 몸이 되어 고향으로 돌아가지 않는 것은 '비단옷을 입고 밤길을 가는 것[錦衣夜行]'과 같아 누가 알아줄 것인가……."

항우에게 함양에 정착할 뜻이 없다는 것을 안 한생은 항우 앞을 물러나자 이렇게 말했다.

"초나라 사람은 '원숭이에게 옷을 입히고 갓을 씌워 놓은 것처럼 지혜가 없다'고 하더니 과연 그 말대로군."

이 말을 전해들은 항우는 크게 노하여

"네 너를 중히 여겨 왔더니 배은망덕한 놈 같으니라고 저 놈을 당장 펄펄 끓는 큰솥에 집어넣어라."

고 명하여 삶아 죽였다고 한다.

활용의 예 어린 시절 가난에 찌들어서 살던 저 친구가 이제 큰 회사의 회장이 되었으나 고향에 가기를 꺼리니 **금의야행**일 뿐이지 무슨 소용이 있을까?

기사회생 起死回生

[자해字解] 起: 일어날 **기**. 死: 죽을 **사**. 回: 돌아올 **회**. 生 날 **생**.
[출전出典] 《여씨춘추(呂氏春秋)》 별류편(別類篇)
[의미意味] 중병으로 죽을 뻔하다가 다시 살아남

춘추시대 노나라의 오왕 부차는 3년 전에 당한 아버지의 원수를 갚다가 다리에 중상을 입었다. 그러나 원수 월왕 구천과의 싸움에서 승리를 했다. 월나라의 대부 종은 싸움에서 진 구천에게

"더 이상 싸우는 것은 서로에게 도움이 되지 않을 것이옵니다. 오나라에 화약을 청하도록 하심이 좋을 듯 합니다."

하였고, 구천은 이를 받아들여 제계영에게 명하였다.

"오나라로 가서 부차에게 서로 화평을 하자고 하시오."

그렇게 명령을 하였다. 그런데 부차가 이보다 앞서 월나라에 은혜를 베풀어 용서를 하면서 이렇게 말했다.

"군왕은 월나라에 있어서 죽은 사람을 다시 일으켜 백골에 살을 붙인 것과 같다. 내 어찌 하늘의 재앙을 잊지 못하고, 감히 군왕의 은혜를 잊겠는가?"

하고 널리 용서를 하노라는 전달을 하여 왔다. 구천은

"비록 한 때 원수로 싸움을 해온 사이지만 이렇게 널리 이해를 해주니 서로 형제나라로 지내기를 바라오."

하여 화평이 이루어졌다.

또 〈여씨춘추〉 '별류' 편에는, 공손작이라는 자가 이런 말을 했다.
"나는 죽은 사람을 되살릴 수 있다."

이것은 크나큰 은혜를 베푸는 것을 말하였는데, 오늘날에는 이 말이 위기에 빠졌다가 다시 회생하거나 죽음에 임박한 사람을 되살리는 것을 의미한다.

활용의 예 기울어 가던 바둑계의 거물 이세돌은 다 죽은 듯하던 변방에서 승부를 걸어서 **기사회생**의 기회를 마련하고 끝내 상대가 바둑알을 던지게 만들었다.

낙양지귀 洛陽紙貴

[자해字解] 洛 물 이름 **락**. 陽 볕 **양**. 紙 종이 **지**. 貴 귀할 **귀**.
[출전出典] 《晉書》〈文傳〉
[의미意味] '낙양의 지가를 올리다' 하는 뜻. 곧 저서가 호평을 받아 베스트셀러가 됨을 이르는 말.

진나라 시대, 제나라의 도읍인 임치 출신의 시인에 '좌사' 라는 사람이 있었다. 그는 추남에다 말까지 더듬어서 볼품이 없었지만, 일단 붓을 잡으면 아름다운 시를 줄줄이 엮어 냈다.

그는 임치에서 집필 1년만에 '제도부(齊都賦)' 라는 시를 완성을 하였다. 그리고 나서 도읍 낙양으로 이사한 뒤 삼국시대 촉한의 도읍 성도, 오나라의 도읍 건업, 위나라의 도읍 업의 풍물을 읊은 '삼도부(三都賦)' 를 10년만에 완성했다. 삼국의 서울을 모두 읊은 장편 시를 쓴 것이었다. 그러나 아무도 그의 시를 알아주는 사람이 없었다. 그러던 어느 날, 장화라는 유명한 시인이 '삼도부'를 읽어보고 격찬했다.

"이것은 반고와 장형과 맞먹는 멋진 시이다."

하고 칭찬을 하였다. 이 두 사람은 후한 때 유명한 시인으로 반고는 '양도부'를 지은 시인이고, 장형은 '이경부'를 쓴 같은 대표시인에 비유한 것이었다.

나라에서 유명한 시인이 자기가 가장 존경하는 선배 시인들 중에서도 뛰어난 시인들과 비유를 할 만큼 잘 쓴 글이라는 말이 퍼지자 '삼도부'는 당장 낙양의 화제작이 되었다.

고관대작은 물론 귀족 환관 문인 부호들 할 것 없이 이 시를 모르면 이야기에 낄 수 없을 만큼 되었다. 그러자 사람들은 너도나도 '삼도부'를 다투어 베껴 썼다. 그 바람에 낙양 시내에 종이가 바닥이 날 지경이었다. 그래서 '낙양의 종이 값이 올랐다'고 한다.

이렇게 해서 베스트셀러를 쓴 사람에게 '낙양지귀' 또는 '낙양의 지가를 올렸다'고 한다.

활용의 예 우리나라 소설가로 **낙양지귀**를 구가한 사람은 불과 10여명이 될까말까 한다.

난형난제 難兄難弟

【자해字解】 難 어려울 **나** 兄 맏 **형**. 弟 아우 **제**.
【출전出典】 世說新語(세설신어)
【의미意味】 누구를 형이라 아우라 분간하기 어렵다는 뜻,
두 사물이 서로 엇비슷하여 분간하기 어려움.

양상군자(梁上君子)로 유명한 후한 말의 진식은 태구의 현령이라
는 적은 녹봉을 받고 있으면서도. 그의 아들 진기와 진심과 아울러
'세 군자'라고 불려져, 그 덕망과 소문이 상당히 높았다.

어느 때 손님이 진식의 집에서 머무 일이 있었다. 진식은 진기와
진심 형제에게 밥을 지으라고 명령하였다. 그는 손님과 토론에 열중
하고 있었다. 형제는 밥을 짓기 시작했다. 그러나 아버지와 손님의 토
론에 귀를 기울이느라고, 거기에 열중하여 찌는 바구니 밑에 채롱을
까는 것을 잊어버렸다. 그래서, 쌀이 모두 솥 안에 쏟아지고 말았다.
아버지가

"밥은 다 되었느냐?"

라고 말하는 바람에 당황하여 보니 밥이 아니라 죽이 되어 있었
다. 형제가 무릎을 꿇고 그 사실을 말하자. 아버지가

"그래서 너희들은 우리들이 얘기하고 있던 것을 조금이라도 외우
고 있느냐?"

하고 묻자,

"네, 대체로는 알고 있습니다."

하고 이야기를 시작하는데. 놀랍게도 그 요점을 잡아 이야기를 하
는 것이었다. 진식은 빙그레 웃으면서.

"확실하구나. 그러면 죽이라도 좋으니 사과할 필요는 없다."고 했다.

또 한 번은 진식이 친구와 함께 떠나기로 약속한 일이 있었다. 정오에 떠나자고 약속했는데, 시간이 되어도 친구가 나타나지 않기 때문에, 진식이 먼저 출발을 하고 말았다. 그 뒤에서 친구가 찾아와서, 문밖에서 놀고 있는 진기에게 아버지의 일을 물었다.

진기가 "아버지는 오랫동안 당신을 기다리시다가, 오시지 않아서 먼저 떠나셨습니다."라고 말하자, 친구는 화를 내며, "사람과 약속을 해놓고서 혼자서 먼저 떠나버린다는 것은 어쩐 일인가?"라고 말하자, 진기가 말했다.

"당신은 아버지와 정오에 만나자고 약속하신 것이죠? 그런데도 정오에 오시지 않은 것은 신의에 관계되는 일이 아닙니까? 또 아들을 보고 아버지의 욕을 하는 것은 예의에 어긋나는 일이 아닙니까?"

친구는 그가 닦아세우는 바람에 몹시 부끄럽게 생각하여, 수레에서 내려 사과하려고 했지만 진기는 그를 상대도 하지 않고서 대문 안으로 들어가 버렸다

원래 뜻은 '형이라고 하기도 어렵고 동생이라고 하기도 어렵구나.' 이지만 형제가 다같이 우열을 결정하기 어렵다는 뜻에서 변하여, 두 가지 사물이 그 우열을 결정할 수 없을 때에도 같은 뜻으로 사용된다.

활용의 예 요즘 배구경기에서 **난형난제**하는 팀은 KT&G와 KT 두 팀이다.

남가일몽 南柯一夢

【자해字解】 南 남녘 **남**. 柯 가지 **가**. 一 한 **일**. 夢 꿈 **몽**.
【출전出典】 《南柯記》, 《異聞集》
【의미意味】 남쪽 나뭇가지의 꿈이란 뜻.
　　　　　 곧 ① 덧없는 한때의 꿈. ② 인생의 덧없음의 비유.

　당나라 9대의 황제인 덕종 때 광릉 땅에 순우분란 사람이 있었다.
어느 날, 순우분이 술에 취해 집 앞의 큰 화나무 밑에서 골아 떨어졌
다. 그러자 남색 관복을 입은 두 사나이가 나타나더니 이렇게 말했다.
　"저희는 괴안국왕의 명을 받고 대인을 모시러 온 사신이옵니다."
　순우분이 사신을 따라 화나무 구멍 속으로 들어가자 국왕이 성문
앞에서 반가이 맞이했다. 순우분은 부마가 되어 궁궐에서 영화를 누
리다가 남가태수를 제수받고 부임했다. 남가군을 다스린 지 20년, 그
는 그간의 치적을 인정받아 재상이 되었다.
　그러나 때마침 침공해 온 단라국 군에게 참패하고 말았다. 설상가
상으로 아내까지 병으로 죽자 관직을 버리고 상경했다. 얼마 후 국왕
은 '천도해야 할 조짐이 보인다'며 순우분을 고향으로 돌려보냈다.
　잠에서 깨어난 순우분은 꿈이 하도 이상해서 화나무 뿌리 부분을
살펴보았다. 과연 구멍이 있었다. 그 구멍을 더듬어 나가자 넓은 공간
에 수많은 개미의 무리가 두 마리의 왕개미를 둘러싸고 있었다. 여기
가 괴안국이었고, 왕개미는 국왕 내외였던 것이다. 또 거기서 '남쪽
으로 뻗은 가지'에 나 있는 구멍에도 개미떼가 있었는데 그곳이 바로
남가군이었다.
　순우분은 개미 구멍을 원상대로 고쳐 놓았지만 그날 밤에 큰비가

내렸다. 이튿날 구멍을 살펴보았으나 개미는 흔적도 없이 사라졌다. '천도해야 할 조짐'이란 바로 이 일이었던 것이다.

활용의 예 퇴직 후 어느 회사의 중역으로 취직을 하였다고 좋아하던 친구는 그 회사의 빚을 안고 퇴직금까지 몽땅 날린 일을 겪고 나서야 **남가일몽**에서 깨어 날 수 있었다.

남풍불경 南風不競

【자해字解】 南 남녘 **남**. 風 바람 **풍**. 不 아니 **불**. 競 다툴 **경**.
【출전出典】 《春秋左氏傳(춘추좌씨전)》 양공(襄公)
【의미意味】 남방지역의 풍악은 미약하고 생기가 없다는 뜻으로 일반적으로 힘 또는 세력을 떨치지 못함을 비유하는 말로 사용된다.

춘추시대 제후들은 진나라를 중심으로 연합하여 제나라를 공격했다. 정나라의 자공은 그 틈에 초나라의 군대를 끌어들여 남의 힘으로 자신이 권력을 장악하고자 했다. 그렇지만, 초의 재상 자경은 이 일에 찬성하지 않았다. 그런데 이 소식을 듣고 초강왕은 자경에게 사람을 보내 이렇게 말했다.

"나는 즉위한 지 5년이 되었지만 군대를 외국에 파견한 적은 없소. 국민들이 나를 가리켜 스스로의 안일을 탐내어 선군의 유업을 잊고 있다고 생각할지도 모르니 이 점을 생각해 주기 바라오."

다시 말해서 자경에게 군대를 파견하겠다는 뜻을 나타낸 것이었다.

이 말을 듣고 자경은 탄식을 하였으나 국왕의 사신이기에 이렇게 대답했다.

"그러면 한번 부딪쳐 보겠습니다. 만약 일이 잘 되지 않으면 군대를 회군시킬 것이고, 그러면 일던 출병은 한 주상께 불명예도 되지 않을 것입니다."

이어서 자경은 군대를 이끌고 정나라로 공격해 갔다. 그러나 정나라는 자공의 야심을 미리 알고 있었으므로 자경의 군대는 겨우 성 아래서 이틀 동안 주둔하다 철수해야 했다. 그러나 철수 도중 큰비와 추위를 만나 많은 군사가 얼어죽어서 전멸 상태에 이르렀다.

진나라에도 초군의 출동 소식이 전해졌는데 이때 악관 사광은 말했다.

"큰 해는 없을 것입니다. '남방의 음조는 미약해서 조금도 생기가 없으므로'(南風不競) 초군은 반드시 실패하고 말 것입니다."

하고 예언을 하였었다.

활용의 예 제까짓 게 성을 내면 뭘 해 **남풍불경**인데 걱정할 것 없다구. 보나마 뻔한데 뭘……

내우외환 內憂外患

[자해字解] 內 안 **내**. 憂 근심 **우**. 外 바깥 **외**. 患 근심 **환**.
[출전出典] 《十八史略》
[의미意味] 안의 근심과 밖의 재난. 곧 근심, 걱정 속에 사는 것을 뜻

송나라에 환원이라는 대부가 있었다. 그는 지성을 다해 진과 초를

설득하여 송나라의 서문 밖에서 양국의 대표자가 조약을 조인케 하였다.

"이제 두 나라는 서로 침범하지 않을 것이며, 어느 나라에 환란이 있을 때엔 서로 돕는다. 두 나라에 복종하지 않은 나라가 있을 때에는 두 나라가 연합하여 함께 정벌한다"

는 내용이었다. 이것은 남북을 대표하는 두 나라가 평화를 유지함으로써 천하의 소란을 가라앉히려는 데 목적이 있었다.

그러나 이 약속은 겨우 3년이 지나서 깨어진 것이었다. 초나라가 진나라와 의논 없이 정나라를 침략함으로써 조약은 깨어졌다.

이듬해에는 마침내 진의 영공과 초의 공왕 사이에 충돌이 일어나 언릉이라는 곳에서 맞붙게 되었다. 이 싸움에서 초나라의 공왕은 눈에 화살을 맞고 패하여 도망을 치고 말아 초나라의 기세가 크게 꺾이게 되었다.

그런데 이보다 앞서 낙서라는 이는 진나라에 항거하는 정나라를 치기 위해 동원령을 내렸었다. 이때 초나라와 싸울 것을 주장하자 범문자가 반대했다.

"제후로 있는 자가 반란하면 이를 토벌하여야 함이 마땅한 것이지 그를 돕게 되면 나라가 혼란해지는 것이요."

낙서가 말했다.

"성인이라면 밖으로의 재난을 견딜 수 있겠지만, 우리는 밖으로의 재난이 없으면 반드시 안으로 우환이 있을 것이요. 그러니 그것을 어찌 견디겠소."

내우외환은 이렇게 유래되었다.

활용의 예 집안에 어려운 일이 생기면 위로하고 협력을 하려 하지 않고 도리어 탓을 하게 되면 내우외환이 되어 더 어렵게 되고 마는 법이다.

노마지지 老馬之智

【자해字解】 老 늙을 **로.** 馬 말 **마.** 之 갈 **지**(…의). 智 슬기 지혜 **지.**
【출전出典】 《韓非子》〈說林篇〉
【의미意味】 늙은 말의 지혜란 뜻으로, 아무리 하찮은 것일지라도 저마다 장기나 장점을 지니고 있음을 이르는 말.

춘추 시대, 제나라 환공 때의 일이다. 어느 해 봄, 환공은 명재상 관중과 대부 습붕 데리고 고죽국을 정벌하러 나섰다.

쉽게 생각했던 전쟁이 의외로 길어지는 바람에 그 해 겨울에야 끝이 났다. 지름길을 찾아 귀국하다가 혹한 속에서 길을 잃고 말았다. 전군이 진퇴양난(進退兩難)에 빠져 떨고 있을 때 관중이 말했다.

"이런 때 '늙은 말의 지혜(老馬之智)'가 필요하다."

관중의 명령에 따라 즉시 늙은 말 한 마리를 풀어놓았다. 그리고 전군이 그 늙은 말의 뒤를 따라 행군한 지 얼마 안 되어 큰길이 나타났다.

또 한번은 산길을 행군하다가 식수가 떨어져 전군이 갈증에 시달렸다. 그러자 이번에는 습붕이 말했다.

"개미란 원래 여름엔 산 북쪽에 집을 짓지만 겨울엔 산 남쪽 양지바른 곳에 집을 짓고 산다. 흙이 한 치쯤 쌓인 개미집이 있으면 그 땅속 일곱 자쯤 되는 곳에 물이 있는 법이다."

군사들이 산을 뒤져 개미집을 찾은 다음 그곳을 파 내려가자 과연 샘물이 솟아났다.

이 이야기에 이어 한비자는 그의 저서《한비자》에서 이렇게 쓰고 있다.

"관중의 총명과 습붕의 지혜로도 모르는 것은 늙은 말과 개미를 스승으로 삼아 배웠다. 그러나 그것을 수치로 여기지 않았다. 그런데 오늘날 사람들은 자신이 어리석음에도 성현의 지혜도 스승으로 삼아 배우려 하지 않는다. 이것은 잘못된 일이 아닌가."

사실 과학은 이런 자연의 섭리를 알아내고 배우는 일인데, 요즘은 자기가 직접 보지 않은 모든 것을 믿으려 하지 않기에 세상의 진리가 제대로 작동하지 않는지 모른다.

활용의 예 우리 나라 전설에 고려장의 얘기가 있다. 이 얘기에서 노마지지로 원님의 수수께끼를 모두 풀어낸 아들이 어버이를 구해 낸 것으로 알려져 있다.

누란지위 累卵之危

【자해字解】 累 여러 포갤 **루**. 卵 알 **란**. 之 갈 **지**(…의). 危 위태할 **위**.
【출전出典】 《史記》〈范雎列傳〉
【의미意味】 포개 놓은 알처럼 몹시 위태로운 형세.

벼슬은 하고 싶었지만, 돈도 연줄도 없는 범저에게 그런 기회가 쉽사리 잡힐 리 없었다. 그래서 우선 제나라에 사신으로 가는 중대부

수가를 따르는 사람이 되어 그를 수행했다. 그런데 제나라에서 가서는 사신인 수가보다 범저의 인기가 더 좋았다. 그래서 기분이 몹시 상한 수가는 귀국 즉시 재상에게

'범저는 제나라와 내통하고 있다' 고 고발을 했다.

범저는 모진 고문을 당한 끝에 거적에 말려 변소에 버려졌다. 그러나 그는 모사답게 옥졸을 설득, "내가 다시 나가기만 하면 당신들을 모두 데려다가 장수를 시킬 수도 있는 사람이오. 지금 저 수가라는 사람이 내가 너무 인기가 높으니까 나를 모략한 것이라는 것은 당신들도 잘 알지 않소, 여기서 나가게만 해주시오."하고 달래어 탈옥한 뒤 후원자인 정안평의 집에 숨어 지내며 이름을 장록이라 바꾸었다.

그리고 망명할 기회만 노리고 있던 중 때마침 진나라에서 사신이 왔다. 정안평은 숙소로 은밀히 사신 왕계를 찾아가 장록을 추천했다.

"이 사람은 이 나라를 일으킬 수도 망하게 할 수도 있는 사람이오, 그렇지만 이 나라에서는 그가 자기보다 잘 되는 것을 미워하여 모략을 한 것 이었다오."

어렵사리 장록을 진나라에 데려온 왕계는 소양왕에게 이렇게 소개했다.

"전하, 위나라의 장록 선생은 천하의 외교가 이옵니다. 선생은 진나라의 정치를 평하여 '알을 쌓아 놓은 것처럼 위태롭다' 며 선생을 기용하면 국태민안할 것이라고 하였사옵니다."

소양왕은 자기 나라를 이렇게 평하는 불손한 손님을 당장 내치고 싶었지만 인재가 아쉬운 전국 시대이므로, 일단 그를 말석에 앉혔다. 그 후 범저(장록)는 '원교근공책(먼 나라와는 교류를 하면서 가까운 나라는 공격을 해서 멀리함)' 으로 그의 진가를 발휘했다

활용의 예 사상 유례없는 폭설로 지붕 위에 수북하게 쌓인 눈 때문에 **누란지위**에 처한 어르신들을 동네 회관으로 모셔서 안전하게 대피시킨 마을이 있었다.

다다익선 多多益善

【자해字解】 多 많을 **다**. 益 더할 **익**. 善 착할 좋을 잘할 **선**.
【출전出典】 《史記》〈淮陰侯列傳〉
【의미意味】 많으면 많을수록 좋다는 뜻.

한나라 고조 유방은 명장으로서 천하 통일의 일등 공신인 초왕 한신을 위험한 존재로 여겼다. 그래서 계략을 써 그를 포박한 후 회음후로 좌천시키고 도읍 장안을 벗어나지 못하게 했다.

어느 날, 고조는 한신과 여러 장군들의 능력에 대해서 이야기를 나누던 끝에 이렇게 물었다.

"과인은 몇 만의 군사를 통솔할 수 있는 장수감이라고 생각하오?"

"아뢰옵기 황공하오나 폐하께서는 한 10만쯤 거느릴 수 있으실 것으로 생각하나이다."

"그렇다면 그대는?"

"예, 신은 '다다익선'이옵니다."

"다다익선? 핫핫핫……."

고조는 한바탕 웃고 나서 물었다.

"다다익선이란 그대가 어찌하여 10만의 장수감에 불과한 과인의 포로가 되었는고?"

한신은 이렇게 대답했다.

"하오나 폐하, 그것은 별개의 문제이옵니다. 폐하께서는 병사의 장수가 아니오라 장수의 장수이시옵니다. 이것이 신이 폐하의 포로가 된 이유의 전부이옵니다."

이 말을 들은 고조 유방은 한신에 대한 의심과 미움을 버릴 수 있었다.

활용의 예 요즘 의사가 너무 많아져서 먹고 살기가 어려워진 의사가 많다고 한다. 그래서 의사들이 각종 클리닉이라는 것을 만들어서 치료가 아닌 예방에 주력하는 사업을 하는 것을 보면 역시 의사는 **다다익선**이라고 해야겠다.

대공무사 大公無私

【자해字解】 大 큰대. 公 귀공. 無 없을무. 私 사사로울 **사**.
【출전出典】 《십팔사략(十八史略)》
【의미意味】 매우 공평하여 사사로움이 없다는 뜻이다.

춘추시대 진평공이 기황양이라는 자에게 물었다.

"남양현에 장 자리가 비어 있는데 누구를 보내는 것이 적당하겠는가?" 기황양은 주저하는 기색이 없이 즉시 대답했다.

"해호를 보내면 반드시 훌륭하게 임무를 해낼 것입니다."

평공은 놀라서 물었다.

"그대는 해호와 원수지간이 아닌가? 어찌하여 해호를 추천하는 것인가?"

기황양이 대답했다.

"공께서 물으신 것은 임무를 수행할 수 있는 적임자에 관한 것이지, 해호가 제 원수인지 아닌지를 물은 것은 아닙니다."

이렇게 하여 임명된 해호는 임무를 성실하게 수행하였다.

얼마 후, 평공이 다시 물었다.

"지금 조정에 자리가 하나 비어있는데, 누가 적임자인가?"

기황양은 대답했다.

"기오가 수행할 수 있을 것입니다."

평공이 이상하다는 듯 여기며 반문했다.

"기오는 그대의 아들이 아니오. 어찌 아들을 추천할 수 있겠소."

"공께서는 누가 적임자인지를 물으신 것이지, 기오가 제 아들인지 아닌지를 물은 것은 아닙니다."

결국 기오는 모든 일을 공명정대하게 처리하고 칭송을 받았다. 어떤 자리에 있던 공평하게 일을 처리하는 것은 결코 쉬운 일이 아니다.

사사로운 감정에 치우치지 않고 객관적이고 타당성 있는 기준에 따라 추천을 한 기황양은 역시 훌륭한 신하였다고 할 수 있다.

활용의 예 대통령의 인사가 **대공무사**하다면 어느 나라나 잘 되고 발전 할 수 있을 것이다.

대기만성 大器晩成

【자해字解】 大 클 대. 器 그릇 기. 晩 늦을 만. 成 이룰 성.
【출전出典】 《三國志》〈魏志. 崔琰傳〉,《後漢書》〈馬援傳〉
【의미意味】 큰 그릇은 늦게 만들어진다는 뜻.
　　　　곧 ① 크게 될 사람은 늦게 이루어짐의 비유.
　　　　　 ② 만년(晩年)이 되어 성공하는 일.
　　　　　 ③ 과거에 낙방한 선비를 위로하여 이르던 말.

　　후한을 세운 광무제때 마원이란 명장이 있었다. 그는 젊은 시절에 변방의 관리로 출발하여 마침내는 복파장군까지 된 인물이다. 복파장군이란 전한 이후 나라에서 가장 큰 공을 세운 장군에게만 주어지는 칭호이다.

　　마원이 생전 처음 지방 관리가 되어 부임을 앞두고 형인 최황을 찾아갔다. 그러자 마원에게 그는 이렇게 충고했다.

　　"너는 이른바 '대기만성' 형이야. 솜씨 좋은 대목이 산에서 막 베어낸 거친 원목을 시간과 노력을 들여 좋은 재목으로 다듬어내듯이 너도 네 재능을 살려 꾸준히 노력하면 큰 인물이 될 것이다. 부디 함부로 날뛰지 말고 스스로 조심하여라."

　　이 말을 새겨들은 마원은 자신이 맡은바 책임을 다하는데 전심전력을 다하였다. 그러나 아무리 누가 잘하였다고 칭찬을 하여도 공을 추켜 세워도 늘 겸손하고 나서지 않았다.

　　이렇게 자신이 할 일은 잘하면서 밖으로 드러내지 않는 그를 많은 사람들은 믿게 되었다. 그리하여 더욱 더 발전을 거듭할 수 있었고, 마침내는 복파장군의 칭호를 받게까지 될 수 있었던 것이다.

활용의 예 작은 일에 웃고 우는 사람보다는 느긋하게 참고 견디면서 자기 할 일에 최선을 다하는 사람을 우리는 **대기만성형**이라고 한다.

대의멸친 大義滅親

【자해字解】 大 클 **대**. 義 옳을 **의**. 滅 멸할 **멸**. 親 친할 육친 **친**.
【출전出典】 《春秋左氏傳》〈隱公三 四年條〉
【의미意味】 대의를 위해서는 친족도 멸한다는 뜻으로, 국가나 사회의 대의를 위해서는 부모 형제의 정도 돌보지 않는다는 말.

춘추 시대인 주나라 환왕 원년의 일이다. 위나라에서는 공자 주우가 환공을 시해하고 스스로 군후의 자리에 올랐다. 환공과 주우는 이복 형제간으로서 둘 다 후궁의 소생이었다.

먼저 임금인 장공 때부터 충의지사로 이름난 대부 석작은 일찍이 주우에게 역심이 있음을 알았다. 그는 아들인 석후에게 주우와 절교하라고 했으나 듣지 않았다. 석작은 환공의 시대가 되자 은퇴했다. 그 후 얼마 안 되어 석작이 우려했던 주우의 반역이 현실로 나타난 것이다.

반역은 일단 성공했으나 백성과 귀족들로부터의 반응이 좋지 않았다. 걱정이 된 석후는 아버지 석작에게 그에 대한 해결책을 물었다. 석작은 이렇게 대답했다.

"역시 천하의 종실인 주왕실을 예방하여 천자를 배알하고 승인을 받는 게 좋을 것이다."

"어떻게 하면 천자를 배알할 수 있을까요?"

"먼저 주왕실과 각별한 사이인 진나라 진공을 통해서 청원하도록 해라. 그러면 진공께서 선처해 주실 것이다."

이리하여 주우와 석후가 진나라로 떠나자 석작은 진공에게 밀사를 보내어 이렇게 고하도록 일렀다.

"바라옵건대, 주군을 시해한 주우와 석후를 잡아 죽여 대의를 바로잡아 주시옵소서."

진나라에서는 그들 두 사람을 잡아 가둔 다음 위나라에서 파견한 입회관이 지켜보는 가운데 처형했다고 한다. 석작은 나라를 위해서 자기 아들을 죽이고 만 것이다.

활용의 예 대의멸친의 정신으로 나라를 구하려 나선 계백은 자신의 가족을 적의 손에 내주지 않으려고 자기 손으로 가족들을 모두 베고 전쟁터로 떠났다.

도원결의 桃園結義

【자해字解】 桃 복숭아 **도**. 園 : 동산 **원**. 結 맺을 **결**. 義 의로울 **의**.
【출전出典】 《삼국지연의(三國志演義)》
【의미意味】 중국 촉나라의 유비, 관우, 장비가 일찍이 도원에서 형제의 의
　　　　　　 를 맺었다는 고사에서 유래된 '의형제를 맺음'을 이르는 말

황건적의 봉기로 인해 한나라는 국정이 몹시 불안하게 되었다. 나

라에서는 이 난을 진압하기 위해 각 지방 장관에게 의용병을 모집하도록 지시를 내렸다. 유비가 살고 있는 유주 탁현에서 이 방을 본 유비는 긴 한숨을 내쉬었다.

이 때 한 사나이가 유비에게 다가와

"나라가 이 모양인데 젊음 사람이 싸울 생각은 않고 한숨만 쉬고 있단 말이오."

하고 호통을 쳤다. 그가 바로 장비였는데 두 사람은 곧 마음이 통하여 서로 인사를 한 다음 가까운 주막으로 들어가 함께 나라 일에 대해 걱정하면서 의견을 교환하게 되었다.

얼마 후 이 주막에 기골이 장대한 사나이가 들어왔다. 그는 관우로서 세 사람은 곧 의기투합하여 나라를 위해 함께 일하기로 결심했다. 이렇게 하여 유비의 집 후원 넓은 복숭아나무 아래서 세 사람은

"나라를 위해 목숨을 바칠 것이며 어떠한 일이 있더라도 우리는 한 날 한 시에 죽을 각오로 싸우겠다."

고 약속을 하면서 의형제를 맺게된 것이다.

활용의 예 이번 황우석 교수의 줄기세포 조작 사건은 도원결의를 한 연구자들이 각자의 욕심을 위해 적으로 돌아서면서 발생한 것으로 볼 수 있다.

도주지부 陶朱之富

【자해字解】 陶 질그릇 도. 朱 붉을 주. 之 어조사 지. 富 부자 부.
【출전出典】 《사기(史記)》 화식전(貨殖傳)
【의미意味】 도주공의 부란 뜻으로 큰 부를 일컫는 말이다.

월나라 때 범려라는 명신이 있었는데 그의 늙었을 적의 이름은 도주였다.

월왕 구천은 범려의 말을 듣지 않고 오나라와 싸워 크게 패하였다. 구천은 범려의 조언을 듣지 않은 것을 후회하고 후일을 기약하면서 오나라와 굴욕적인 화해를 하게 되었다. 범려의 조언에 힘입어 구천은 부국강병에 힘써 20년 뒤에는 드디어 오를 멸망시키고 패자가 되었으며 범려는 상장군이 되었다. 그러나 범려는

"나는 새가 없어지면 활이 더 이상 필요치 않으며 민첩한 토끼가 죽으면 좋은 개도 더 이상 필요치 않게 되어 잡아먹히게 된다."고 말하면서 제나라로 건너갔다.

제나라에서 범려는 이름을 치이자피로 바꾸고 장사를 시작하여 엄청난 부를 얻었다. 제나라에서는 그의 재능을 높이 사 그를 재상으로 삼고자 했다.

"천금의 부를 누리면서 재상이 된다는 것은 영화의 극치이다. 오래도록 높은 명성을 유지하는 것은 좋지 않다."

고 말하면서 자신의 재산을 아낌없이 나누어주고 도로 옮겨갔다.

거기서도 그는 장사를 시작해 큰 부를 얻게 되어 도주공이라 불리게 되었는데 이것도 역시 아낌없이 다른 사람들에게 나누어주었다. 이리하여 그는 17년 동안 세 차례나 큰 부를 얻어 가난한 사람들에게

나누어주어 칭송을 받았는데 가업을 물려받은 후손들도 더욱 큰 부를
얻게 되었다.

이후 큰 부자가 된 사람을 도주지부라고 부르게 되었다

활용의 예 고 정주영 명예회장은 겨우 소 한 마리 값을 가지고 나
와서 **도주지부**를 일구어 북한 돕기에 앞장을 섰던 분이다.

도청도설 道聽塗說

【자해字解】 道 길 **도**. 聽 들을 **청**. 塗 길 **도**. 說 말씀 **설**.

【출전出典】 《論語》〈陽貨篇〉, 《漢書》〈藝文志〉, 《荀子》〈勸學篇〉

【의미意味】 길에서 듣고 길에서 말한다는 뜻.
　　　　　곧 ① 설들은 말을 곧바로 다른 사람에게 옮김.
　　　　　② 길거리에 떠돌아다니는 뜬소문.

공자는 "길거리에서 들은 좋은 말을 마음에 간직하여 자기 수양의
양식으로 삼지 않고 길거리에서 바로 다른 사람에게 말해 버리는 것
은 스스로 덕을 버리는 것과 같은 것이다. 좋은 말은 마음에 간직하고
자기 것으로 하지 않으면 덕을 쌓을 수 없다는 말이다."고 하였다.

한편 순자는 〈권학편〉에서 다언을 이렇게 훈계하고 있다.
"'소인배의 학문은 귀로 들어가 곧바로 입으로 흘러나오고' 마음
속에 새겨 두려고 하지 않는다. '귀와 입 사이는 불과 네 치.' 이처럼 짧
은 거리를 지날 뿐이라면 어찌 일곱 자 몸을 훌륭하게 닦을 수 있겠는가."

하였다. 그렇다

"옛날에 학문을 한 사람은 자기 자신을 닦기 위해서 노력했지만 요즈음 사람들은 배운 것을 금방 다른 사람에게 고하고 자기를 위해 마음속에 새겨 두려고 하지 않는다. 군자의 학문은 자기 자신을 아름답게 하지만, 소인배의 학문은 인간을 못 쓰게 망쳐 버린다. 그래서 묻지 않은 말도 입 밖에 낸다. 이것을 '잔소리'라 하며, 하나를 묻는데 둘을 말하는 것을 '수다'라고 한다. 둘 다 잘못되어 있다. 참된 군자는 묻는 말에만 대답하고 묻지 않으면 말하지 않는다."

어느 세상에도 오른쪽 귀로들은 것을 왼쪽 사람에게 털어놓는 수다쟁이 정보통이 많다. 더구나 그 정보는 입에서 입으로 전해지는 사이에 점점 꼬리를 끌게 마련이다. '이런 무리는 해가 있을 뿐'이라며 공자, 순자는 경계하고 있다.

활용의 예 세상의 많은 사람들은 진면목은 알지도 못하면서 도청도설에 따라 남을 헐뜯는 일이 허다하다.

도탄지고 塗炭之苦

[자해字解] 塗 진흙 **도**, 炭 숯 **탄**. 苦 고 생할 **고**.
[출전出典] 《서경(書經)》, 《상서(尚書)》
[의미意味] 진구렁에 빠지고 숯불에 타는 듯한 고생.

중훼는 은나라 탕왕의 눈에 띄어 벼슬하여 좌상이 된 어진 신하이

다. 탕왕은 하나라의 걸왕을 무력으로써 공격하여 혁명에 성공하였
다. 그러나 중국의 역사에서는 요임금이 순임금에게 제왕의 자리를
양보하고, 순임금이 우임금에게 제왕의 자리를 양보하였다.

이렇게 대대로 덕 있는 사람이 덕 있는 사람에게 왕위를 양보하는
형식으로 천자의 자리를 물려주어 온 것이다. 이것을 선양이라고 말
한다. 그러나, 탕왕은 자신만 무력혁명에 의하여 왕위를 얻은 것을 부
끄럽게 생각하여, 이렇게 말했다.

"나는 후세 사람들이 내가 한 행동으로써 구실을 삼는 것이 두렵
도다." 중훼는 이 말을 듣고 탕왕에게 고하는 말을 지어 위로했다. 그
글 가운데서 그는 이렇게 말했다.

"아아, 이 하늘이 백성들을 내셨고, 나라를 일으키고자 하여도 임
금이 없으면 곧 어지러워지나이다. 오직 하늘이 왕께 총명함을 내시
어 이에 다스리게 하신 것입니다. 하나라가 있었으나 덕이 어두워 백
성들이 도탄에 떨어뜨렸습니다. 하늘이 곧 왕에게 용기와 지혜를 주
시어 만방에 올바름을 나타내고, 우왕의 옛 옷을 짜게 하셨습니다. 그
러니 그 떳떳함을 따르시고, 하늘의 명을 받들어 따라야 하나이다."

중훼는 탕왕의 무력행사에 의한 혁명을 인정하였다. 걸왕 밑에서
신음하던 백성들을 도탄의 괴로움에서 구원하는 것이, 천자에 오른
사람의 책임이고 의무라고 말하며, 탕왕을 격려했던 것이다.

활용의 예 설상가상의 폭설 피해로 **도탄지고**를 겪는 호남사람들
에게 잠시 들러서 사진이나 찍는 국회의원들은 원망의 대상일 뿐이
었다.

동가식서가숙 東家食西家宿

【자해字解】 東 동녘 **동**. 家 집 **가**. 食 밥 **식**. 西 서녘 **서**. 家 집 **가**.
宿 잘 **숙**.

【출전出典】 《천평어람(天平御覽)》

【의미意味】 동쪽에 가서 먹고 서쪽에 가서 잔다는 뜻으로 일정한 거처가
없이 떠돌아다니며 이 집 저 집에서 얻어먹고 지냄을 비유.

옛날 중국의 제나라에 한 처녀가 살고 있었는데 어느 날 그녀에게
동쪽과 서쪽 두 곳에서 청혼이 들어왔다. 동쪽의 집 아들은 인물은 보
잘것없이 흉하게 생겼으나 집이 매우 부유했고, 서쪽의 아들은 인물
은 출중한 미남이었으나 집이 매우 가난했다.

부모는 딸의 뜻을 물어보기 위해 다음과 같이 말했다.

"만일 동쪽의 총각에게 시집을 가고 싶으면 왼편 어깨의 옷을 벗고 서
쪽의 총각에게 시집을 가고 싶으면 오른쪽 어깨의 옷을 벗어라."

그러자 망설이던 딸은 한꺼번에 양어깨의 옷을 모두 벗어 버렸다.
부모가 놀라 그 연유를 묻자

"낮에는 동쪽 집에서 먹고 밤에는 서쪽 집에서 자고 싶어요."

라고 말했다 한다

이 이야기에서는 먹을 곳과 잘 곳이 정해지는 것이지만 실제로 이
말의 쓰임은 먹고 자고 하는 곳이 정해지지 않고 떠돌아다니는 사람
이라는 뜻으로 쓰이고 있다.

활용의 예 아무리 **동가식서가숙** 하는 떠돌이라도 인권은 있음을
알아야지!

동병상련 同病相憐

【자해字解】 同 한가지 **동**. 病 앓을 **병**. 相 서로 **상**. 憐 불쌍히 여길 **련**.
【출전出典】 《吳越春秋》〈闔閭內傳〉
【의미意味】 같은 병을 앓는 사람끼리 서로 가엽게 여긴다는 뜻으로, 어려운
　　　　　 처지에 있는 사람끼리 서로 딱하게 여겨 동정하고 돕는다는 말.

　전국시대인 기원전 515년, 오나라의 공자 광은 사촌 동생인 오왕 요를 시해한 뒤 오왕 합려라고 스스로 이름하였다. 또 자객을 천거하는 등 반란에 적극 협조한 오자서를 중용했다.

　오자서는 7년 전 초나라의 태자 소부 비무기의 모함으로 태자태부로 있던 아버지와 역시 관리였던 맏형이 처형당하자 복수를 하기 위해 오나라로 피신해 온 망명객이었다. 그가 반란에 적극 협조한 것도 실은 유능한 광(합려)이 왕위에 오름으로써 아버지와 형의 원수를 갚을 수 있게 초나라 공략하는 길이 열릴 것으로 믿었기 때문이다.

　그 해 또 비무기의 모함으로 아버지를 잃은 백비가 오나라로 피신해 오자 오자서는 그를 오왕 합려에게 천거하여 대부 벼슬에 오르게 했다. 이 사실이 알려지자 오자서는 대부 피리에게 힐난을 받았다.

　"백비의 눈길은 매와 같고 걸음걸이는 호랑이와 같으니, 이는 필시 살인할 악상이오. 그런데 귀공은 무슨 까닭으로 그런 인물을 천거하였소?"

　피리의 말이 끝나자 오자서는 이렇게 대답했다.

　"뭐 별다른 까닭은 없소이다. 하상가에도 '동병상련' 동우상구란 말이 있듯이 나와 같은 처지에 있는 백비를 돕는 것은 인지상정이지요."

그로부터 9년 후 합려가 초나라를 공략, 대승함으로써 오자서와 백비는 마침내 부형의 원수를 갚을 수 있었다. 그러나 그 후 오자서는 불행히도 피리의 예언대로 월나라에 매수된 백비의 모함에 빠져 분을 참지 못하여 죽고 말았다.

활용의 예 요즘 국회라는 곳이 어느 정당의 정책이 특별히 다른 것이 별로 없는 상태이다. 다만 한 당만이 철저한 보수당으로서 재벌이나 있는 자들의 편에 서서 활동을 하고 있으니 나머지 당들은 **동병상련**의 심정으로 서로 협력이 이루어지고 있는 셈이다.

동호지필 董狐之筆

[자해字解] 董 동독할 **동**. 狐 여우 **호**. 之 갈 **지**(…의). 筆 붓 **필**.
[출전出典] 《春秋左氏傳》〈宣公二年條〉
[의미意味] '동호의 직필(直筆)'이라는 뜻.
곧 ① 정직한 기록. 기록을 맡은 이가 직필하여 조금도 거리낌이 없음을 이름.
② 권세를 두려워하지 않고 사실을 그대로 적어 역사에 남기는 일.

춘추 시대, 진나라에 있었던 일이다. 대신인 조천이 무도한 영공을 시해했다. 당시 재상격인 정경 조순은 영공이 시해되기 며칠 전에 그의 해학을 피해 망명길에 올랐으나 국경을 넘기 직전에 이 소식을 듣고 도읍으로 돌아왔다. 그러자 사관인 동호가 공식 기록에 이렇게 적었다.

'조순, 그 군주를 시해하다.'

조순이 이 기록을 보고

"여보게, 아무리 사관이라지만 이제 무슨 소린가? 나는 그 당시 도읍 안에 있지도 않았고, 전혀 알지도 못한 사람인데 어찌 이런 기록이 남는단 말인가?"

하고 항의하자 동고는 이렇게 말했다.

"물론, 대감이 분명히 하수인은 아닙니다. 그러나 대감은 당시 국내에 있었고, 또 도읍으로 돌아와서도 범인을 처벌하거나 처벌하려 하지도 않았습니다. 그래서 대감은 공식적으로는 시해자가 되는 것입니다."

조순은 그것을 도리라 생각하고 그대로 뒤집어쓰고 말았다. 훗날 공자는 이 일에 대해 이렇게 말했다.

"동호는 훌륭한 사관이었다. 법을 지켜 올곧게 직필했다. 조선자(조순)도 훌륭한 대신이었다. 법을 바로잡기 위해 오명을 감수했다. 다만 유감스러운 일은 조선자가 조금만 더 나아가 국경을 넘어 외국에 있었더라면 책임은 면했을 텐데……"

하고 평을 하였다고 한다. 나라만 벗어나 있었으면 나라 안에 있기 때문이라는 말이 성립이 안 되기 때문이었다.

활용의 예 우리나라의 사관들이 어떠한 압박이나 협박도 물리치고 남긴 동호지필로 썼기에 우리 왕조실록은 유네스코지정 문화유산이 되었다.

두주불사 斗酒不辭

[자해字解] 斗 말 **두**. 酒 술 **주**. 不 아니 **불**. 辭 말씀 **사**.
[출전出典] 《史記》
[의미意味] 말술도 사양하지 아니한다. 곧 주량이 매우 크다

유방이 진나라 수도 함양을 함락시키고 진나라 왕 자영으로부터 항복을 받았다는 사실을 알게 된 항우는 분노가 머리끝까지 치솟아 유방을 칠 각오를 다졌다.

유방 또한 항우가 이를 갈고 있다는 걸 알고 항우의 진중에 나아가 해명했다.

"진나라는 이미 더 이상 백성을 돌볼 능력을 잃은 나라가 아니었소. 만약 내가 치지 않았으면, 장군이라도 치고 말았을 것입니다. 미리 걱정거리를 제거하였으니 기뻐하실 일이 아니신지요."

유방의 변명에 항우는 고개를 끄덕였으나 항우의 전략을 짜는 범증은 이를 호기로 항우의 사촌동생으로 하여금 칼춤을 추게 하여 유방의 목숨을 노렸다.

유방이 위급한 처지에 있는 걸 알게 된 심복 번쾌가 방패와 칼을 들고 연회장에 들어가려고 했다. 그러나 위병이 가로막았다. 일개 위병이 어찌 번쾌를 막을 수 있으랴. 위병을 쓰러뜨린 번쾌가 연회장에 뛰어들어 항우를 쏘아보았다. 항우는 저도 모르게 칼자루를 만지며 소리쳤다.

"누군가"

"패공 유방의 수행부하 번쾌입니다."

유방의 측근 장량이 대답해 주었다.

"장사로군. 이 자에게 술을 주도록 하라."

한 말들이 술잔이 그에게 주어졌다. 번쾌는 선 채로 단숨에 들이켰다.

"이 자에게 생돼지 다리를 하나 갖다 주어라."

번쾌는 방패 위에다 생 돼지고기를 놓고 썰어 먹었다. 이를 본 천하의 항우도 간담이 서늘해졌다.

"굉장한 장사로군. 한잔 더 하겠나."

"죽음도 사양하지 않는 제가 어찌 술 몇 말을 사양하겠습니까?"

항우는 더 이상 할 말이 없었다. 그리하여 번쾌는 유방을 구해낼 수 있었다.

활용의 예 저 사람 젊은 나이에는 **두주불사**라고 큰 소릴 치더니 결국은 간암으로 세상을 뜨고 말았구만.

득어망전 得魚忘筌

[자해字解] 得 얻을 **득**. 魚 고기 **어**. 忘 잊을 **망**. 筌 가리(고기잡는 기구) **전**.
[출전出典] 《莊子(장자)》外物編.
[의미意味] 물고기를 잡고 나면 통발을 잊어버린다는 뜻. 목적을 이루면 그 때까지 수단으로 삼았던 사물은 무용지물이 됨을 이르는 말.

가리는 고기를 잡기 위한 기구이다.

그러나 고기를 잡으면 가리는 잊고 만다.

말은 뜻을 나타내기 위한 것이다.

그러나 뜻을 나타낸 뒤에는 말을 잊고 만다.

나는 어떻게 하면 말을 잊는 사람을 만나 함께 이야기를 할 수 있을까? 하고 말을 잊는 사람과 이야기를 원하고 있다.

말을 잊는다는 것은, 말에 구애받지 않는다는 뜻이다.

시비와 선악 같은 것을 초월한 절대의 경지에 들어가 있는 사람을, 장자는 말을 잊은 사람이라고 보고 있는 것이다.

여기서는 득어망전이, 말을 잊은 것과 같은 자연스럽고 모든 것을 초월한 좋은 뜻으로 쓰여지고 있다.

장자와 같이 반대의 입장에서 세상을 보는 사람으로서는 인간의 그러한 일면이 당연하고도 자연스런 것이 될 수도 있다.

그러나 장자가 보는 그 당연한 일면을 속된 우리들은 인간이 기회주의적인 모순성을 드러내고 있는 것으로 보고 있는 것이다.

하여간 좋든 나쁘든 인간이 득어망전의 공통성을 지니고 있는 것만은 사실이다.

활용의 예 우리들은 인간이 기회주의적인 모순성을 드러내고 있다고 생각한다. 하여간 좋든 나쁘든 인간이 **득어망전**의 공통성을 지니고 있는 것만은 사실이다.

마이동풍 馬耳東風

[자해字解] 馬 말 **마**. 耳 귀 **이**. 東 동녘 **동**. 風 바람 **풍**.

[출전出典] 《李太白集》〈券十八〉

[의미意味] 말의 귀에 동풍(東風:春風)이 불어도 전혀 느끼지 못한다

곧 ① 남의 말을 귀담아 듣지 않고 그대로 흘려 버림의 비유.

② 무슨 말을 들어도 전혀 느끼지 못함의 비유.

③ 남의 일에 상관하지 않음의 비유.

당나라의 대시인 이백이 벗 왕십이로부터 시 한 수를 받자 이에 답하여 시를 보냈는데 '마이동풍'은 마지막 구절에 나온다. 장시인 이 시에서 이백은 "우리네 시인들이 아무리 좋은 시를 짓더라도 이 세상 속물들은 그것을 알아주지 않는다"며 울분을 터뜨리고 다음과 같이 맺고 있다.

세인들은 이 말을 듣고 모두 머리를 흔드네.
마치 동풍이 쏘인 말의 귀처럼

이태백이라면 이 세상을 주름잡는 명 시인인데 그런 분도, 세상 사람들이 자신의 작품에 대해서 관심도 없고 알아주지 않는다고 울분을 토했다. 정말 문학을 하는 사람들이 얼마나 힘들고 알아주지도 않은 글을 쓰면서 애를 쓰는 지 생각을 해보아 주었으면 좋으련만, 세상 사람들은 아무리 좋은 시라고 해도 한 줌의 콩나물을 더 담아 주는 콩나물 장수의 인심만도 못하게 여기는 것은 아닌지 모르겠다.

활용의 예 넌 도대체 어찌되려고 그렇게 부모 말씀을 **마이동풍**으로 여기니?

막역지우 莫逆之友

[자해字解] 莫 없을 **막**. 逆 거스를 **역**. 之 어조사 **지**. 友 벗 **우**.
[출전出典] 《莊子》〈大宗師篇〉
[의미意味] 거리낌이 없는 친구. 의기투합하여 아주 친밀한 벗을 말함

자사, 자여, 자려, 자래 네 사람이 얘기를 나누었다.

"무를 머리로 하고, 삶을 등으로 하며, 죽음을 꼬리로 할 수 있는 사람은 없을까? 요컨대 사생·존망이 일체임을 알고 있는 사람은 없을까? 그런 사람과 벗이 되고 싶다."

그리고 아무런 거리낌 없이 선뜻 그 자리에서 벗이 되었다.

"네 사람이 마주 보고 웃었다. 아음에 거스름이 없이 마침내 서로가 더불어 벗이 되었다."

자상호, 맹자반, 자금장 세 사람이 얘기를 나누었다.

"사귀고자 함이 없이 사귀고, 무위이면서 유위인 사람은 없을까? 세속을 초월하여 하늘에 오르고, 안개 속에 놀며, 무궁한 경지를 떠돌고, 유한의 삶을 잊고 무한 속에 사는 사람은 없을까? 그런 사람과 벗이 되고 싶다."

그리고 아무런 거리낌 없이 그 자리에서 선뜻 벗이 되었다.

세 사람이 마주 보고 웃었다. 마음에 거스름이 없이 마침내 서로가 더불어 벗이 되었다.

이 두 이야기에서 나오는 친구들은 어떤 조건, 인연 같은 것을 찾는 그런 친구가 아니었다. 다만 서로의 뜻이 같아서 모든 것을 털어버리고 친구가 될 수 있었던 것이다.

활용의 예 저 사람들은 **막역지우**인데 국회에 나가면 저렇게 싸워 대니 저것이 정치란 말인가?

만사휴의 萬事休矣

[자해字解] 萬 일만 **만**. 事 일 **사**. 休 그칠 쉴 **휴**. 矣 어조사 **의**(…이다).
[출전出典] 《宋史》〈荊南高氏世家〉
[의미意味] 모든 일이 끝장났다(가망 없다)는 뜻으로, 어떻게 달리 해볼 도리가 없다는 말.

당나라가 망하고 송나라가 일어날 때까지 53년 동안에 중원에는 후량, 후당, 후진, 후한, 후주의 다섯 왕조가 일어났다가 쓰러지곤 했는데, 이 시대를 오대(후오대의 준말)라 일컫는다.

또 다시 중원을 벗어난 각 지방에는 전촉, 오, 남한, 형남, 오월, 초, 민, 남당, 후촉, 북한 등 열 나라가 있었는데 역사가는 이를 오대 십국이라 일컫고 있다.

이들 열 나라가 서로 세력을 다투고 있는 형편에 그 중에서도 작은 형남과 같은 보잘것없는 작은 나라도 있었다. 그런데 이 작은 나라의 왕인 고종회는 아들 고보욱을 분별없이 귀여워했다.

한없이 귀여워만 한 고보욱은 세상의 이치나 살아가는 방법도 알려고 하지 않았다. 그래서 고보욱은 남이 아무리 노한 눈으로 쏘아보아도 싱글벙글 웃어 버리고 마는 것이었다. 이 사실을 안 백성들은

'이젠 모든 일이 끝장났다.'

이렇게 생각했다.

과연 고보욱의 대에 이르러 형남은 맥없이 멸망하고 말았다.

활용의 예 폭설로 비닐하우스가 납작 무너져 버린 농부 김씨는 지난여름 태풍 피해에 이어 다시 눈 피해까지 입고서는 만사휴의라면서 농약을 마셔버렸다니, 얼마나 안타까운 일인가?

만전지책 萬全之策

【자해字解】 萬 일만 **만**. 全 온전할 **전**. 之 어조사 **지**. 策 꾀 **책**.
【출전出典】 《後漢書》
【의미意味】 아주 안전하거나 완전한 계책. 조금의 허술함도 없는 완전한 대책.

후한 말기 위나라 조조의 군대와 북방 최대의 군벌 원소의 군대가 관도라는 곳에서 대치하고 있었다. 이 때 원소의 군대는 10여 만 명이나 되는 데 반해 조조의 군대는 겨우 3만 여명 밖에 되지 않았다. 이렇게 수적으로는 조조의 군대가 열세에 있었지만 백마의 싸움에서 원소의 명장인 안량과 문추를 격파하여 죽게 하는 등 원소에게 상당한 타격을 주고 있었다.

그렇지만 병력의 수적인 면에서 워낙 뒤떨어졌기 때문에 조조는 한 때 도읍인 허창으로 후퇴하려는 계획도 세워 보았다.

원소는 원소대로 병력 수에 있어서는 절대 우위에 있었지만 형세가 불리하다고 판단, 형주 목사 유표에게 도움을 청했다. 유표는 말로는 도와주겠다고 하고는 팔짱을 끼고 관망만 하고 있었다. 이를 보다 못해 유표의 측근인 하승과 유선이 진언했다.

"우리가 이렇게 아무 것도 하지 않고 방관만 하고 있으면 결국 양쪽 모두의 원한을 사게 됩니다. 지금 형세로 보아 조조는 원소의 군대를 격파할 것입니다. 그러고는 곧바로 우리를 공격해 올 것입니다. 그러니 원소보다 조조 편을 드는 게 좋을 듯합니다. 이것이 가장 안전하고 완전한 대책입니다."

그러나 유표는 이 말을 듣지 않고 망설이다가 마침내 관도의 싸움에서 승리한 조조에게 화를 당하고 말았다.

활용의 예   비나 눈이 오기도 전에 늘 미리미리 준비를 해온 박씨네는 만전지책의 덕분에 이번 폭설에도 꿈쩍도 하지 않았다네.

망국지음 亡國之音

[자해字解] 亡 망할 **망**. 國 나라 **국**. 之 갈 **지**(…의). 音 소리 **음**.

[출전出典] 《韓非子》〈十過篇〉, 《禮記》〈樂記〉

[의미意味] 나라를 망치는 음악이란 뜻.
곧 ① 음란하고 사치한 음악. ②망한 나라의 음악.
③ 애조(哀調)를 띤 음악.

춘추 시대에 있었던 이야기이다.

어느 날 위나라 영공이 진나라로 가던 도중 복수 강변에 이르자 이제까지 들어본 적이 없는 멋진 음악 소리가 들려 왔다. 영공은 자기도 모르게 멈춰 서서 잠시 넋을 잃고 듣다가 수행중인 사연이란 악사에게 그 음악을 잘 기억해두라고 했다.

이윽고 진나라에 도착한 영공은 진나라 평공 앞에서 연주하는 음악을 들으며

"이것은 이곳으로 오는 도중에 들은 새로운 음악이랍니다."

하고 자랑했다. 당시 진나라에는 사광이라는 유명한 악사가 있었는데 그가 음악을 연주하면 학이 춤을 추고 흰 구름이 몰려든다는 명인이었다. 위나라 영공이 새로운 음악을 들려준다는 연락을 받고 급히 입궐한 사광은 그 음악을 듣고 깜짝 놀랐다. 황급히 사연의 손을 잡고 연주를 중지시키며 이렇게 말했다.

"그것은 새로운 음악이 아니라 '망국의 음악'이오."

이 말에 깜짝 놀란 영공과 평공에게 사광은 그 내력을 말해 주었다.

"그 옛날 은나라 주왕에게는 사연이란 악사가 있었사옵니다. 당기 폭군 주왕은 사연이 만든 신성백리라는 음미(음란하고 사치함)한 음악에 도취하여 주지육림 속에서 음탕한 짓에 빠졌다가 결국 주나라 무왕에게 목이 날아가고 말았나이다. 그러자 사연은 악기를 안고 복수에 투신 자살했는데, 그 후 복수에서는 누구나 이 음악을 들을 수 있사옵니다. 그래서 사람들은 '망국의 음악'이라고 무서워하며 그곳을 지날 땐 귀를 막는 것을 철칙으로 삼고 있사옵니다."

하고 일러주었다. 영공은 그제서야 이 음악이 다른 음악과 달리 사람을 끄는 마력 같은 것을 지니고 있다고 느끼면서 다시는 그런 음악을 듣지 않기로 하였다.

활용의 예 망국지음이라고 배척의 대상이 되었던 애가〈트로트〉

가 이제는 국민 가요로 사랑 받고 있다.

맹모삼천 孟母三遷

【자해字解】 孟 맏 **맹**. 母 어미 **모**. 三 석 **삼**. 遷 옮길 **천**.
【출전出典】 《列女傳》〈母儀傳(모의전)〉
【의미意味】 맹자의 어머니가 맹자의 교육을 위해 세 번 이사했다는 고사.

전국 시대, 유학자의 중심인물로서 성인 공자에 버금가는 아성 맹자는 어렸을 때 아버지를 여의고 홀어머니 손에 자랐다.

맹자의 어머니는 처음 묘지 근처에 살았는데 어린 맹자는 묘지 파는 흉내만 내며 놀았다.

"어이, 어이."

장례 지내며 우는소리를 흉내 내기도 하였다.

그래서 교육상 좋지 않다고 생각한 맹자의 어머니는 시장 근처로 이사했다. 그런데 이번에는 물건을 팔고 사는 장사꾼 흉내만 내는 것이었다. 자고 나면 본대로

"자, 사세요. 쌉니다. 싸요……."

하고 외치고 물건을 사고파는 흉내만 내는 것이었다.

이곳 역시 안 되겠다고 생각한 맹자의 어머니는 서당 근처로 이사했다.

그러자 맹자는 제구를 늘어놓고 제사 지내는 흉내를 냈다. 서당에서는 유교에서 가장 중히 여기는 예절을 가르치고 있었기 때문이다.

맹자의 어머니는 이런 곳이야말로 자식을 기르는데 더할 나위 없이 놓은 곳이라며 기뻐했다고 한다.

그리하여 어려서부터 책을 읽는 모습을 흉내 내고, 열심히 공부하는 사람을 본받아가면서 공부하여 훌륭한 학자가 되었다는 것이다.

활용의 예 요즘 부모들은 맹모삼천이 아니라 십 천도 마다하지 않고 강남으로만 몰려들고 있으니 오직 자녀 교육을 위해서라고……"

명경지수 明鏡止水

【자해字解】 明 밝을 **명**. 鏡 거울 **경**. 止 칠 **지**. 水 물 **수**.
【출전出典】 《莊子》〈德充符篇〉
【의미意味】 맑은 거울과 조용한 물이라는 뜻으로, 티 없이 맑고 고요한 심경을 이르는 말.

춘추 시대, 노나라에 왕태라는 학덕이 높은 사람이 있었는데 그는 유교의 비조인 공자와 맞먹을 만큼 많은 제자들은 가르치고 있었다. 그래서 공자의 제자인 상계는 불만스럽다는 듯이 공자에게 물었다.

"선생님, 저 올자는 어째서 많은 사람들로부터 흠모를 받고 있는 것입니까?"

공자가 대답했다.

"그것은 그분의 마음이 조용하기 때문이다. 사람들이 거울 대신 비쳐볼 수 있는 물은 흐르는 물이 아니라 가만히 정지해 있는 물이니라."

다시 말해서 흐르지 않고 고요한 물속은 훤히 다 비춰 보인다는 말이다.

"거울에 흐림이 없으면 먼지가 앉지 않으나 먼지가 묻으면 흐려진다. 그와 마찬가지로 인간도 오랫동안 현자와 함께 있으면 마음이 맑아져 허물이 없어진다."

활용의 예 고승들은 명경지수 같은 마음을 지니셨기에 얼굴에 평안함이 깃들인다.

무산지몽 巫山之夢

【자해字解】 巫 무당 **무**. 山 메 **산**. 之 갈 **지**(…의). 夢 꿈 **몽**.
【출전出典】 《文選》〈宋玉 高唐賦〉
【의미意味】 무산의 꿈이란 뜻으로, 남녀 간의 밀회나 정교를 이르는 말.

전국 시대, 초나라 양왕의 선왕이 어느 날 고당관에서 노닐다가 피곤하여 낮잠을 잤다. 그러자 꿈속에 아름다운 여인이 나타나 고운 목소리로 말했다.

"소첩은 무산에 사는 여인이온데 전하께오서 고당에 납시었다는 말씀을 듣자옵고 침석을 받들고자 왔나이다."

왕은 기꺼이 그 여인과 운우지정을 나누었다. 이윽고 그 여인은 이별을 고했다.

"소첩은 앞으로도 무산 남쪽의 한 봉우리에 살며, 아침에는 구름이 되고 저녁에는 비가 되어 양대 아래 머물러 있을 것이옵니다."

여인이 홀연히 사라지자 왕은 꿈에서 깨어났다. 이튿날 아침, 왕이 무산을 바라보니 과연 여인의 말대로 높은 봉우리에는 아침 햇살에 빛나는 아름다운 구름이 걸려 있었다. 왕은 그곳에 사당을 세우고 조운묘라고 이름 지었다.

무산에서 꾸었던 꿈이라는 이 말은 왕이 어느 여인을 품었다는 꿈을 이야기하는 것이니 결국은 남녀의 육체적인 사랑을 나타내는 말인 것이다.

활용의 예   옛날에는 남녀의 정을 무산지몽으로 여겼지만 요즘은 드러내놓으니 도무지 부끄러움을 모르는 젊은이들이 너무 많다.

무용지용 無用之用

【자해字解】 無 없을 **무**. 用 쓸 **용**. 之 어조사 **지**. 用 쓸 **용**.
【출전出典】 《장자(莊子)》〈人間世篇〉
【의미意味】 쓸모가 없는 것이 도리어 크게 쓰여진다는 말.

초나라의 숨어사는 선비 광접여가 공자에 대해 평하면서,

"산 속의 나무는 유용하기에 벌채되어 자신의 원수가 되고, 기름은 밝은 빛을 내기에 태워져 자신을 태우며, 육계는 사료가 되고 옻은 도료가 되기에 베어진다. 有用의 用만 알고, 無用의 用은 알려고 하지

않으니 서글픈 일이다."

고 하였다. 이 말은 孔子가 인의로써 난세를 다스리려는 것을 풍자한 것으로, 조그만 有用은 오히려 자신을 망친다는 것이다.

우리 속담에 무용지물(無用之物)이라는 말이 있다. 아무 짝에도 쓸모가 없다는 말이다. 그러나 이 세상에는 쓸모가 없는 물건이란 없다는 것이다. 그것을 쓸 자리에 가져가지 못했기에 버려지는 것일 따름이라는 말이다.

요즘 우리가 버리는 물건들을 분리수거하여서 재활용으로 쓰고 있는 것은 바로 무용지용의 본보기가 되는 일이라고 하겠다.

활용의 예 길가의 돌멩이를 쓸모없다 하지만, 무용지용이라고 요즘에는 건축자재로 없어서 못 쓸 형편이지 않느냐?

문경지교 刎頸之交

[자해字解] 刎 목 찌를 **문**. 頸 목 **경**. 之 갈 **지**(…의). 交 사귈 벗 **교**.
[출전出典] 《史記》〈廉頗藺相如列傳〉
[의미意味] 목을 베어 줄 수 있을 정도로 절친한 사귐. 또 그런 벗.

전국 시대, 조나라 혜문왕의 신하 목현의 식객에 인상여라는 사람이 있었다. 그는 진나라 소양왕에게 빼앗길 뻔했던 천하 명옥인 화씨지벽을 원상태로 가지고 돌아온 공으로 일약 상대부에 임명됐다.

그리고 3년 후, 혜문왕을 욕보이려는 소양왕을 가로막고 나서서 오히려 그에게 망신을 주었다. 인상여는 그 공으로 종일품의 상경에 올랐다.

그리하여 인상여의 지위는 조나라의 명장으로 유명한 염파보다 더 높아졌다. 그러자 염파는 화를 내며 이렇게 말했다.

"나는 싸움터를 누비며 성을 쳐 빼앗고 들에서 적을 무찔러 공을 세웠다. 그런데 입밖에 놀린 것이 없는 인상여 따위가 나보다 윗자리에 앉다니…… . 내 어찌 그런 놈 밑에 있을 수 있겠는가. 언제든 그 놈을 만나면 망신을 주고 말 테다."

이 말을 전해들은 인상여는 염파를 피했다. 그는 병을 핑계 대고 조정에도 나가지 않았으며, 길에서도 저 멀리 염파가 보이면 옆길로 돌아가곤 했다. 이 같은 인상여의 비겁한 행동에 실망한 부하가 작별 인사를 하러 왔다. 그러자 인상여는 그를 만류하며 이렇게 말했다.

"자네는 염파 장군과 진나라 소양왕과 어느 쪽이 더 무섭다고 생각하는가?"

"그야 물론 소양왕이지요."

"나는 그 소양왕도 두려워하지 않고 많은 신하들 앞에서 혼내 준 사람이야. 그런 내가 어찌 염파장군을 두려워하겠는가? 생각해 보면 알겠지만 강국인 진나라가 쳐들어오지 않는 것은 염파장군과 내가 버티고 있기 때문일세. 이 두 호랑이가 싸우면 결국 모두 죽게 돼. 그래서 나라의 위기를 생각하고 염파장군을 피하는 거야."

이 말을 전해들은 염파는 부끄러워 몸 둘 바를 몰랐다. 그는 곧 '웃통을 벗은 다음 태형에 쓰이는 형장을 짊어지고(사죄의 뜻을 나타내는 행위)' 인상여를 찾아가 섬돌 아래 무릎을 꿇었다.

"내가 미욱해서 대감의 높은 뜻을 미처 헤아리지 못했소. 어서 나에게 벌을 주시오."

염파는 진심으로 사죄했다.

그날부터 두 사람은 '문경지교'를 맺었다고 한다.

활용의 예 아무리 문경지교라지만 저렇게 친구가 망해 가는 것을 막자고 자기 전 재산을 내던진 사람이 요즘 어디에 있겠는가?

문일지십 聞一知十

【자해字解】 聞 들을 **문**. 一 한 **일**. 知 알 **지**. 十 열 **십**.
【출전出典】 《논어(論語)》
【의미意味】 하나를 들으면 열을 안다는 뜻으로, 일부분을 듣고 다른 만사를 이해한다. 머리가 매우 좋다는 말.

하루는 공자가 그의 제자 자공에게 물어 보았다.

"너와 안회와 비교해 누가 낫다고 생각하느냐?"

자공은 대답하였다.

"저를 어떻게 안회와 비교하겠습니까. 안회는 하나를 들으면 열을 깨치는 사람입니다만, 저는 하나를 들으면 둘을 깨칠 뿐입니다."

이 말에 공자가 말하였다.

"어림없느니라. 너만이 아니라 나도 도저히 못 미치느니라."

자공과 안회는 나이가 엇비슷했으며, 둘 다 공문십철(공자에게서 배운 열 명의 큰 학자) 속에 들어 있다. 자공은 언어에 있어서, 안회는 덕행에 있어서 공자의 문하를 대표하고 있었다.

이러한 두 사람은 경제적으로 대조적이었다. 안회는 가난하여 끼니를 잇기조차 어려웠고, 자공은 장사 솜씨가 능란하여 많은 재산을 가지고 있었다. 사실 안회는 가난으로 인한 영양 부족으로 20대에 벌써 머리가 하얗게 세었다. 그리하여 불우한 가운데 일찍 죽고 말았다.

공자는 안회를 후계자로 기대하고 있었는데 그 죽음을 듣고, "하늘은 나를 버리셨구나."하고 탄식했다.

활용의 예 천하의 영재라 불리는 많은 사람들은 문일지십〈하나를 물으면 열을 아는〉 사람들이었다.

문전성시 門前成市

【자해字解】 門 문 **문**. 前 앞 **전**. 成 이룰 **성**. 市 저자, 도시, 시가 **시**.
【출전出典】 《漢書》〈孫寶傳〉, 〈鄭崇傳〉
【의미意味】 문 앞이 저자(市)를 이룬다는 뜻으로, 권세가나 부잣집 문 앞이 방문객으로 저자를 이루다시피 붐빈다는 말.

전한 말, 11대 황제인 애제 때의 일이다. 애제가 즉위하자 조정의 실권은 대사마(국방 장관) 왕망[훗날 전한을 멸하고 신나라를 세움]을 포함한 왕씨 일족으로부터 역시 외척인 부씨(애제의 할머니), 정씨(어머니) 두 가문으로 넘어갔다. 그리고 당시 20세인 애제는 동현이라는 미동과 동성애에 빠져 국정을 돌보지 않았다. 그래서 충신들은 간했으나 마이동풍이었다. 그중 상서 복야(장관) 정숭은 거듭 간하다가 애제에게 미움만 사고 말았다. 그 무렵, 조창이라는 상서령이 있었는데 그는 전형적인 아첨배로 왕실과 인척간인 정숭을 시기하여 모함할 기회만 노리고 있었다. 그는 어느 날 애제에게 이렇게 고했다.

"폐하, 아뢰옵기 황공하오나 정숭의 집 '문 앞이 저자를 이루고 있사온데' 이는 심상치 않은 일이오니 엄중히 문초하시오소서."

애제는 즉시 정숭을 불러 물었다.

"듣자니, 그대의 '문전은 저자와 같다'고 하던데, 그게 사실이오?"

"예, 폐하. '신의 문전은 저자와 같사오나' 신의 마음은 물같이 깨끗하옵니다. 황공하오나 한 번 더 조사해 주시 오소서."

그러나 애제는 정숭의 소청을 묵살한 패옥에 가뒀다. 그러자 사례가 상소하여 조창의 참언을 공박하고 정숭을 변호했으나 애제는 손보를 삭탈관직하고 서인으로 내쳤다. 그리고 정숭은 그 후 옥에서 죽고 말았다.

활용의 예 새로 개업한 저 음식점이 **문전성시**를 이루니 틀림없이 돈을 잘 벌겠구나.

문전작라 門前雀羅

[**자해**字解] 門 문 **문**. 前 앞 **전**. 雀 참새 **작**. 羅 벌일 **라**.
[**출전**出典] 《史記》〈汲鄭列傳〉, 백거이(白居易)의〈寓意詩〉
[**의미**意味] 문 앞에 새그물을 친다는 뜻으로, 권세를 잃거나 빈천해지면 문 앞(밖)에 새그물을 쳐 놓을 수 있을 정도로 방문객의 발길이 끊어진다는 말.

전한 7대 황제인 무제 때 급암과 정당시라는 두 뛰어난 신하가 있

었다. 그들은 한때 각기 구경〈국무위원 같은 중요한 벼슬〉의 지위에
까지 오른 적도 있었지만, 둘 다 개성이 강한 탓에 좌천 면직 재등용
을 되풀이하다가 급암은 회양 태수를 끝으로 벼슬을 마쳤다.

이들이 각기 현직에 있을 때에는 방문객이 늘 문전성시를 이루었
으나 면직되자 방문객의 발길이 뚝 끊어졌다고 한다.

이어 사마천은《사기》〈급정열전〉에서 이렇게 덧붙여 쓰고 있다.

"급암과 정당시 정도의 현인이라도 세력이 있으면 빈객 열 배로
늘어나지만 세력이 없으면 당장 모두 떨어져 나간다. 그러나 보통 사
람의 경우는 더 말할 나위도 없다."

적공이 정위가 되자 빈객이 문전성시를 이룰 정도로 붐볐다. 그러
나 그가 면직되자 빈객은 금세 발길을 끊었다. 집 안팎이 어찌나 한산
한지 '문 앞(밖)에 새그물을 쳐 놓을 수 있을 정도'였다. 얼마 후 적공
은 다시 정위가 되었다. 빈객들이 몰려들자 적공은 대문에 이렇게 써
붙였다.

한 번 죽고 한 번 삶에 곧 사귐의 정을 알고
한 번 가난하고 한 번 부함에 곧 사귐의 태도를 알며
한 번 귀하고 한 번 천함에 곧 사귐의 정은 나타나네.

활용의 예 공직에서 퇴직한 정이사관은 문전작라의 꼴을 보며 지
난날의 문전성시적을 회상하였다.

미생지신 尾生之信

[자해字解] 尾 꼬리 **미**. 生 날 **생**. 之 갈 **지**(…의). 信 믿을 **신**.

[출전出典] 《史記》〈蘇秦列傳〉, 《莊者》〈盜 篇〉

[의미意味] 미생의 믿음이란 뜻.
　　　　곧 ① 약속을 굳게 지킴의 비유.
　　　　　 ② 고지식하여 융통성이 없음의 비유.

춘추 시대, 노나라에 미생이란 사람이 있었다. 그는 어떤 일이 있더라도 약 속을 어기는 법이 없는 사나이였다.

어느 날 미생은 애인과 다리 밑에서 만나기로 약속했다. 그는 정시에 약속 장소에 나갔으나 웬일인지 그녀는 나타나지 않았다.

미생이 계속 그녀를 기다리고 있는데 갑자기 장대비가 쏟아져 개울물이 불어나기 시작했다. 그러나 미생은 약속 장소를 떠나지 않고 기다리다가 결국 교각(橋脚)을 끌어안은 채 익사하고 말았다.

전국 시대, 종횡가로 유명한 소진은 이 이야기를 연나라 소왕을 설파할 때 신의 있는 사나이의 본보기로 들었다.

그러나 같은 전국 시대를 살다간 장자의 견해는 그와 반대로 부정적이었다. 장자는 그의 우언이 실려 있는《장자》〈도척편〉에서 근엄 그 자체인 공자와 대화를 나누는 유명한 도둑 도척의 입을 통해 미생을 이렇게 비평하고 있다.

"이런 인간은 책형(죄인을 기둥에 묶고 창으로 찔러 죽이던 형벌) 당한 개나 물에 떠내려간 돼지 아니면 쪽박을 들고 빌어먹는 거지와 마찬가지다. 쓸데없는 명목에 구애되어 소중한 목숨을 소홀히 하는 인간은 진정한 삶의 길을 모르는 놈이다."

여러분은 이 이야기의 미생을 어떻게 생각하시는지요. 정말 애인과의 약속을 위해 그 자리에서 죽었어야 했을까? 아니면 일단 자리를 피해서 목숨을 건져서 애인을 만나야 하였을까?

활용의 예 아무리 **미생지신**이라지만 김구선생은 어린아이와의 약속을 지키기 위해서 갔다가 일본헌병에게 붙잡힌 몸이 되었다.

반식재상 伴食宰相

[자해字解] 伴 짝 **반**. 食 밥 먹을 **식**. 宰 재상 **재**. 相 서로 **상**.
[출전出典] 《舊唐書》〈盧懷愼傳〉
[의미意味] 자리만 차지하고 있는 무능한 재상(대신)을 비꼬아 이르는 말.

당나라 6대 황제인 현종을 도와 당대 최성기인 '개원의 치'를 연 재상은 요숭이라는 사람이었다.

"망국의 근원인 사치를 추방하기 위해 문무백관의 호사스런 비단 관복을 없애야 합니다."

하는 말을 들은 임금은 관복들을 정전 앞에 쌓아 놓고 불살랐다.

"백성들에게 조세와 부역을 감하여 백성들의 부담을 줄이고, 형벌 제도를 바로잡아 억울한 죄인을 없애야 합니다."

하고, 주창하여서 농병 제도를 모병 제도로 고친 것도 모두 요숭의 주장하여 이루어진 개혁이었다.

이처럼 요숭은 백성들의 안녕을 꾀하는 일이 곧 나라 번영의 지름

길이라 믿고 늘 이 원칙을 관철하는 데 힘썼다.

특히 정무재결에 있어서의 신속 적확함에는 그 어느 재상도 요숭을 따르지 못했는데 당시 황문감(환관 감독 부서의 으뜸 벼슬)인 노회신도 예외는 아니었다.

노회신은 청렴결백하고 근면한 사람이었다. 그러나 휴가 중인 요숭의 직무를 10여 일간 대행할 때 요숭처럼 신속히 재결하지 못함으로 해서 정무를 크게 정체시키고 말았다.

이 때 자신이 요숭에게 크게 미치지 못한다는 것을 체험하여 깨달았다. 이런 일이 있고나서 부터 노회신은 매사를 요숭에게 상의한 다음에야 처리하곤 했다. 그래서 사람들은 노회신을 가리켜 '자리만 차지하고 있는 무능한 재상' 이라고 뒤에서 비웃음을 보냈다

활용의 예 요즘 정부에서 하는 일에 대해 비판적인 사람들과 대통령의 레임덕을 기회로 **반식재상** 노릇만 하는 공무원들이 많다.

발본색원 拔本塞源

[자해字解] 拔 뺄 **발**. 本 근본 **본**. 塞 막을 **색**. 源 근원.
[출전出典] 《史記》
[의미意味] 폐단을 근본적으로 제거함.

기원전 533년 춘추시대 때의 일이다. 주나라와 진나라가 손바닥만한 땅을 가지고 다투었다. 이 사이에 진나라가 병력을 동원해 주나

라를 치자 경왕이 신하를 보내 점잖게 꾸짖었다.

"지금 우리와 그대는 임금과 백성의 관계로 이를 비유하자면 마치 의복과 모자, 나무의 뿌리와 물의 샘과 같다고 하겠소. 그럼에도 갓을 찢어버린다거나 관을 부수고 나무의 뿌리를 뽑아내며, 샘물의 원천을 틀어막아 버린다면 이는 근본을 송두리째 허무는 행위로 비록 오랑캐라도 우리를 섬기겠소?"

이 말을 들은 진의 대부 한선자는 부끄러움을 느끼고 땅을 되돌려주어 양국의 관계가 회복되었다고 한다.

따라서 본디 발본색원이라면 '근본을 망치는 행위' 였는데, 지금은 폐단의 근원을 '근본적으로 제거하는 것' 을 뜻한다.

활용의 예 5대 사회악이라는 모든 범죄들을 **발본색원**하여야 맑고 밝은 사회가 될 수 있다.

방약무인 傍若無人

[자해字解] 傍 곁 의지할 **방**. 若 같을 **약**. 無 없을 **무**. 人 사람 **인**.
[출전出典] 《史記》〈刺客列傳〉
[의미意味] 곁에 사람이 없는 것 같이 여긴다는 뜻. 주위의 다른 사람을 전혀 의식하지 않은 채 제멋대로 마구 행동함을 이르는 말.

전국 시대도 거의 막을 내릴 무렵, 즉 진왕 정(훗날의 시황제)이 천하를 통일하기 직전의 일이다. 당시 포학무도한 진왕을 암살하려다 실패한 자객 중에 형가라는 사람이 있었다.

그는 위나라 사람이었으나 위나라 원군이 써주지 않자 여러 나라를 전전하다가 연나라에서 축(거문고와 비슷한 악기)의 명수인 고점리를 만났다. 형가가 술자리에서 고점리의 축 연주를 듣다가 "여보시오. 천하제일의 명장이구려. 들을수록 감회가 우러나는 연주요."하고 칭찬을 하자 고점리는"내가 이 고장에서 이 축을 연주한 것이 20여 년이지만 나의 연주를 알아주는 사람은 처음이구려. 오랜만에 나의 연주를 알아주는 사람을 만나 정말 기쁘오. 술이나 한잔합시다."

"술은 내가 사려던 참이오. 이렇게 훌륭한 연주를 들었는데 감상한 값은 내어야 할 게 아니오."

형가와 고점리는 곧 의기투합하여 매일 저자에서 술을 마셨다.

취기가 돌면 고점리는 축을 연주하고 형가는 노래를 불렀다. 그러다가 감회가 복받치면 함께 엉엉 울었다. 어떤 자리인지 누가 있는지조차 생각지 않고 마치 '곁에 아무도 없는 것처럼'…….

활용의 예 저 사람이 아무리 힘이 세다고 온 동네를 쑥 밭으로 만들면서 **방약무인**하게 노는 것을 그냥 용서할 수는 없다.

배수지진 背水之陣

【자해字解】 背 등 **배**. 水 물 **수**. 之 갈 **지**(…의). 陣 진칠 **진**.
【출전出典】 《史記》〈准陰侯列傳〉, 《十八史略》〈漢太祖高皇帝〉
【의미意味】 물을 등지고 친 진지라는 뜻으로, 목숨을 걸고 어떤 일에 대
　　　　　 처하는 경우의 비유.

　　한나라 고조 유방이 제위에 오르기 2년 전의 일이다. 명장 한신은
유방의 명에 따라 위나라를 쳐부순 다음 조나라로 쳐들어갔다.

　　그러자 조나라에서는 20만의 군사를 동원하여 조나라로 들어오는
길목인 정형의 좁은 길목 출구 쪽에 성채를 구축하고 방어선을 폈다.
이에 앞서 군략가인 이좌거가 재상 진여에게

　　"한나라 군사가 협도를 통과할 때 들이쳐야 합니다."

　　하고, 건의했으나 채택되지 않았다.

　　간첩을 통해 이런 사실을 알게 된 한신은 서둘러 협도를 통과하다
가 출구를 10리쯤 앞둔 곳에서 일단 행군을 멈췄다. 이윽고 밤이 깊어
지자 한신은 2000여 기병을 조나라의 성채 바로 뒷산에 매복시키기
로 하고 이렇게 명했다.

　　"본대는 내일 싸움에서 거짓 패주 한다. 그러면 적군은 패주 하는
아군을 추적하려고 성채를 비울 것이다. 그때 제군은 성채를 점령하
고 한나라 깃발을 세우도록 하라."

　　그리고 한신은 1만여 군사를 협도 출구 쪽으로 보내어 강을 등지
고 진을 치게 한 다음 자신은 본대를 이끌고 성채를 향해 나아갔다.

　　이윽고 날이 밝았다. 한나라 군사가 북을 울리며 진격하자 조나라
군사는 성채를 나와 응전 했다. 2, 3차 접전 끝에 한나라 군사는 퇴

각하여 강가에 진을 친 부대에 합류했다. 이를 본 승세를 몰아서 조나라 군사는 맹렬히 추격했다.

"한신은 게 섰거라. 싸움터에 나왔으면 정정당당히 겨뤄야지 어디로 도망을 간단 말이냐?"

조나라의 장수들은 서로 도망가는 한신을 잡아서 공을 세우겠다고 앞을 다투었다.

그 틈에 2000여 기병대는 텅 비어 있는 성채를 점령하고 한나라 깃발을 성채 높이 내걸었다. 한편 강을 등진 한나라 군사는 필사적으로 싸웠다. 여기에서 더 달아날 곳도 없고, 이래 죽으나 저래 죽으나 마찬가지하고 생각한 군사들은 죽을힘을 다해 싸웠다. 이에 견디지 못한 조나라 군사가 잠시 쉬어서 공략을 할 요량으로 성채로 돌아와 보니 한나라 깃발이 나부끼고 있지 않은가. 전쟁은 한신의 대승리로 끝났다. 전승 축하연 때

"장군님, 이렇게 쉽게 끝날 전쟁을 왜 굳이 배수의진을 치면서 싸워야 했는지요?"

하고, 부하 장수들이 배수진을 친 이유를 묻자 한신을 이렇게 대답했다.

"우리 군사는 이번에 급히 편성한 오합지졸이 아닌가? 이런 군사는 사지에 두어야만 필사적으로 싸우는 법이야. 그래서 '강을 등지고 진을 친 것'이라네."

활용의 예　그들은 마치 **배수의 진**을 친 듯이 폐업에 앞서 공장에 남아 있는 제고를 들고 길거리로 나섰지만……

백년하청 百年河淸

[자해字解] 百 일백 **백**. 年 해 **년**. 河 물 **하**. 淸 맑을 **청**.

[출전出典] 《春秋左氏傳》〈襄公八年條〉

[의미意味] 백 년을 기다린다 해도 황하의 흐린 물은 맑아지지 않는다는 뜻.

　　　　곧 ① 아무리 오래 기다려도 사물(事物)이 이루어지기 어려움의 비유.

　　　　② 확실하지 않은(믿을 수 없는) 일을 언제까지나 기다림

　　　　(기대함)의 비유.

춘추 시대 중반인 주나라 영왕 7년, 정나라는 위기에 빠졌다. 초나라의 속국인 채나라를 친 것이 화가 되어 초나라의 보복 공격을 받게 된 것이다.

"우리들이 채 나라를 친 것이 화근이 되어서 초나라의 침략을 자초하게 되었소. 과연 어찌하면 좋을 지 말들을 해보시오."

곧 주신들이 모여 대책을 논의했으나

"우리의 힘으로는 초나라와 대적 할 수는 없는 일이 인줄 아오. 화친을 하여서 백성들을 구하는 것이 참으로 백성을 위하는 길 인줄 압니다."

"무슨 말이오. 이제 초나라와 화친을 맺으려면 우리가 초 나라의 속국이 되는 것이 아니겠오. 끝까지 싸우면서 진나라에 구원을 요청하여야 합니다."

의견은 초나라에 항복하자는 화친론과 진나라의 구원군을 기다리며 싸우자는 주전론으로 나뉘었다. 양쪽 주장이 팽팽히 맞서자 대부인 자사가 말했다.

"주나라의 시에 '황하의 흐린 물이 맑아지기를 기다린다 해도 인간의 짧은 수명으로는 아무래도 부족하다' 는 말이 있듯이, 지금 진나

라의 구원군을 기다린다는 것은 '백년하청' 일 뿐이오. 그들이 우리를 도와서 초나라와 전쟁을 불러 일으키려할 이유가 없지 않소. 그러니 일단 초나라에 복종하여 백성들의 불안을 씻어 주도록 합시다."

이리하여 정나라는 초나라와 화친을 맺고 위기를 모면했다.

활용의 예 지금 국회에서 하는 짓을 보면 내년 예산조차 논의하지 못하고 있는데, 무슨 여야 합의를 한다는 것은 지금의 '정치는 현실' 에서는 '백년하청' 이 될 수밖에 없을 것 같구려.

백문불여일견 百聞不如一見

【자해字解】 百 일백 **백**. 聞 들을 **문**. 不 아니 **불**. 如 같을 **여**.
一 한 **일**. 見 볼 **견**.
【출전出典】 《漢書》〈趙充國傳〉
【의미意味】 백 번 듣는 것이 한 번 보는 것만 못하다는 뜻으로, 무엇이든지 경험해야 확실히 알 수 있다는 말.

전한 9대 황제인 선제 때의 일이다. 서북 변방에 사는 유목 민족인 강족이 쳐들어왔다. 한나라 군사는 있는 힘을 다해 싸웠으나 크게 패하고 말았다. 그래서 선제는 어사대부(검찰총장)인 병길에게 후장군 조충국을 찾아가 토벌군의 장수로 누가 적임자인지 물어 보라고 명했다.

당시 조충국은 나이 70이 넘은 노장이었다. 그는 일찍이 7대 황제인 무제 때 이사장군 이광리의 휘하 장수로 흉노 토벌에 출전했다가 포위되자 불과 100여 명의 군사로써 혈전 끝에 포위망을 뚫고 전군을 구출했다. 그 공으로 거기 장군에 임명된 그는 이때부터 오랑캐 토벌전의 선봉장이 되었던 것이다.

조충국을 찾아온 병길은 이렇게 말했다.

"강족을 치는데 누가 적임자인지, 장군에게 물어 보라시오. 어명을 받고 왔소이다."

그러자 조충국은 서슴없이 대답했다.

"어디 이 노신을 능가할 사람이 있겠소?"

선제는 조충국을 불러 강족 토벌에 대해 물었다.

"강족을 토벌하는데 계책이 있으면 말해 보시오. 또 병력은 얼마나 필요하겠오?"

조충국은 이렇게 대답했다.

"폐하, '백 번 듣는 것이 한 번 보는 것만 못하옵니다.' 무릇 군사란 실지를 보지 않고는 헤아리기 어려운 법이오니 원컨대 신을 금성군(감숙성 난주 부근)으로 보내 주시옵소서. 계책은 현지를 살펴 본 다음에 아뢰겠나이다."

선제는 기꺼이 윤허했다. 현지 조사를 마치고 돌아온 조충국은 기병보다 둔전병*을 두는 것이 상책이라고 상주했다. 그 후 이 계책이 채택됨으로써 강족의 반란도 수그러졌다고 한다.

*둔전병 : 변경에 주둔 토착시켜 평상시에는 농사도 짓게 하던 군사.

활용의 예 어린이들에게 박물관이나 전시회 같은 것을 자주 보여야 한다. 백문이 불여일견이라 하지 않았는가?

병입고황 病入膏肓

[자해字解] 病 병 **병**. 入 들 **입**. 膏 기름 **고**. 肓 횡경막 **황**.

[출전出典] 《춘추좌씨전(春秋左氏傳)》

[의미意味] 병이 고황(심장아래 횡경막 위)에 들었다는 뜻으로 병이 몸 속 깊이 들어 고치기 어렵게 되었음을 이르는 말.

춘추시대 진나라 경공 때 꿈에 긴 머리를 한 귀신이 나타나 이렇게 말했다.

"내 자손을 잘도 죽였구나. 이제 널 데려가야겠어."

그리고는 궁전의 문들을 부수면서 경공에게 달려들었다. 경공은 깜짝 놀라 방안으로 도망쳤으나 귀신도 방문을 부수면서 따라 들어왔는데 그 순간 잠이 깨고 말았다. 하도 이상한 꿈이라 경공은 무당을 불러 해몽을 하게 했는데 무당은 이렇게 말했다.

"올해의 햇보리를 드시기 전에 왕께서는 목숨을 잃을 것입니다."

이 일이 있고 난 후 경공은 드디어 앓아눕게 되었다. 경공은 진나라에서 사람을 보내어 명의인 고완을 불렀다.

그런데 고완이 도착하기 전에 경공은 또 꿈을 꾸었다. 꿈속에서 병이 두 아이가 되어 서로 얘기하고 있었던 것이다.

"고완은 명의인데 우리가 죽게 될지도 몰라. 어디로 도망쳐야지."

"심장 아래 횡경막 위로 도망치면 될 꺼야."

이윽고 고완이 와서 왕을 진맥하고는 이렇게 말했다.

"병이 심장 아래 횡경막 위에 들어가 더 이상 손을 쓸 수가 없습니다."

이 말을 듣고 경공은 그의 정확한 진단에 탄복하여 후하게 예물을 주어 돌려보냈다. 이윽고 6월이 되어 햇보리가 나오게 되자 경공은 햇보리로 밥을 짓게 하고는 무당을 불러다 자신이 햇보리를 먹기 전에 죽을 것이라고 거짓말을 한 죄목으로 목을 베었다. 그런데 경공이 막 수저를 들다 배가 켕기기 시작하여 변소로 갔는데 그만 거기서 떨어져 죽고 말았던 것이다.

활용의 예 요즘 같이 의학이 발달하였다고는 하지만 **병입고황이**면 나을 길이 없지 않은가?

복수불반분 覆水不返盆

[자해字解] 覆 엎을 **복**. 水 물 **수**. 不 아니 **불**. 返 돌이킬 **반**. 盆 동이 **분**.
[출전出典] 《拾遺記(습유기)》
[의미意味] 한번 엎지른 물은 다시 그릇에 담을 수 없다는 뜻.
　　　　　곧 ① 한번 떠난 아내는 다시 돌아올 수 없음의 비유.
　　　　　　　② 일단 저지른 일은 다시 되돌릴 수 없음의 비유.

주나라 시조인 무왕의 아버지 서백이 사냥을 나갔다가 위수(황하의 큰 지류)에서 낚시질을 하고 있는 초라한 노인을 만났다. 이야기를 나누어 보니 학식이 탁월한 사람이었다. 그래서 서백은 이 노인이야말로 태공이 '바라고 기다리던' 주나라를 일으켜 줄, 바로 그 인물이라 믿고 스승이 되어 주기를 청했다.

"선생은 아마도 이렇게 낚시나 드리우고 계실 분이 아닌 것으로 보이오. 나라에서 귀히 모시려고 하는데 나라를 위해 봉사하실 의향은 없으시오."

하고, 간절히 초청을 하여 노인의 허락을 받아내었다.

이리하여 이 노인, 태공망(태공이 대망하던 인물이한 뜻) 여상(성은 강 씨, 속칭 강태공)은 서백의 스승이 되었다가 무왕의 태부(태자의 스승) 재상을 역임한 뒤 제나라의 제후로 봉해졌다.

태공망 여상은 이처럼 입신출세했지만 서백을 만나기 전까지는 끼니조차 제대로 잇지 못하던 가난한 서생이었다. 그래서 결혼 초부터 굶기를 부잣집 밥 먹듯 하던 아내 마씨는 그만 친정으로 도망가고 말았다.

그로부터 오랜 세월이 흐른 어느 날, 그 마씨가 여상을 찾아와서 이렇게 말했다.

"전엔 끼니를 잇지 못해 떠났지만, 이젠 그런 걱정 안 해도 될 것 같아 돌아왔어요."

그러자 여상은 잠자코 곁에 있는 물그릇을 들어 마당에 엎지른 다음 마씨에게 말했다.

"저 물을 주워서 그릇에 담으시오."

그러나 이미 땅 속으로 스며든 물을 어찌 주워 담을 수 있단 말인가. 마씨는 진흙만 약간 주워 담았을 뿐이었다. 그러자 여상은 조용히 말했다.

"'한번 엎지른 물은 다시 그릇에 담을 수 없고' 한번 떠난 아내는 돌아올 수 없는 법이오."

하고 돌려보내고 말았다.

활용의 예 "미안하오. 이렇게 망가뜨려 버렸으니, 어찌하오. 용서하시오."

"복수불반분이 아니오. 이제 어찌하겠오. 그만 둡시다."

부중지어 釜中之魚

【자해字解】 釜 솥 **부**. 中 가운데 **중**. 之 어조사 **지**. 魚 물고기 **어**.

【출전出典】 《자치통감(資治通鑑)》

【의미意味】 솥 안 물고기. 곧 삶아지는 것도 모르고 솥 안에서 헤엄치고 있
는 물고기. 눈앞에 닥칠 위험도 모른 채 쾌락에 빠져 있는 사람.

후한 말께 20여 년간 황제의 외척인 양익 형제는 권력을 멋대로
휘둘렀다. 양익이 대장군이 되고 그의 아우 불의가 하남 태수가 되었
을 때, 그들은 여덟 명의 사자를 각 고을에 파견하여, 순찰하도록 했
다. 그 여덟 명의 사자 중에는 장강이라는 사람이 있었다. 그는 낙양
숙소에다 수레바퀴를 묻어버리고는 이렇게 말했다.

"산개와 이리 같은 양익 형제가 요직을 차지하고 설쳐대는데 여우나
살쾡이 같은 지방 관리들을 조사하며 돌아다닌들 무슨 소용이 있겠는가?"

그러면서 장강은 고을을 순찰하는 것이 아니라 도처에 양익 형제
를 탄핵하는 15개 조항의 상소문을 올렸다. 이 때문에 장강은 양익 형제
의 미움을 사서 광릉군의 태수로 쫓겨났다. 더구나 광릉군은 양주와 서주
지방을 10여 년간 휩쓸고 다니는 장영이 이끄는 도적 떼의 근거지였다.

광릉군에 부임한 장강은 곧바로 혼자서 도적 떼의 소굴을 찾아가
장영에게 간곡히 귀순을 권했다. 장영은 장강의 설득에 깊은 감명을
받고 울면서 말했다.

"벼슬아치들의 가혹한 처사에 배기다 못해 모두가 모여서 도적이
되었습니다. 지금 이렇게 목숨이 붙어있지만 마치 솥 안에서 물고기
가 헤엄치는 것과 같아 결코 오래 갈 수는 없겠지요."

이리하여 만여 명의 도적들은 모두 항복했고 장강은 그들에게 큰

잔치를 베푼 뒤 모두 풀어주었다.

　걱정거리가 없어진 광릉군은 이제 평화로운 고장이었다.

　활용의 예　"저 악당들은 감옥 안에서도 저렇게 설치고 남을 괴롭히니 견딜 수가 없구려." "가만히 놔두시오 **부중지어지** 제까짓 게 얼마나 더 설치겠소."

불입호혈 부득호자 不入虎穴不得虎子

【자해字解】　不 아니 **불**. 入 들 **입**. 虎 범 **호**. 得 얻을 **득**. 子 아들 **자**.
【출전出典】　《後漢書》〈班超傳〉
【의미意味】　호랑이 굴에 들어가지 않고는 호랑이 새끼를 못 잡는다는 뜻으로, 모험을 하지 않고는 큰일을 할 수 없음의 비유.

　후한 초기의 장군 반초는 중국 역사서의 하나인《한서》를 쓴 아버지 반표, 형 반고, 누이동생 반소와는 달리 무인으로 이름을 떨쳤다.

　반초는 후한 2대 황제인 명제 때 서쪽 오랑캐 나라인 신선국에 사신으로 떠났다.　선선국왕은 반초의 일행36명을 상객으로 후대했다. 그런데 어느 날, 후대는 박대로 돌변했다. 반호는 궁중에 무슨 일이 있음을 직감하고 즉시 부하 장수를 시켜 진상을 알아보라고 했다. 이윽고 부하 장수는 놀라운 소식을 갖고 왔다.

　"지금 신선국에는 흉노국의 사신이 와 있습니다. 게다가 대동한 군사만 해도 100명이 넘는다고 합니다."

흉노는 예부터 한족이 만리장성을 쌓아 침입을 막았을 정도로 늘 걱정거리가 되어 온 유목민족이다. 반초는 즉시 일행을 불러 모은 다음 술을 나누며 말했다.

"지금 이곳에는 흉노국의 사신이 100여 명의 군사를 이끌고 와 있다고 한다. 신선국왕은 우리를 다 죽이거나 흉노국의 사신에게 넘겨줄 것이다. 그러면 그들에게 끌려가서 개죽음을 당할 텐데 어떻게 하면 좋겠나?"

"가만히 앉아서 죽을 수야 없지 않습니까? 싸워야 합니다!"

모두들 죽을 각오로 싸우자고 외쳤다.

"좋다. 그럼 오늘밤에 흉노들이 묵고 있는 숙소로 쳐들어가자. '호랑이 굴에 들어가지 않고는 호랑이 새끼를 못 잡는다'는 말도 있지 않은가!"

그 날 밤 반초 일행은 흉노의 숙소에 불을 지르고 닥치는 대로 죽였다. 이 일을 계기고 신선국이 굴복했음은 물론 인근 50여 오랑캐의 나라들도 한나라를 상국으로 섬기게 되었다.

활용의 예 이 세상을 살자면 온갖 어려운 일을 겪게 된다. 그 때마다 이리저리 피하기보다는 정면으로 맞서서 정정당당히 싸워 나가는 것이 정석이다. **불입호혈 부득호자**라고 하지 않는가?

붕정만리 鵬程萬里

[자해字解] 鵬 붕새 **붕**. 程 길 **정**. 萬 일만 **만**. 里 거리 **리**.
[출전出典] 《장자(莊子)》소요유편.
[의미意味] 붕새를 타고 만 리를 난다는 뜻. 곧 앞길이 매우 멀고도 큼.
오늘날에는 비행기를 타고 바다 건너 멀리 여행함의 비유.

북쪽바다에 큰 고기가 있으니, 그 이름을 곤이라 한다. 곤의 큰 것
은 그 몇 천리나 되는지 알 수가 없다고 한다. 변하여 새가 되니, 그 이
름을 붕이라 한다. 붕새의 등은 그 길이가 몇 천리인지 알 수가 없다.
성내어 날면 그 날개는 하늘에 드리운 구름과 같다. 이 새는 바다의 기
운으로 장차 남쪽바다로 옮기는데, 남쪽 바다는 하늘의 연못이다.

재해라는 사람이 있어 다음과 같이 괴이한 이야기를 기록한 것이
있다. 붕새가 남쪽 바다로 옮김에, 물을 치기를 삼천리나 하고, 거기
서 일어나는 선풍을 타고 위로 올라가기를 구만리나 하며, 6개월이나
걸려서 남쪽 바다에 가선 쉰다. 아지랑이와 티끌과 먼지와, 생물들이
뿜어내건만, 하늘은 푸르고 푸르니, 그 올바른 색깔인가? 그 멀어서
끝 간 데가 없는 까닭인가? 그 내려다봄에 또한 이와 같을 뿐이다.

또한 대저 물의 쌓임에 두텁지 않으면, 큰 배를 띄움에 힘이 없고,
술잔의 물을 뜰의 파인 곳에 부으면, 지푸라기는 배가되어 뜨지만, 잔
을 놓으면 엎어진다. 물은 얕은데 배는 크기 때문이다. 바람의 쌓임이
두텁지 못하면, 그 큰 날개를 띄움에 힘이 없다.

그러므로 9만 리면 바람이 그 아래에 있다. 그리하여 뒤에 곧 바람
을 타고 푸른 하늘을 등지고서, 아무 것도 걸리는 것이 없다. 이리하
여 지금 비로소 붕새는 남쪽으로 날아가려는 것이다.

활용의 예 온 세계가 한 울타리 안이 되어 버린 요즘이다. 그렇지만 인터넷으로는 수초가 걸리지만 실제로 가려면 **붕정만리**가 될 수밖에 없다. 초음속 비행기로도 30여 시간이 걸리는 곳이 있으니 말이다.

비방지목 誹謗之木

[자해字解] 誹 헐뜯을 **비**. 謗 헐뜯을 **방**. 之 어조사 **지**. 木 나무 **목**.

[출전出典] 《사기(史記)》 효문기(孝文紀)

[의미意味] 헐뜯는 나무라는 말이다.

요임금은 백성들을 자식처럼 여기고 어진 정치를 실행하여 태평성대를 구가한 천자이다. 그는 부유하였으나 교만하지 않았고, 손귀했으나 거드름을 피거나 오만하지 않았으며, 황색 모자를 쓰고 검은색 옷을 입고서 흰 말이 끄는 붉은 마치를 탔다.

그는 큰 덕을 밝혀 구족(같은 종족 9대의 사람들을 말함)들이 화목하게 지내도록 하였으며, 백관들을 공명정대하게 다스렸기 때문에 모든 제후국이 화합했다.

요임금이 공과 사를 분명히 구분했음은 만년에 자신을 대신하여 정사를 계승할 수 있는 사람을 물색하던 일에서 엿볼 수 있다. 이때 방제라는 신하가 요임금의 아들 단주가 총명하다며 추천했지만, 덕이 없고 싸움을 좋아하여 쓸 수 없다고 잘라 말했다.

이에 사악이라는 신하가 순을 추천하여 이렇게 말했다.

"그는 장님의 아들입니다. 아비는 도덕이란 전혀 모르는 자이고, 어미는 남을 잘 헐뜯는 자이며, 동생은 교만합니다. 그렇지만 그는 효성을 다하여 가정을 화목하게 했으며, 가족들이 나쁜 일을 하지 않도록 만들었습니다."

그래서 요임금은 자신의 두 딸 아황과 여영을 그에게 시집 보내어 딸들에게 대하는 그의 덕행을 관찰하였다. 순은 요의 두 딸을 신분을 낮추어 자기가 살고 있는 곳으로 맞이하여 부인의 예절을 지키게 하였다.

요는 순의 이러한 행동이 마음에 들어, 먼저 그에게 백성들에게 오전(다섯 가지 도덕 윤리로, 아비는 위엄이 있고, 어미는 자애로우며, 형은 우애롭고, 동생을 공경하며, 자식은 효성스러워야 한다는 것)을 가르치도록 하자 널리 시행되었고, 다시 백관의 일을 총괄하도록 하자 그 일이 모두 질서 있게 행해졌다.

또 순 에게 사문에서 손님을 접대하는 일을 맡기니 그곳에서 일을 보는 사람들이 빈객에게 정중하게 대하였고, 깊은 산림과 하천, 연못에 관한 일을 맡기자 폭풍과 우레 속에서도 일을 그르치지 않았다. 그래서 요는 순을 성인으로 보고 천자의 자리를 그에게 주었다. 사실 요임금은 일찍이 자신이 백성을 다스림에 있어 행여라도 잘못이 있을까 항상 걱정하고 두려워하였다. 그래서 궁리 끝에 궁궐문 앞에 아주 큰 북을 하나 달아 '감간의 북' 이라고 했다. 그것은 감히 간언하는 북이라는 뜻이다.

그렇게 하여 요임금이 정치를 하면서 범하는 잘못을 발견하면 지위고하를 막론하고 누구든 그 북을 쳐서 말하도록 했다. 그리고 또 궁궐 다리에는 나무 네 개를 엮어 기둥을 세워 '비방지목' 이라고 이름을 붙였는데, 이것은 헐뜯는 나무라는 뜻이다. 요임금의 정치에 불만이 있는 자가 그 나무 기둥에 불평하고픈 부분을 적어 알리는 것이다.

활용의 예 요즘 청와대의 홈페이지에 보면 신문고라는 것이 있다. 억울하고 호소하고픈 일이 있으면 여기 올리라는 것이다. 아마도 요순시절의 '비방지목' 과 같은 것이다

비육지탄 脾肉之嘆

[자해字解] 脾 넓적다리 **비**. 肉 고기 **육**. 嘆 탄식할 **탄**.
[출전出典] 《삼국지(三國志)》
[의미意味] 안일하게 있어 공명을 이룰 수 없음을 한탄하는 말이다.

유비는 한나라 황족으로서 황건적을 토벌하기 위한 의용군에 가담한 것을 첫 출발로 하여, 차츰 세력을 얻어 마침내는 한나라 정통을 계승한 것으로 자처하는 촉한의 첫 황제가 되었었다.

그는 한때 조조와 협력하여 여포를 하비에서 깨뜨리고 임시 수도였던 허창으로 올라와 조조의 주선으로 헌제를 배알하고 좌장군에 임명된다. 그러나 조조 밑에 있는 것이 싫어 허창을 탈출하여 같은 황족인 형주의 유표에게 몸을 의지하게 된다.

그리하여 신야라는 작은 성을 얻어 4년 동안을 그곳에서 보내게 되는데, 이 사이 북쪽에서는 조조와 원소가 맞붙어 불 튀기는 싸움을 되풀이하고 있었기 때문에 유비가 있는 남쪽지방은 소강상태에 놓여 있었다.

어느 날 유비는 유표의 초대를 받아 가게 되었다. 술자리에서 일어

나 잠시 변소를 가게 된 그는 우연히 전에 느끼지 못했던 넓적다리의 살이 유난히 뒤룩뒤룩한 것을 보게 되었다. 순간 그는 슬픈 생각이 치밀어 눈물이 주르르 쏟아졌다. 자리로 돌아온 그는 눈물 자국을 완전히 감출 순 없어 유표의 캐물음을 당하게 되었다. 유비는 이렇게 대답했다.

"나는 언제나 몸이 말안장을 떠날 겨를이 없어 넓적다리 살이 붙은 일이 없었는데, 요즘은 말을 타는 일이 없어 넓적다리 안쪽에 살이 다시 생기지 않았겠습니까. 세월은 달려가 머지 않아 늙음이 닥쳐올 텐데 공도 일도 이룬 것이 없어 그래서 슬퍼했던 것입니다."

라고 하였다.

해 놓은 일도 없이 살만 찌는 자신이 싫고 부끄러웠던 것이다.

활용의 예 유비는 그 옛날 비육지탄을 하였지만, 요즘은 직업장교들은 비만이 되면 억지로 일찍 제대를 해야 하게 되어 있으므로 살과의 전쟁을 하지 않으면 안 되니 진짜 **비육지탄**을 하는 셈이다.

빈자일등 貧者一燈

[자해字解] 貧 가난할 **빈**. 者 놈 **자**. 一 한 **일**. 燈 등불 **등**.
[출전出典] 《賢愚經(현우경)》
[의미意味] 가난한 사람이 밝힌 등불. 가난하더라도 정성을 다해 부처님에게 바친 등불 하나가 부귀한 사람들이 바친 만개의 등불보다 공덕이 크다는 것으로 많은 보시(布施)보다도 참다운 마음과 정성이 소중하다

석가모니가 사위국의 어느 정사에 머무르고 있을 때의 일이다.

이 나라에 난타라는 여자가 있었는데 너무나 가난해서 구걸을 하며 살았다. 각기 자기 분수에 맞게 석가모니에게 공양하는 것을 보고 스스로 한탄하면서 이렇게 말했다.

"나는 전생에 저지른 죄 때문에 가난하고 천한 몸으로 태어나 아무 공양을 할 수가 없구나."

난타는 어떻게 해서든 공양하는 시늉이라도 하겠다면서 하루 종일 돌아다니며 구걸을 한 끝에 겨우 돈 한 푼을 손에 넣게 되었다. 모처럼 밝은 표정이 되어 기름집으로 가는 난타의 발걸음은 가벼웠다. 기름을 사서 등불을 만들려는 것이었다. 그러나 기름집 주인은

"겨우 한 푼 어치 기름을 사다가 어디에 쓴단 말이지. 한 푼 어치는 팔지도 않거니와 판다고 해도 조금 밖에 쓰지 못하는 눈곱만한 양이야."

하면서 기름 팔기를 거절했다.

난타는 자기의 간절한 심정을 주인에게 털어놓고 다시 한 번 사정했다. 주인은 난타의 정성에 감동하여 돈 한 푼을 받고 꽤 많은 기름을 주었다. 난타는 크게 기뻐하며 등 하나에 불을 붙여 정사로 가서 석가에게 바치고 불단 앞에 많은 등불 속에 놓아두었다.

난타의 등불은 한밤중 내내 밝게 빛났고 먼동이 틀 때까지 홀로 타고 있었다. 손을 휘저어도, 옷을 흔들어 바람을 보내도 그 등불은 꺼지지 않았다. 뒤에 석가가 난타의 정성을 알고 그녀를 비구니로 받아들였다고 한다.

활용의 예 부처님께 공양은 그 양의 과다가 문제가 아니라 정성이 문제라고 한다 부자만등 보다 **빈자일등**이 더 큰 공적이 되는 까닭은 그 작은 것에 담긴 정성 때문이다.

빙탄불용 氷炭不容

[자해字解] 氷 얼음 **빙**.　炭 숯 **탄**.　不 아니 **불**.　容 용납할 **용**.

[출전出典] 《楚辭》〈七諫〉

[의미意味] 서로 용납할 수 없는 얼음과 숯. 두 사물이 서로 화합할 수 없음

　한무제 때의 명신 삼천갑자 동방삭은 재치와 해학, 변설에 뛰어나 입을 열면 막히는 법이 없었다. 청산유수 같은 달변은 뭇 사람들의 넋을 빼놓기에 족했다. 무제는 자주 그를 불러 이야기를 청해 듣곤 했다. 그래서 가끔 어전에서 대접이라도 하면 들고남은 음식을 싸 가지고 가는 바람에 그의 옷은 늘 더러워져 있었다. 보다 못한 황제가 비단을 하사하면 이번에는 어깨에 메고 귀가했다. 또 돈을 하사하면 술집에서 다 써버리고, 미녀를 아내로 삼아 1년도 못 가 바꿔 채우기 일쑤였다. 그래서 다들 그를 반미치광이로 여기고 있었다.

　하지만 그에게는 번뜩이는 지혜가 있었다. 그는 곧잘 무제에게 직언을 서슴지 않았다. 그는 죽을 때에 무제에게 다음과 같이 말했다.

　"교활하고 아첨하는 무리들을 멀리 하시고 참소하는 말을 물리치소서." 사실 그는 조정에서 교활한 자를 은근히 비웃었으며 그들과는 일절 타협하지 않았다. 그의 이런 성격은 불의와 타협하지 않고, 충절을 지키다 끝내 파직과 귀양으로 불운하게 일생을 보냈던 굴원의 위인과도 흡사하다. 그가 쓴 〈七諫〉은 굴원에 대한 흠모의 정을 표현하고 있다. 그중 자비편에 이런 말이 보인다.

　"얼음과 숯불은 함께 할 수 없다[氷炭不可以相并兮]." 아첨과 참언을 일삼는 간신들과는 공존할 수 없다는 자신의 심경을 밝힌 것이다. 마치 옛날 굴원이 그러했던 것처럼 자신도 간신들과 함께 할 수는 없다는 것이다.

활용의 예 공직생활을 하는 사람들은 늘 여러 가지 유혹에 사로잡히기 쉽다. 그러나 항상 몸조심을 하면서 부정에 대해서는 **빙탄불용**의 자세를 갖지 않으면 언젠가는 비참한 사태를 가져오고 말 **것이다.**

사면초가 四面楚歌

[자해字解] 四 넉 **사**. 面 낯 겉 대할 **면**. 楚 초나라 **초**. 歌 노래 **가**.

[출전出典] 《史記》〈項羽本紀〉

[의미意味] 사면에서 들려오는 초나라 노래란 뜻.

곧 ① 사방 빈틈없이 적에게 포위된 고립무원(孤立無援)의 상태.

② 주위에 반대자 또는 적이 많아 고립되어 있는 처지.

③ 사방으로부터 비난받음의 비유.

진나라를 무너뜨린 초패왕 항우와 한왕 유방은 홍구[하남성의 가로하]를 경계로 천하를 양분, 강화하고 5년간에 걸친 패권 다툼을 멈췄다.

힘과 기에만 의존하다가 범증 같은 유일한 모신까지 잃고 밀리기 시작한 항우의 휴전 제의를 유방이 받아들인 것이다.

항우는 곧 초나라의 도읍인 팽성(서주)을 향해 철군 길에 올랐으나 서쪽의 한중(섬서성의 한강 북안의 땅)으로 철수하려던 유방은 참모 장량 진평의 진언에 따라 말머리를 돌려 항우를 추격했다. 이윽고 해하(안휘성)에서 한신이 지휘하는 한나라 대군에 겹겹이 포위된 초나라 진영은 군사가 격감 한데다가 군량마저 떨어져 사기가 말이 아니었다.

그런데 이게 웬일인가? 한밤중에 '사면에서 초나라 노래(四面楚歌)' 소리가 들려오니 말이다. 초나라 군사들은 그리운 고향 노랫소리에 눈물을 흘리며 다투어 도망쳤다. 항복한 초나라 군사들로 하여금 고향 노래를 부르게 한 장량의 심리 작전이 맞아떨어진 것이다. 항우는 깜짝 놀랐다.

'아니, 한나라는 벌써 초나라를 다 차지했단 말인가? 어찌 저토록 초나라 사람이 많은고?'

이미 끝장났다고 생각한 항우는 결별의 주연을 베풀었다. 항우의 진중에는 우미인이라 불리는 애인 우희와 추라는 준마가 있었다. 항우는 우희가 애처로워 견딜 수 없었다. 그래서 비분강개하여 시를 읊고 또 읊었다.

힘은 산을 뽑고 의기는 세상을 덮지만 [力拔山兮氣蓋世]
때는 불리하고 추는 가지 않누나 [時不利兮 不逝]
추가 가지 않으니 어찌하면 좋은고 [不逝兮可奈何]
우야 우야 그대를 어찌할 거나 [虞兮虞兮奈若何]

우희도 이별의 슬픔에 목메어 화답했다. 역발산을 자처하는 천하장사 항우의 뺨에는 어느덧 몇 줄기의 눈물이 흘렀다. 좌우에 배석한 장수들이 오열하는 가운데 우희는 마침내 항우의 보검을 뽑아 젖가슴에 꽂고 자결하고 말았다.

그날 밤, 불과 800여 기를 이끌고 중포위망을 탈출한 항우는 이튿날, 혼자 적군 속으로 뛰어들어 수백 명을 벤 뒤 강만 건너편 당초 군사를 일으켰던 땅, 강동으로 갈 수 있는 오강(안휘성 내)까지 달려갔다. 그러나 항우는 800여 강동 자제들을 다 잃고 혼자 돌아가는 것이 부끄러워 스스로 목을 쳐 자결하고 말았다. 그때 그의 나이는 31세였다.

활용의 예 재건축아파트 주민을 상대로 내 재산을 지키려는 싸움을 하는 동안 나에게는 항상 많은 아파트주민들의 모함이 따라 다니면서 **사면초가**가 되었지만 진실은 언젠가는 통하듯 결국 진실을 알게 된 그들은 나에게 겨누었던 손가락을 돌리게 되었다.

사이비 似而非

[자해字解] 似 같을 **사**. 而 어조사 **이**. 非 아닐 **비**.
[출전出典] 《孟子》〈盡心篇〉,《論語》〈陽貨篇〉
[의미意味] ① 겉은 제법 비슷하나 속은 전혀 다름.
② 진짜같이 보이나 실은 가짜임.

전국 시대, 아성 맹자에게 어느 날 만장이라는 제자기 물었다.

"한 마을 사람들이 다 훌륭한 사람이라고 칭찬한다면 그런 사람을 어디를 가든 훌륭한 사람일 것으로 생각됩니다. 그런데 공자께서는 어찌하여 그들을 가리켜 '향원(지방의 토호)은 덕을 해치는 도둑'이라고 말씀하셨을까요?"

맹자는 이렇게 대답했다.

"그들을 비난하려 해도 들어서 비난할 것 없고, 공격하려 해도 공격할 구실이 없으나, 세속에 아첨하고 더러운 세상에 합류한다. 또 집에 있으면 충심과 신의가 있는 척하고, 나아가 행하면 청렴결백한 척한다. 그래서 사람들이 다 좋아하고 스스로도 옳다고 생각하지만 그들과는 더불어 요순의 도에 들어갈 수 없기 때문이다. 또 공자께서는 이런 말씀을 하셨느니라.

'사이비한 것(似而非者)을 미워한다…… 말 잘하는 것을 미워하는 것은 정의를 혼란시킬까 두려워서이고, 정나라 음악을 미워하는 것은 아악을 혼란시킬까 두려워서이다…… 향원을 미워하는 것은 그들이 덕을 혼란시킬까 두려워서이다…….'"

라고 하였다.

활용의 예 요즘 유명 상표에 대한 **사이비**제품을 짝퉁이라 한다. 겉모양은 비슷하나 실제로 유명 상표의 것은 아닌 것이다. 사람도 이와 같아서 겉으로는 유명인사인 척 하지만 속으로는 양심적이지 못한 경우가 많다.

사해형제 四海兄弟

[자해字解] 四 넉 **사**. 海 바다 **해**. 兄 형 **형**. 弟 아우 **제**.
[출전出典] 《논어(論語)》 안연(顔淵)편
[의미意味] '사방이 형제'라고 풀이되며 천하 사람들이 마음과 뜻을 같이 한다면 누구나 형제처럼 지낼 수 있다는 말.

사마우가 근심하며 말하기를
"사람이 다 형제가 있는데 유독 나만 없소이다."
그러자 자하가 말하기를
"내가 듣기에 죽고 사는 것이 운명에 달려있고 부유함과 귀함이 하늘에 달려 있다 했소이다. 군자가 조심하여 실수하는 일이 없고 남과 접촉하는데 공손하고 예의가 있으면 온 세상 사람들이 모두 형제입니다. 군자가 어찌 형제가 없는 것을 걱정하겠습니까?"

사마우에게는 사마환퇴라는 형이 있었는데 천하에 악명을 드날리는 악한으로 송나라에서 일어났던 반란에 가담하였다가 실패하여 망명하여 떠도는 신세였다. 사마우는 이를 걱정하여 자하에게 근심을 털어놓았던 것이다. 자하는 모든 일은 운명에 달려있다고 하고 군자가 공경으로서 남을 대하고 예를 지킨다면 천하의 누구와도 형제처럼 지낼 수 있으니 어찌 형제가 없음을 걱정하겠느냐고 위로한 것이다.

활용의 예 요즘 젊은이들이 자녀를 갖기를 두려워하여서 독자들이 대부분이 되었지만, **사해형제**라는 생각으로 산다면 크게 걱정할 일은 아니다. 다만 그것이 인륜이 정한 형제가 못 되고 만 것이 흠이겠지만.

살신성인 殺身成仁

【자해字解】 殺 죽일 **살**. 身 몸 **신**. 成 이룰 **성**. 仁 어질 **인**.
【출전出典】 《論語》〈衛靈公篇〉
【의미意味】 몸을 죽여 어진 일을 이룬다는 뜻으로, 다른 사람 또는 대의를 위해 목숨을 버린다는 말.

이 말은 춘추 시대, 인을 이상의 도덕으로 삼는 공자의 언행을 수록한《논어》〈위령공편〉에 나오는 한 구절이다.

높은 뜻을 지닌 선비와 어진 사람은 [志士仁人]

삶을 구하여 '인'을 저버리지 않으며 [無求生以害仁]

스스로 몸을 죽여서 '인'을 이룬다. [有殺身以成仁]

공자 사상의 중심을 이루는 '인'의 도는 제자인 증자가《논어》〈이인편〉에서 지적했듯이 '충(忠)과 서(恕)'에 귀착한다.

부자(공자에 대한 경칭)의 도는 '충서'일 뿐이다. '충'이란 자기 자신의 최선을 다하는 정신이고, '서'란 '충'의 정신을 타인에게 미치게 하는 마음이다.

증자는 공자의 '인'이 곧 이 '충서'를 가리키는 것으로 보았다.

활용의 예 일본에서 철도에 떨어진 시민을 구하고 자기 목숨을 바친 이수현씨는 살신성인의 표본이라고 일본에서 크게 존경을 받고 있다.

삼고초려 三顧草廬

【자해字解】 三 석 **삼**. 顧 돌아볼 **고**. 草 풀 **초**. 廬 풀집 **려**.

【출전出典】 《三國志》〈蜀志 諸葛亮專〉

【의미意味】 초가집을 세 번 찾아간다는 뜻.

　　　　　 곧 ① 사람을 맞이함에 있어 진심으로 예를 다함

　　　　　 ② 윗사람으로부터 후히 대우받음의 비유.

후한 말엽, 유비(현덕)는 관우(운장) 장비(익덕)와 의형제를 맺고 한나라 왕실 부흥을 위해 군사를 일으켰다. 그러나 군기를 잡고 계책을 세워 전군을 통솔할 군사(軍師, 군을 이끌어줄 스승)가 없어 늘 조조군에게 고전을 면치 못했다. 어느 날 유비가 은사인 사마휘에게 군사를 천거해 달라고 청하자 그는 이렇게 말했다.

"복룡이나 봉추 중 한 사람만 얻으시오."

"대체 복룡은 누구고, 봉추는 누구입니까?"

그러나 사마휘는 말을 흐린 채 대답하지 않았다. 그 제갈량(공명)의 별명이 복룡이란 것을 안 유비는 즉시 수레에 예물을 싣고 양양 땅에 있는 제갈량의 초가집을 찾아갔다. 그러나 제갈량은 집에 없었다. 며칠 후 또 찾아갔으나 역시 출타하고 없었다.

"저번에 다시 오겠다고 했는데. 이거, 너무 무례하지 않습니까? 듣자니 나이도 젊다던데……."

"그까짓 제갈공명이 뭔데. 형님, 이젠 다시 찾아오지 마십시오."

마침내 동행했던 관우와 장비의 불평이 터지고 말았다.

"다음엔 너희들은 따라오지 말라."

관우와 장비가 극구 만류하는데도 유비는 단념하지 않고 세 번째 방문 길에 나섰다. 그 열의에 감동한 제갈량은 마침내 유비의 군사가 되어 적벽대전에서 조조의 100만 대군을 격파하는 등 많은 전공을 세웠다.

그리고 유비는 그 후 제갈량의 헌책에 따라 위나라의 조조, 오나라의 손권과 더불어 천하를 삼분하고 한나라 왕조의 맥을 잇는 촉한을 세워 황제(소열제)를 일컬었으며, 지략과 식견이 뛰어나고 충의심이 강한 제갈량은 재상이 되었다

활용의 예 훌륭한 인재를 얻기 위해 유비는 **삼고초려**를 했지만, 요즘은 인재풀을 이용하여 많은 인재를 구할 수 있어서 그리하지 않아도 되는 세상이다.

삼십육계 주위상계 三十六計走爲上計

[자해字解] 三 석삼. 十 열 십. 六 여섯 륙. 計 꾀할 計.
　　　　走 : 달아날 주. 爲 : 할 위. 上 : 위 상. 計 : 꾀할 계.
[출전出典] 《資治通鑑》〈卷百四一〉,《齊書》〈王敬則專〉
[의미意味] 서른여섯 가지 계책 중에서 피하는 것이 제일 좋은 계책이란 뜻
　　　　으로, 일의 형편이 불리할 때는 도망가는 것이 상책이라는 말.

남북조 시대, 제나라 5대 황제인 명제는 소도성의 종질(사촌 형제의 아들)로서 고제의 증손인 3대 4대 황제를 차례로 시해하고 제위를 찬탈한 황제이다. 그는 즉위 후에도 고제의 직손들은 물론 자기를 반대하는 사람은 가차없이 잡아 죽였다.

이처럼 피의 숙청이 계속되자 고조 이후의 옛 신하들은 불안을 느끼지 않을 수 없었다. 그 중에서도 개국 공신인 회계 태수 왕경측의 불안은 날로 심해졌다. 불안하기는 명제도 마찬가지였다. 그래서 대부 장괴를 평동장군에 임명하여 회계와 인접한 오군(강소성)으로 파견했다. 그러자 왕경측은 1만여 군사를 이끌고 도읍 건강(南京)을 향해 진군하여 불과 10여 일 만에 건강과 가까운 흥성성을 점령했다. 도중에 농민들이 가세함에 따라 병력도 10여 만으로 늘어났다.

한편 병석의 명제를 대신하여 국정을 돌보던 태자 소보권은 패전 보고서를 받자 피난 준비를 서둘렀다. 이 소식을 전해들은 왕경측은 껄껄 웃으며 이렇게 말했다.

"단장군의 '서른여섯 가지 계책 중 도망가는 것이 제일 좋은 계책 [三十六計走爲上計]' 이었다고 하더라. 이제 너희 부자에게 남은 건 도망가는 길밖에 없느니라."

이 말은 '단장군(檀道濟)이 위(북위)나라 군사와 싸울 때 도망친 것을 비방한 것이다' 라고 주석을 붙인 책도 있다.

그 후 관군에게 포위당한 왕경측은 난전중에게 목이 잘려 죽었다.

활용의 예 사람들은 전쟁을 겪으면서 일단 전쟁터에서 멀리 도망을 가는 게 제일이라는 생각을 하게 되었다. 그래서 조금 이상한 기미만 보여도 **삼십육계주위상계(三十六計走爲上計)**라고 줄행랑을 놓곤 하였다.

삼인성호 三人成虎

【자해字解】 三 석 **삼**. 人 사람 **인**. 成 이룰 **성**. 虎 범 **호**.
【출전出典】 《韓非子》內儲設 , 《戰國策》魏策 惠王
【의미意味】 세 사람이 짜면 저잣거리에 호랑이가 나타났다는 말도 할 수 있다는 뜻으로, 거짓말이라도 여러 사람이 하면 곧이듣는다는 말.

전국 시대, 위나라 혜왕 때의 일이다.

태자와 중신 방총이 볼모로 조나라의 도읍 한단으로 가게 되었다. 출발을 며칠 앞둔 어느 날, 방총이 심각한 얼굴로 혜왕에게 이렇게 물었다.

"전하, 지금 누가 저잣거리에 호랑이가 나타났다고 한다면 전하께서는 믿으시겠나이까?"

"누가 그런 말을 믿겠소."

"하오면, 두 사람이 똑같이 저잣거리에 호랑이가 나타났다고 한다면 어찌하시겠나이까?"

"역시 믿지 않을 것이오."

"만약, 세 사람이 똑같이 아뢴다면 그땐 믿으시겠나이까?"

"그땐 믿을 것이오."

"전하, 저잣거리에 호랑이가 나타날 수 없다는 것은 불을 보듯 명백한 사실이옵니다. 하오나 세 사람이 똑같이 아뢴다면 저잣거리에 호랑이가 나타난 것이 되옵니다. 신은 이제 한단으로 가게 되었사온데, 한단은 위나라에서 저잣거리보다 억만 배나 멀리 떨어져 있사옵니다. 게다가 신이 떠난 뒤 신에 대해서 참언을 하는 자가 세 사람만은 아닐 것이옵니다. 전하, 바라옵건대 그들의 헛된 말을 귀담아 듣지 마시오소서."

"염려 마오. 누가 무슨 말을 하든 과인은 두 눈으로 본 것이 아니면 믿지 않을 것이오."

그런데 방총이 한단으로 떠나자마자 혜왕에게 참언을 하는 자가 있었다. 수년 후 볼모에서 풀려난 태자는 귀국했으나 혜왕에게 의심을 받은 방총은 끝내 귀국할 수 없었다고 한다.

활용의 예 흔히 흘러 다니는 소문이란 것은 남의 이야기를 좋아하는 사람들이 장난삼아 또는 심심풀이로 하였지만, 여러 사람의 입을 통하여 여러 차례 듣게 되면 **삼인성호**라고 그렇게 믿는 사람들이 생기게 마련이다.

상가지구 喪家之狗

[자해字解] 喪 죽을 **상**, 家 집 **가**, 狗 개 **구**.
[출전出典] 《史記》孔子世家.
[의미意味] 평성(平聲, 낮은 소리)으로 읽으면 상갓집의 개라는 뜻이고, 거성(去聲, 가장 높은 소리)으로 읽으면 집을 잃어버린 개라는 뜻.

아마도 공자의 나이 56세 때, 편력의 여행을 시작했을 무렵에, 공자가 위나라에서 조나라와 송나라를 거쳐 정나라로 갔을 때의 일이다.

공자께서 정나라에 가셨을 때, 제자들과 서로 헤어졌다. 공자께서 홀로 곽동문에 서셨다. 자공이 길가는 사람에게 물었다.

"혹시 오는 길에 우리 스승님을 보시지 않으셨나요?"

정나라 사람이 자공에게 일러 말했다

"동문에 사람이 있는데, 그 이마는 요와 같고, 고 목은 고요와 같고, 그 어깨는 자산과 같더라. 그러나 허리 아래로는 우에 미치지 못하기를 세 치, 그 지친 모습은 상가지구(상가의 개)와 같은 사람이 있었소."

자공이 들은 대로 공자에게 고하자, 공자께서는 기뻐하시면서 웃으며 말했다.

"모습의 형용은 그 훌륭한 사람들에게 미치지 못하지만, 상갓집의 개와 같다는 말은 과연 그러했을 것이다."

하시며 껄껄 웃으셨다.

활용의 예 노숙자들이 들끓는 서울역에 가면 가끔은 너무 엉성한 차림의 그들을 볼 수 있는데, 자주 씻지도 못한 후줄근한 모습을 본

사람들은 그들을 **상가지구**를 연상하며 피하고 만다.

상전벽해 桑田碧海

[자해字解] 桑 뽕나무 **상**. 田 밭 **전**. 碧 푸를 **벽**. 海 바다 **해**.

[출전出典] 유정지(劉廷芝) 대비백발옹(代悲白髮翁)

[의미意味] 뽕나무밭이 바다로 바뀐다는 뜻으로 세상일이 덧없이 바뀜을
이르는 말.

낙양성 동쪽의 복숭아꽃 오얏꽃 [洛陽城東桃李花]

이리저리 날아 뉘 집에 지는가 [飛來飛去落誰家]

낙양의 어린 소녀 고운 얼굴이 아까워 [洛陽女兒惜顔色]

지는 꽃 바라보며 한숨 짓는다 [行逢女兒長嘆息]

올해 꽃이 지면 그 얼굴에 나이를 먹어 [今年花落顔色改]

내년에 피는 꽃은 누가 보려나 [明年花開復誰在]

뽕나무밭이 바다가 된다는 건 옳은 말이네 [景聞桑田變成海]

활용의 예 국토개발이 빠르게 진행이 되어서 어느새 시골도 도시
가 되어가고 고층 아파트가 문전옥답에 들어서서 **상전벽해**로 변해
버리곤 한다.

새옹지마 塞翁之馬

[자해字解] 塞 변방 **새**. 翁 늙은이 **옹**. 之 갈 **지**(…의). 馬 말 **마**.
[출전出典] 《淮南子》〈人生訓〉
[의미意味] 세상만사가 변전무상(變轉無常)하므로, 인생의 길흉화복(吉凶禍福)을 예측할 수 없다는 뜻. 길흉화복의 덧없음의 비유.

옛날 중국 북방의 요새 근처에 점을 잘 치는 한 노옹이 살고 있었는데 어느 날, 이 노옹의 말이 오랑캐 땅으로 달아났다. 마을 사람들이 이를 위로하자 노옹은 조금도 애석한 기색 없이 태연하게 말했다.

"누가 아오? 이 일이 복이 될는지."

몇 달이 지난 어느 날, 그 말이 오랑캐의 준마를 데리고 돌아왔다. 마을 사람들이 이를 치하하자 노옹은 조금도 기쁜 기색 없이 태연하게 말했다.

"누가 아오? 이 일이 화가 될는지."

그런데 어느 날, 말타기를 좋아하는 노옹의 아들이 그 오랑캐의 준마를 타다가 떨어져 다리가 부러졌다. 마을 사람들이 이를 위로하자 노옹은 조금도 슬픈 기색 없이 태연하게 말했다.

"누가 아오? 이 일이 복이 될는지."

그로부터 1년이 지난 어느 날, 오랑캐가 대거 침입해 오자 마을 장정들은 이를 맞아 싸우다가 모두 전사했다. 그러나 노옹의 아들만은 절름발이였기 때문에 무사했다고 한다.

활용의 예 재난을 당한 사람들은 늘 슬퍼하고 세상을 살아갈 희망마저 놓으려 하기 쉽지만, 세상만사 **새옹지마**라고 생각한 그는 언제나

근심 어린 얼굴을 보이지 않아서 다른 사람들의 부러움을 사고 있다.

선종외시 先從隗始

[자해字解] 先 먼저 **선**. 從 부터 **종**. 隗 이름 **외**. 始 시작할 **시**.
[출전出典] 전국책(戰國策) 연책(燕策)
[의미意味] 먼저 외(곽외)부터 시작하라는 고사에서 나온 말로 큰 뜻을 이루려면 우선 비근한 일에서부터 시작하라는 의미이다.

전국시대 연의 소왕이 인재를 찾던 중 어느 날 재상 곽외를 찾아갔다. 소왕을 만난 곽외는 다음과 같은 얘기를 했다.

옛날 어떤 왕이 하루에 천리를 달리는 명마를 구하고 있었다. 왕의 명을 받은 사람이 그 말을 구했을 때 말은 이미 죽어 있었으나 그래도 그 사나이는 그 값으로 5백금을 지불하였는데 이 말을 들은 왕은 "내가 바란 것은 죽은 말이 아니라 산 것이다."라고 말하면서 호통을 쳤다.

이 말을 듣자 사나이는 이렇게 대답했다.

"천리마라면 죽었더라도 5백금이나 지불하는데 살아있는 것이라면 얼마나 비싼 값을 줄 것인가라고 사람들이 생각할 것이므로 반드시 천리마를 가진 자가 찾아올 것입니다."

과연 그의 말대로 1년도 채 안되어서 천리마가 세 마리나 들어왔다고 한다.

"지금 왕께서 진정한 인재를 찾으신다면 먼저 외(곽외)부터 시작하십시오. 그러면 외보다 뛰어나다고 생각하는 많은 인재들이 몰려들 것입니다."

이 말을 듣고 소왕은 외를 위해 궁전을 세우고 스승으로 우대하자 이 사실을 안 많은 인재들이 앞을 다투어 몰려들기 시작했다고 한다.

활용의 예 학교 체육이 시작되면서 유능한 선수를 구하지 못한 학교에서는 자기 나름대로 조금 나은 어린이들을 모아 육상부를 꾸리고 연습에 들어가자 **선종외시**의 효과가 나타나 여기저기서 유능한 어린이들이 모여들었다.

선즉제인 先則制人

[자해字解] 先 먼저 **선**. 則 곧 **즉**, 법 **칙**. 制 억제할 **제**. 人 사람 **인**.
[출전出典] 《史記》〈項羽本記〉, 《漢書》〈項籍專〉
[의미意味] 선손을 쓰면(선수를 치면) 남을 제압할 수 있다는 뜻.

진나라 2세 황제 원년의 일이다. 진시황 이래 계속되는 폭정에 항거하여 대택향(안휘성 기현)에서 900여 명의 농민군을 이끌고 궐기한 날품팔이꾼 진승과 오광은 단숨에 기현을 석권하고 진(하남성 회양)에 입성했다. 이어 이곳에 장초라는 나라를 세우고, 왕위에 오른 진승은 옛 6개국의 귀족들과 그 밖의 반진 세력을 규합하여 진나라의 도읍 함양을 향해 진격했다.

이에 자극을 받은 강동의 회계군수 은통은 군도 오중(강소성 오현)의 유력자인 항량을 불러 거병을 의논했다.

항량은 진나라 군사에게 패사한 옛 초나라 명장이었던 항연의 아들인데, 고향에서 살인을 하고 조카인 적(항우의 이름)과 함께 오중으로 도망온 뒤 타고난 통솔력을 십분 발휘하여 곧 오중의 실력자가 된 젊은이다.

"지금 강서(안휘성 하남성) 지방에서는 모두들 진나라에 반기를 들었는데, 이는 하늘이 진나라를 멸망코자 하는 시운이 되었기 때문이오, 내가 듣건대 '선손을 쓰면 남을 제압할 수 있고[先則制人]' 뒤지면 남에게 제압당한다고 했소. 그래서 나는 그대와 환초를 장군으로 삼아 군사를 일으킬까 하오."

은통은 오중의 실력자일 뿐 아니라 병법에도 조예가 깊은 항량을 이용, 출세의 실마리를 잡아볼 속셈이었으나 항량은 그보다 한 수 위였다.

"거병하려면 우선 환초부터 찾아야 하는데, 그의 행방을 알고 있는 자는 오직 제 조카인 적뿐입니다. 그러니 지금 밖에 와 있는 그에게 환초를 불러오라고 하명하시지요."

"그럽시다. 그럼, 그를 들라 하시오."

항량은 뜰 아래에 대기하고 있는 항우에게 다가가 귓엣말로 이렇게 일렀다.

"내가 눈짓을 하거든 지체 없이 은통의 목을 치도록 하라."

항우를 데리고 방에 들어온 항량은 항우가 은통에게 인사를 마치고 자기를 쳐다보는 순간 눈짓을 했다. 항우는 칼을 빼자마자 비호같이 달려들어 은통의 목을 쳤다. 항량과 항우가 은통에 앞서 '선즉제인'을 몸소 실행한 것이다.

항량은 곧바로 관아를 점거한 뒤 스스로 회계 군수가 되어 8000

여 군사를 이끌고 함양으로 진격하던 중 전사하고 말았다. 뒤이어 회계군의 총수가 된 항우는 훗날 한왕조를 이룩한 유방과 더불어 진나라를 멸망시켰다. 그러나 그후 유방과 5년간에 걸쳐 천하의 패권을 다투다가 패하여 자결하고 말았다.

활용의 예 요즘 같이 경쟁이 심한 사회에서는 모든 분야에서 선즉제인하지 않으면 남에게 뒤지거나 퇴출당하기 십상이다. 특히 격투기 같은 경우는 일단 제압을 해 놓아야 승리할 수 있는 경기이다.

소심익익 小心翼翼

【자해字解】 小 작을 **소**. 心 마음 **심**. 翼 공경할 **익**.
【출전出典】 시경(詩經) 대아(大我) 蒸民편
【의미意味】 마음을 작게 하고 공경한다는 말로, 대단히 조심하고 삼가는
　　　　　 것을 말한다.

중산보의 덕은 훌륭하고도 법도가 있네.
훌륭한 거동에 훌륭한 모습이요, 조심하고 공경하며
옛 교훈을 본받으며 위의에 힘쓰고 천자를 따르며
밝게 명령을 펴드리네.

이 시는 선왕의 명으로 중산보가 제나라로 성을 쌓으러 갈 때, 길보가 이 시를 노래하며 전송한 것이다.

'문왕께선 삼가고 조심하셔 하느님을 밝게 섬기고 많은 복을 누리시니 그분의 덕 어긋나지 않아 나를 받으시었네.' 이 시는 문왕과 무왕을 기리는 시로서 주나라 초기의 작품이다.

이렇듯 이 성어는 조신하고 또 삼가면서 처신해 나간다는 의미이다

활용의 예 공직자는 모름지기 **소심익익**하는 자세로 세상사를 보고, 대민관계를 하지 않으면 자칫 부정에 연루되기 쉬운 것을 명심해야 할 것이다.

송양지인 宋襄之仁

【자해字解】 宋 송나라 **송**. 襄 도울 **양**. 之 갈 **지**(…의). 仁 어질 **인**.
【출전出典】 《十八史略》
【의미意味】 송나라 양공(襄公)의 인정이란 뜻. 곧
　　　① 쓸데없는 인정을 베푸는 것의 비유.
　　　② 무익한 동정이나 배려.

춘추 시대인 주나라 양왕 2년, 송나라 환공이 세상을 떠났다.

환공이 병석에 있을 때 태자인 자부는 인덕이 있는 서형 목이에게 태자의 자리를 양보하려 했으나 목이는 굳이 사양했다. 그래서 자부가 위에 올라 양공이라 일컫고 목이를 재상에 임명했다.

그로부터 7년 후, 춘추의 첫 패자인 제나라 환공이 죽고, 송나라에는 운석이 떨어졌다. 이는 패자가 될 징조라며 양공은 야망을 품기 시작했다. 그는 우선 여섯 공자간에 후계 다툼이 치열한 제나라로 쳐들

어가 공자 소를 세워 추종 세력을 만들었다. 이어 4년 후에는 송, 제, 초 세 나라의 맹주가 되었다. 목이는 '작은 나라가 패권을 다투는 것은 화근'이라며 걱정했다.

이듬해 여름, 양공은 자기를 무시하고 초나라와 통교한 정나라를 쳤다. 그러자 그 해 가을, 초나라는 정나라를 구원하기 위해 대군을 파병했다. 양공은 초나라 군사를 홍수(하남성 내)에서 맞아 싸우기로 했으나 전군이 강을 다 건너왔는데도 공격을 하지 않았다. 목이가 참다못해 진언했다.

"적은 많고 아군은 적사오니 적이 전열을 가다듬기 전에 쳐야 하옵니다."

그러나 양공은 듣지 않았다.

"군자는 어떤 경우든 남의 약점을 노리는 비겁한 짓은 하지 않는 법이오."

양공은 초나라 군사가 전열을 가다듬은 다음에야 공격 명령을 내렸다. 그 결과 열세한 송나라 군사는 참패했다. 그리고 양공 자신도 허벅다리에 부상을 입은 것이 악화하는 바람에 결국 이듬해 죽고 말았다.

활용의 예 재벌 총수는 선수를 빼앗긴 것에 화가 나서 요즘 같이 경쟁이 심한 사회에서 선즉제인은 못할망정 **송양지인**하고 있다가는 항상 남에게 밥 노릇밖에 더 하겠느냐고 꾸지람을 하였다.

수구초심 首丘初心

[자해字解] 首 머리 **수**. 丘 언덕 **구**. 初 처음 **초**. 心 마음 **심**.

[출전出典] 《예기(禮記)》〈단궁상편(檀弓上篇)〉

[의미意味] 여우는 죽을 때 머리를 자기가 살던 굴로 향한다는 말로써,
'고향을 그리워하는 마음'을 일컫는 말.

문왕과 무왕을 도와서 은나라를 멸하고 주나라를 일으킨 여상 태
공망은 제나라에 있는 영구에 봉해졌는데, 계속해서 다섯 대에 이르
기까지 주의 호경에 반장했다.

군자께서 이르시기를 음악은 그 자연적으로 발생하는 바를 즐기
며, 예란 그 근본을 잊어서는 안 되는 것이다.

옛사람의 말에 이르되, 여우가 죽을 때에 머리를 자기가 살던 굴
쪽으로 바르게 향하는 것은 인이라고 하였다.

활용의 예 하찮은 짐승도 **수구초심**이라고 자기 굴을 향해 머리를
두르고 죽는 다는데, 북에 고향을 두고 온 수 많은 실향민, 이산가
족들은 얼마나 고향을 그리워하겠는가?

수서양단 首鼠兩端

[자해字解] 首 머리 **수**. 鼠 쥐 **서**. 兩 두 **량**. 端 바를 끝 실마리 **단**.
[출전出典] 《사기(史記)》〈위기무후렬전(魏其武侯列傳)〉
[의미意味] 구멍에서 머리만 내밀고 좌우를 살피는 쥐라는 뜻.
　　　 곧 ① 진퇴 거취를 정하지 못하고 망설이는 상태.
　　　 ② 두 마음을 가지고 기회를 엿봄.

　전한 7대 황제인 무제 때의 일이다. 5대 문제의 황후의 조카인 위기후 두영과 6대 경제의 황후의 동생인 무안후 전분은 같은 외척이었지만 당시 연장자인 두영은 서산 낙일하는 고참 대장군이었고, 전분은 욱일승천하는 신진 재상이었다.

　그런데 어느 날, 두영의 친구인 관부 장군이 고관대작들이 모인 주연에서 전분에게 대드는 실수를 범했다. 사건의 발단은 관부가 두영을 무시한 한 고관을 힐책하는데 전분이 그를 두둔하고 나섰기 때문이다. 관부가 한사코 사죄를 거부하자 이 일은 결국 조의에 오르게 되었다. 양쪽 주장을 다 들은 무제는 중신들에게 물었다.

　"경들이 판단컨대 어느 쪽이 잘못이 있는 것 같소?"

　처음에는 의견이 둘로 나뉘었으나 시간이 지남에 따라 두영의 추종자로 알려진 내사(도읍을 다스리는 벼슬) 정당시조차 우물쭈물 얼버무리는 애매한 태도를 취했다. 그러자 어사대부(감찰 기관의 으뜸 벼슬) 한안국도 명확한 대답을 피했다.

　"폐하, 양쪽 다 일리가 있사와 흑백을 가리기가 심히 어렵나이다."

　중신들의 불분명한 태도에 실망한 무제가 자리를 뜨자 조의는 거기서 끝났다. 전분은 화가 나서 한안국을 책망했다.

"그대는 어찌하여 '구멍에서 머리만 내밀고 좌우를 살피는 쥐[首鼠兩端]'처럼 망설였소? 이 사건은 시비곡직이 불을 보듯 환한 일인데……."

하고 따졌으나 이미 기울은 사태를 바로 잡지는 못했다.

활용의 예 비겁한 사람들은 엄연한 시비가 뚜렷한 일에 있어서도 뚜렷한 의사 표현을 하지 않고 **수서양단**의 태도로 적당히 얼버무리거나 자리를 피하여 버리는 등 무성의하게 처리하는 경향을 보인다.

수수방관 袖手傍觀

[자해字解] 袖 소매 **수**. 手 손 **수**. 傍 곁 **방**. 觀 볼 **관**.

[의미意味] 팔짱을 끼고 바라만 본다. 해야 할 일을 간여하지 않고 그대로 버려두다.

이번 남부지방의 폭설로 인하여 수많은 농가가 피해를 입었다. 이러한 재난을 당하는 사람들에게는 손 하나 붙잡아 주는 것만도 큰 보탬이 되곤 한다. 그러나 요즘 우리는 심정적으로 봉사라는 생활에 익숙하지 못해선지 몰라도 손을 보태기는커녕 수수방관만 하고 있는 게 사실이다.

수많은 사고가 일어나고 그에 대한 보상이 이루어지고 있지만, 우리 민족처럼 정이 많은 민족이라면서도 정작 피해가 심한 이번 설해의 경우 국민들의 자원봉사 같은 것이 그리 많이 이루어지지 않은 것은 우리 국민의 봉사 태도, 아니 나부터 한다는 그런 태도의 부족이라 하겠다.

자동차가 갓길에 서고 잇달아 달려온 차가 들이받아서
사상자가 난 게 분명한 사고인데도, 고속도로라는 사정 때문인지는
몰라도 대부분의 운전자는 자기 갈 길을 갈 뿐 정작 사고 현장에서
구원을 할 손길은 미치지 않아서 사고 차량은 **수수방관**이 된 상태
로 시간이 흐르고 있었다.

수어지교 水魚之交

[자해字解] 水 물 **수** , 魚 고기 **어** , 交 사귈 **교** .
[출전出典] 《三國志(삼국지)》.
[의미意味] 물고기가 물을 떠나 살 수 없듯이 아주 친밀하여 떨어질 수 없는 사이 .

　당시 위나라의 조조는 강북의 땅을 평정하고, 오나라의 손권은 강
동의 땅에서 세력을 얻어, 위나라와 오나라는 점점 근거지를 굳히고
있었지만, 유비에게는 아직도 근거할 만한 땅이 없었다. 또 유비에게
는 관우와 장비와 같은 용장이 있었지만, 천하의 계교를 세울 만한 지
략이 뛰어난 선비가 없었다.
　이러한 때에 제갈공명과 같은 사람을 얻었으므로, 유비의 기쁨은
몹시 컸다. 그리고 제갈공명이 금후에 취해야 할 방침으로서, 형주와
익주를 눌러서 그곳을 근거지로 할 것과, 서쪽과 남쪽의 이민족을 어
루만져 뒤의 근심을 끊을 것과 내정을 다스려 부국강병의 실리를 올
릴 것과, 손권과 결탁하여 조조를 고립시켜, 시기를 보아 조조를 토벌
할 것 등을 말하자, 유비는 전적으로 찬성하여 그 실현에 힘을 다하게

되었다. 이리하여 유비는 제갈공명에게 절대적인 신뢰를 두고, 두 사람의 교분은 날이 갈수록 친밀해졌다.

그러자 관우나 장비 등이 불만을 품었다. 새로 참여한 젊은 사람 (제갈공명이 유비의 휘하에 들어온 것은 28세였다)인 제갈공명만이 중하게 여겨지고, 자기들은 가볍게 취급되는 줄로 생각했기 때문이다. 이리하여 유비는 관우와 장비 등을 위로하여 말했다.

"내가 제갈공명을 얻은 것은 물고기가 물을 얻은 것과 같다. 즉 나와 제갈공명은 물고기와 물과 같은 사이이다. 아무 말도 하지 말기를 바란다."이렇게 말하자, 관우와 장비 등은 불만을 표시하지 않게 되었다.

활용의 예 의학계에서는 새로운 장비의 개발은 의사들을 지원하는 보조 역할이지만, 이런 기구는 의사들에게는 참으로 요긴한 환자에 대한 정확한 정보를 쉽게 얻을 수 있게 하는 것으로 **수어지교**의 관계라고 말할 수 있다.

식자우환 識字憂患

[자해字解] 識 알 **식**, 字 글자 **자**, 憂 근심 **우**, 患 근심 **환**.
[출전出典] 《삼국지(三國志)》
[의미意味] 서투른 지식 때문에 도리어 일을 망치는 경우가 많다.

삼국지에 보면 서서의 어머니 위부인이 조조에게 속고 한 말에 여자식자우환이란 말이 있다.

유현덕이 제갈량을 얻기 전에는 서서가 제갈량 노릇을 하며 조조를 괴롭히고 있었다. 조조는 서서가 효자라는 것을 알고 그의 어머니의 손을 빌려 그를 불러들이려 한다. 그러나 위부인은 학식이 높고 명필인데다가 의리가 확고한 여장부였기 때문에, 아들을 불러들이기는커녕 오히려 어머니 생각은 말고 끝까지 한 임금을 섬기라고 격려를 하는 형편이었다.

그래서 하는 수 없이 조조는 사람을 중간에 넣어 교묘한 수법으로 위부인의 편지 답장을 받아낸 다음, 그 글씨를 모방해서 서서에게 어머니의 위조 편지를 전하게 한다. 어머니의 편지를 받고 집에 돌아온 아들을 보자 위부인은 영문을 몰라 어리둥절했다. 이야기를 듣고 비로소 그것이 자기 글씨를 모방한 위조편지 때문이란 것을 안 위부인은, "도시 여자가 글자를 안다는 것부터가 걱정을 낳게 한 근본 원인이다"하고 자식의 앞길을 망치게 된 운명의 장난을 스스로를 책하는 이 한마디로 체념하고 말았다는 것이다.

그래서 여자를 차별대우하던 옛날에는 위부인의 이 '여자식자우환'이란 말이 여자가 설치는 것을 비웃는 문자로 자주 인용되곤 했다. 여자의 경우만이 아니고, 우리는 이른바 필화란 것을 기록을 통해 많이 보게 된다. 이것이 모두 식자우환이 아니고 무엇이겠는가.

소동파의 시에
"인생은 글자를 알 때부터 우환이 시작된다.
성명만 대충 쓸 줄 알면 그만둘 일이다."

어디 글자뿐이겠는가. 인간이 만들어 낸 이기들이 어느 것 하나 우환의 시초가 아닌 것이 없다. 헤엄을 잘 치는 사람은 물에 빠져죽기 쉽고 나무에 잘 오르는 사람은 나무에서 떨어져 죽기 쉽다. 또 운전을 많이 하는 사람은 그 만큼 교통사고를 당할 위험이 큰 법이다.

활용의 예 조선시대에는 식자들은 서원을 중심으로 학파를 형성하여서 국가 시책에 대한 상소로 자신들의 주장을 국가 운영이나 정책에 반영을 하고 있었다. 이 때 수많은 필화 사건이 일어나면서 식자우환이라는 생각을 가진 농민들이 많았다.

신출귀몰 神出鬼沒

[자해字解] 神 귀신 **신**. 出 날 **출**. 鬼 귀신 **귀**. 沒 숨을 **몰**.

[출전出典] 《淮南子》, 《三略》

[의미意味] 귀신과 같이 홀연히 나타났다가 감쪽같이 없어짐. 자유자재로 출몰하여 그 변화를 헤아릴 수 없는 일.

전한의 회남왕 유안이 엮은 《淮南子》〈兵略訓〉에 "용병에 능한 자의 행동은 귀신이 나타나고 돌아다니는 것(神出而鬼行)과 같이 신속하고 임기응변으로 움직여서 별이 빛나는 듯 하늘이 순환하는 듯 하는 것이다. 그 나아가고 물러남과 굽히고 펴는 것은 아무런 예고도 없고 또 흔적도 남기지 않는다."라는 글이 있다.

이 말은 아군의 세력과 계략 등이 적군에 간파되어 대책을 세울 수 있게 한다면 교묘한 용병이 될 수 없다는 것을 말하고 있다.

황석공이 유방의 공신인 장량에게 주었다는 병서 《삼략》에도 '神

出而鬼行' 이라는 말이 나온다. 신출이귀행은 '신출귀몰(神出鬼沒)'과 같은 뜻이겠지만 당나라 때의 희장어에는 제대로 갖춘 표현이 나온다.

"머리 두 개에 얼굴이 셋인 귀신이 나타났다가 사라지다"

수호지에도 신출귀몰이란 표현이 보이는데 모두 《회남자》나 《삼략》에서 유래한 것으로 짐작된다.

참고로 춘추시대 제나라의 병법과 손무의 병서인 《손자(孫子)》 군쟁편에 진퇴가 바람처럼 신속하다는 '질여풍'이란 표현이 나온다. 전투에 있어서 군의 진퇴는 바람처럼 신속하게 하라는 뜻으로 쓰였다. 그러나 '질여풍'은 '신출귀몰'에는 훨씬 미치지 못한다.

활용의 예　6.25 전란 중에 우리 해병은 **신출귀몰**하는 전략으로 서해 5도를 적군의 손아귀에 넘기지 않고 지켜낼 수 있었다.

실사구시 實事求是

【자해字解】 實 열매 **실**. 事 일 **사**. 求 구할 **구**. 是 옳을 **시**.
【출전出典】 《한서(漢書)》 하간헌왕전(河間獻王傳)
【의미意味】 사실로부터 옳은 결론을 얻어냄.

한서 하간헌왕전에는 학문을 즐겼던 한 왕에 관한 기록이 있다.

한나라의 경제에게는 유덕이라는 아들이 있었다. 유덕은 하간(지금의 하북성 하간현)에 봉하여지고 하간왕이 되었다. 그는 고서를 수집하여 정리하기를 좋아하였다. 진시황이 모든 책을 태워버린 이후

고서적을 찾아보기 어려웠기 때문에, 적지 않은 책들은 비싼 값을 치르고 사오기도 하였다.

이렇다 보니, 많은 사람들도 하간왕 유덕이 학문을 좋아한다는 소식을 듣게 되었다. 그들은 선조들이 물려준 진나라 이전의 옛 책들을 그에게 받쳤으며, 일부 학자들은 직접 하간왕과 함께 연구하고 정리하기도 하였다.

한무제가 즉위하자, 유덕은 한무제를 비롯한 여러 학자들과 고대의 학문을 연구하여 많은 사람들로부터 칭송을 받았는데, 사람들은 그를 가리켜 "그는 학문 탐구를 즐길 뿐만 아니라 옛날 책을 좋아하며, 항상 사실로부터 옳은 결론을 얻어낸다[修學好古, 實事求是]"라고 말했다.

활용의 예 우리나라의 실학파들이 **실사구시**의 기치 아래 당시에 유행하던 주자학의 공리공론에 지친 국민들에게 실제 생활에 필요한 학문 즉 실용학문을 연구할 것을 권하고 나섰다.

암중모색 暗中摸索

[자해字解] 暗 어두울 **암**. 中 가운데 **중**. 摸 더듬을 **모**. 索 찾을 색.
[출전出典] 《隋唐佳話》
[의미意味] 어둠 속에서 손으로 더듬어 찾는다는 뜻으로, 어림짐작으로 찾는다(혹은 추측한다)는 말.

중국 역사상 유일한 여제였던 측천무후 때 허경종이란 학자가 있었다.

그는 경망한데다가 방금 만났던 사람조차 기억하지 못할 적도로 건망증이 심했다. 어느 날, 친구가 허경종의 건망증을 비웃자 그는 이렇게 대꾸했다.

"자네 같은 이름 없는 사람의 얼굴이야 기억할 수 없지만 조식이나 사령운 같은 문장의 대가라면 '암중모색'을 해서라도 알 수 있다네."

하고 말했지만, 막상 이웃 사람까지도 가끔은 못 알아보는 지독한 건망증은 그를 유명한 학자로 기억되지 못하게 만들었다.

활용의 예 화성 연쇄살인은 끝내 잡히지 않은 범인을 찾기 위해 법적인 공소기간을 넘기지 않으려고까지 **암중모색**을 계속 했지만 결국은 공소기간이 끝나고 말았다.

양두구육 羊頭狗肉

[자해字解] 羊 양 **양**. 頭 머리 **두**. 狗 개 **구**. 肉 고기 **육**.
[출전出典] 《晏子春秋》, 《無門關》, 《揚子法言》
[의미意味] 밖에는 양 머리를 걸어 고 안에서는 개고기를 판다는 뜻
　　　　　① 거짓 간판을 내걸다.
　　　　　② 좋은 물건을 내걸고 나쁜 물건을 함.
　　　　　③ 겉과 속이 일치하지 않음의 비유.
　　　　　④ 겉으로는 훌륭하나 속은 전혀 다른 속임수의 비유.

춘추시대, 제나라 영공 때의 일이다. 영공의 궁중의 여인들에게

남장을 시켜 놓고 완상하는 별난 취미를 가지고 있었다.

　그런데 이러한 취미는 곧 백성들 사이에도 유행되어 남장한 여인이 날로 늘어났다. 그러자 영공은 재상인 안영에게

　"궁 밖에서 남장하는 여인들을 처벌하라."

는 금령을 내리게 했다. 그러나 유행을 좀처럼 수그러들지 않았다. 영공이 안영에게 그 까닭을 묻자 그는 이렇게 대답했다.

　"전하께서는 궁중의 여인들에게는 남장을 허용하시면서 궁 밖의 여인들에게는 금령을 내렸사옵니다. 하오면 이는 '밖에는 양 머리를 걸어 놓고 안에서는 개고기를 파는 것[羊頭狗肉]'과 같사옵니다. 이제라도 궁중의 여인들에게 남장을 금하시옵소서. 그러면 궁 밖의 여인들도 감히 남장을 하지 못할 것이옵니다."

　영공의 안영의 진언에 따라 즉시 궁중의 여인들에게 남장 금지령을 내렸다. 그러자 그 이튿날부터 제나라에서는 남장한 여인을 찾아볼 수 없었다고 한다

　활용의 예　요즘 정치인들의 하는 짓을 보면 거의 대부분이 **양두구육**을 하고 있다. 입으로는 국민을 위해서라고 떠들지만, 막상 그들의 속셈에는 오직 자기 당에 유리한 쪽만을 생각하고 있기 때문이다.

양상군자 梁上君子

[자해字解] 梁 들보 **량**. 上 위 **상**. 君 임금 군자 **군**. 子 아들 사람 **자**.
[출전出典] 《後漢書》〈陳寔專〉
[의미意味] 대들보 위의 군자라는 뜻.
　　　① 집안에 들어온 도둑의 비유.
　　　② (전하여) 천장 위의 쥐를 달리 일컫는 말.

　후한 말엽, 진식이란 사람이 태구현(하남성 내) 현령으로 있을 때의 일이다. 그는 늘 겸손한 자세로 현민의 고충을 헤아리고 매사를 공정하게 처리함으로써 현민으로부터 존경을 한 몸에 모았다.

　그런데 어느 해 흉년이 들어 현민의 생계가 몹시 어려웠다. 그러던 어느 날 밤, 진식이 대청에서 책을 읽고 있는데 웬 사나이가 몰래 들어와 대들보 위에 숨었다. 도둑이 분명했다. 진식은 모르는 척하고 독서를 계속하다가 아들과 손자들을 대청으로 불러 모았다. 그리고 이렇게 말했다.

　"사람은 스스로 노력하지 않으면 안 된다. 악인이라 해도 모두 본성이 악해서 그런 것은 아니다. 습관이 어느덧 성품이 되어 악행을 하게 되느니라. 이를테면 지금 '대들보 위에 있는 군자[梁上君子]'도 그렇다."

　그러자 '쿵' 하는 소리가 났다. 진식의 말에 감동한 도둑이 대들보에서 뛰어내린 것이다. 그는 마룻바닥에 조아리고 사죄했다. 진식이 그를 한참 바라보다가 입을 열었다.

　"네 얼굴을 보아하니 악인은 아닌 것 같다. 오죽이나 어려웠으면 이런 짓을 했겠나."

진식은 그에게 비단 두 필을 주어 보냈다.

활용의 예 전국을 휩쓸던 대도 조세형이라는 사람은 전국 어느 곳에서라도 자신이 마음만 먹으면 못 들어갈 집이 없다고 큰 소릴 쳤던 **양상군자**이었다.

양약고구 良藥苦口

[자해字解] 良 좋을 **량**. 藥 약 **약**. 苦 괴로울 쓸 **고**. 口 입 **구**.
[출전出典] 《史記》〈留侯世家〉,《孔子家語》〈六本篇〉.
[의미意味] 좋은 약은 입에 쓰다는 뜻으로, 충언(忠言)은 귀에 거슬린다는 말.

천하를 통일하고 동아시아 최초의 대제국을 건설했던 진나라 시황제가 죽자 천하는 동요하기 시작했다. 그간 학정에 시달려온 민중이 각지에서 진나라 타도의 기치를 들었기 때문이다. 그중 2세 황제 원년에 군사를 일으킨 유방(훗날의 한 고조)은 역전 3년 만에 경쟁자인 항우보다 한 걸음 앞서 진나라의 도읍 함양에 입성했다.

유방은 3세 황제 자영에게 항복을 받고 왕궁으로 들어갔다. 호화찬란한 궁중에는 온갖 재보가 산더미처럼 쌓여 있었고 꽃보다 아름다운 궁녀들이 밤하늘의 별만큼이나 많았다. 원래 술과 여자를 좋아하는 유방은 마음이 동하여 그대로 궁중에 머물려고 했다. 그러자 강직한 용장 번쾌가 간했다.

"아직 천하는 통일되지 않았나이다. 지금부터가 큰일이오니 지체 없이 왕궁을 물러나 적당한 곳에 진을 치도록 하시오소서."

유방이 듣지 않자 이번에는 현명한 참모로 이름난 장량이 간했다.

"당초 진나라가 무도한 폭정을 해서 천하의 원한을 샀기 때문에, 전하와 같은 서민이 이처럼 왕궁을 드실 수 있었던 것이옵니다. 지금 전하의 임무는 천하를 위해 잔적을 소탕하고 민심을 안정시키는 것이옵니다. 그런데도 입정하시자 재보와 미색에 현혹되어 포악한 진왕의 음락을 배우려 하신다면 악왕의 전철을 밟게 될 것이옵니다. 원래 '충언은 귀에 거슬리나 행실에 이롭고[忠言逆於耳利於行], 독약(양약)은 입에 쓰나 병에 이롭다[毒藥苦於口而利於病]'고 하였나이다. 부디 번쾌의 진언을 가납(권하는 말을 기꺼이 들음)하시오소서."

유방은 불현듯 깨닫고 왕궁을 물러나 패상(함양 근처)에 진을 쳤다.

《공자가어》에서는 "좋은 약은 입에 쓰나 병에 이롭고, 충언은 귀에 거슬리나 행실에 이롭다. 은나라 탕왕은 간하는 충신이 있었기에 번창했고, 하나라 걸왕과 은나라 주왕은 따르는 신하만 있었기에 멸망했다. 임금이 잘못하면 신하가, 아버지가 잘못하면 아들이, 형이 잘못하면 동생이, 자신이 잘못하면 친구가 간해야 한다. 그리하면 나라가 위태롭거나 망하는 법이 없고, 집안에 패덕의 악행이 없고, 친구와의 사귐도 끊임이 없을 것이다."라고 적고 있다.

활용의 예 세상 사람들은 자기에게 싫은 소리를 하는 사람을 좋아하지 않는다. 그러나 **양약고구**라고 늘 싫은 소리를 해주는 부모님은 바로 자기보다 자식을 더 걱정하는 분임을 생각하면 그 말이 싫기만은 않을 것이다.

양포지구 楊布之狗

【자해字解】 楊 버들 **양**, 布 배 **포**, 狗 개 **구**.
【출전出典】 《韓非子》
【의미意味】 양포라는 사람의 개. 겉이 달라졌다고 해서 속까지 달라진 걸로
알고 있는 사람을 가리켜 양포지구라고 한다.

양주의 아우 양포가 아침에 나갈 때 흰옷을 입고 나갔었는데, 돌
아올 때는 비가 오기 때문에 흰옷을 검정 옷으로 갈아입고 들어왔다.
그러자 집에 기르고 있는 개가 낯선 사람으로 알고 마구 짖어댔다. 양
포가 화가 나서 지니고 있던 지팡이로 개를 때리려 하자 형 양주가 그
것을 보고 양포를 이렇게 타일렀다. 개를 탓하지 마라. 너도 마찬가지
일 것이다. 만일 너의 개가 조금 전에 희게 하고 났다가 까맣게 해 가
지고 들어오면 너는 이상하게 생각지 않겠느냐?

양주는 전국시대 중엽의 사상가로 묵자와 대조적인 사상을 주장
하고 있었다. 묵자는 온 천하 사람을 친부모 친형제처럼 사랑하라고
외친 데 대해 양주는 남을 위하여 그런 부질없는 짓은 그만두고 저마
다 저 하나만을 위해 옳게 살아가면 천하는 자연 무사태평한 법이라
고 주장했다. 그래서 맹자는 말하기를
"양자는 나만을 위하니 아비가 없고,"
"묵자는 똑같이 사랑하니 임금이 없다."
"아비가 없고 임금이 없으면 이는 곧 날짐승과 다를 것이 없다."
고 했다. 양주는 인간의 본능을 전면적으로 걱정하는 낙천주의자
로 보고 있으나, 그의 근본사상은 도가의 무위자연에 있다. 그는 모든

것을 있는 그대로 보려 했기 때문에 양포의 개를 긍정적으로 너그럽게 볼 수 있었던 것이다.

활용의 예 군복을 입고 나타난 아들에게 꼬리를 치며 달려든 개를 보니 이 녀석은 영리하여 **양포지구**는 아니구나 싶었다.

어부지리 漁父之利 · 방휼지쟁 蚌鷸之爭

[자해字解] 漁 고기 잡을 **어**. 父 아비 **부**. 之 갈 **지**(…의). 利 이로울 **리**.
[출전出典] 《戰國策》〈燕策〉
[의미意味] 어부의 이득이라는 뜻으로, 쌍방이 다투는 사이에 제삼자가 힘들이지 않고 이득을 챙긴다는 말.

전국시대, 제나라에 많은 군사를 파병한 연나라에 기근이 들자 이웃 조나라 혜문왕은 기다렸다는 듯이 침략 준비를 서둘렀다. 그래서 연나라 소왕은 종횡가로서 그간 연나라를 위해 견마지로(犬馬之勞)를 다해 온 소대에게 혜문왕을 설득해 주도록 부탁했다.

조나라에 도착한 소대는 세 치의 혀 하나로 합종책을 펴 6국의 재상을 겸임했던 소진의 동생답게 거침없이 혜문왕을 설득했다.

"오늘 귀국에 돌아오는 길에 역수(연 조와 국경을 이루는 강)를 지나다가 문득 강변을 바라보니 조개가 조가비를 벌리고 햇볕을 쬐고 있었습니다. 이때 갑자기 도요새가 날아와 뾰족한 부리로 조갯살을 쪼았습니다. 깜짝 놀란 조개는 화가 나서 조가비를 굳게 닫고 부리를 놓아주지 않았습니다. 그러자 다급해진 도요새가 "이대로 오늘도 내일도 비가 오지 않으면 너는 말라죽고 말 것이다"라고 하자, 조개도 지지 않고 "내가 오늘도 내일도 놓아주지 않으면 너야말로 굶어 죽고 말 것이다"하고 맞받았습니다. 이렇게 쌍방이 한 치의 양보도 없이 팽팽히 맞서 옥신각신하는 사이에 운수 사납게 이곳을 지나가던 어부에게 그만 둘 다 잡혀 버리고 말았사옵니다.

전하께서는 지금 연나라를 치려고 하십니다만, 연나라가 조개라면 조나라는 도요새이옵니다. 연 조 두 나라가 공연히 싸워 백성들을 피폐케 한다면, 귀국과 접해 있는 저 강대한 진나라가 어부가 되어 맛있는 국물을 다 마셔 버리고 말 것이옵니다."

혜문왕도 명신으로 이름난 인상여와 염파를 중용했던 현명한 왕인만큼, 소대의 말을 못 알아들을 리가 없었다.

"과연 옳은 말이오."

이리하여 혜문왕은 당장 침공 계획을 철회했다.

활용의 예 이웃한 두 나라가 다툼이 일어나면 결국은 이웃에 있는 다른 나라에게만 이로운 **어부지리**를 주게 될 것이다.

연목구어 緣木求魚

【자해字解】 緣 인연 인할 **연**. 木 나무 **목**. 求 구할 **구**. 魚 고기 **어**.
【출전出典】 《孟子》〈梁惠王篇〉
【의미意味】 나무에 올라 물고기를 구한다는 뜻.
　　　　① 도저히 불가능한(가당찮은) 일을 하려 함의 비유.
　　　　② 잘못된 방법으로 목적을 이루려 함의 비유.
　　　　③ 수고만 하고 아무 것도 얻지 못함의 비유.

전국 시대인 주나라 신정왕 3년, 양나라 혜왕과 작별한 맹자는 제나라로 갔다. 당시 나이 50이 넘는 맹자는 제후들을 찾아다니며 인의를 치세의 근본으로 삼는 왕도정치론을 유세 이었다.

동쪽의 제나라는 서쪽의 진나라, 남쪽이 초나라와 함께 대국이었고 또 선왕도 역량 있는 명군이었다. 그래서 맹자는 그 점에 기대를 걸고 있었다. 그러나 시대가 요구하는 것은 왕도정치가 아니라 무력과 책략을 수단으로 하는 패도정치였으므로, 선왕은 맹자에게 이렇게 청했다.

"춘추 시대의 패자였던 제나라 환공과 진나라 문공의 패업에 대해 듣고 싶소."

"전하께서는 패도에 따른 전쟁으로 백성이 목숨을 잃고, 또 이웃나라 제후들과 원수가 되기를 원하시옵니까?"

"원하지 않소. 그러나 과인에겐 대망(大望)이 있소."

"전하의 대망이란 무엇이오니까?"

선왕은 웃기만 할 뿐 입을 열려고 하지 않았다. 맹자 앞에서 패도를 논하기가 쑥스러웠기 때문이다. 그래서 맹자는 짐짓 이런 질문을 던져 선왕의 대답을 유도했다.

"전하, 맛있는 음식과 따뜻한 옷이, 아니면 아름다운 색이 부족하시기 때문이오니까?"

"과인에겐 그런 사소한 욕망은 없소."

선왕이 맹자의 교묘한 화술에 끌려들자 맹자는 다그치듯 말했다.

"그러시다면 전하의 대망은 천하통일을 하시고 사방의 오랑캐들까지 복종케 하시려는 것이 아니오니까? 하오나 종래의 방법(무력)으로 그것(천하통일)을 이루려 하시는 것은 마치 '나무에 올라 물고기를 구하는 것[緣木求魚]'과 같사옵니다."

"잘못된 방법(무력)으론 목적(천하통일)은 이룰 수 없다"

는 말을 듣자 선왕은 깜짝 놀라서 물었다.

"아니, 그토록 무리한 일이오?"

"오히려 그보다 더 심하나이다. 나무에 올라 물고기를 구하는 일은 물고기만 구하지 못할 뿐 후난은 없나이다. 하오나 패도를 쫓다가 실패하는 날에는 나라가 멸망하는 재난을 면치 못할 것이옵니다."

선왕은 맹자의 왕도정치론을 진지하게 경청했다고 한다.

활용의 예 학급에서 최하위에 속하는 어린이의 꿈은 변호사가 되는 것이었다. 그에게 변호사 되려면 어찌 해야 하느냐고 물었더니 법대를 나오고 사법시험에 합격을 해야 한다는 것도 알고 있었다. 연목구어의 꿈을 가진 이 어린이에게 진정 가능성이 있는 길이나 꿈을 주는 것도 교육이 아닐까?

오리무중 五里霧中

【자해字解】 五 다섯 **오**. 里 마을 이수 **리**. 霧 안개 **무**. 中 가운데 **중**.
【출전出典】 《後漢書》〈張楷專〉
【의미意味】 사방(四方) 5리에 안개가 덮여 있는 속이라는 뜻으로, 사물의
　　　　　 행방이나 사태의 추이를 알 길이 없음의 비유.

후한 순제 때 학문이 뛰어난 장해라는 선비가 있었다.

순제가 여러 번 등용하려 했지만, 그는 병을 핑계 대고 끝내 출사
하지 않았다. 장해는《춘추》,《고문상서》에 통달한 학자로서 평소 거느
리고 있는 문하생만 해도 100명을 웃돌았다. 게다가 전국 각처의 숙
유(학식과 명망이 높은 선비)들을 비롯하여 괴족 고관대작 환관들까
지 다투어 그의 문을 두드렸으나 그는 이를 싫어하여 화음산 기슭에
자리한 고향으로 낙향하고 말았다.

그러자 장해를 좇아온 문하생과 학자들로 인해 그의 집은 저자를
이루다시피 붐볐다. 나중에는 화음산 남쪽 기슭에 장해의 자를 딴 공
초라는 저잣거리까지 생겼다고 한다.

그런데 장해는 학문뿐 아니라 도술에도 능하여 쉽사리 '오리무(五
里霧)'를 만들었다고 한다. 즉 방술로써 사방 5리에 안개를 일으켰다
는 것이다.

활용의 예　하룻밤에 5억 원 어치라는 사상 유례없는 보석상 도둑
사건이 있었다. 그러나 경찰은 도둑의 흔적조차 찾지 못하고 범인
에 대한 정보도 없어서 범인은 **오리무중**이었다. 그러나 범인들끼리
배분 다툼으로 저절로 문제는 해결이 나고 말았다.

오십보백보 五十步百步

[자해字解] 五 다섯 **오**. 十 열 **십**. 步 걸음 **보**. 百 일백 **백**.

[출전出典] 《孟子》〈梁惠王篇〉

[의미意味] 오십 보 도망친 사람이 백 보 도망친 사람을 비웃는다는 뜻으로, 정도의 차이는 있으나 본질적으론 마찬가지라는 말.

전국 시대인 기원전 4세기 중엽, 위나라 혜왕은 진나라의 압박에 견디다 못해 도읍을 대량으로 옮겼다(이후 양나라라고도 불렸음). 그러나 제나라와의 싸움에서도 늘 패하는 바람에 국력은 더욱 떨어졌다. 그래서 혜왕은 국력 회복을 자문하기 위해 당시 제후들에게 왕도 정치론을 유세중인 맹자를 초청했다.

"선생이 천리 길도 멀다 않고 이렇게 와 준 것은 과인에게 부국강병의 비책을 가르쳐 주기 위함이 아니겠소?"

"전하, 저는 귀국의 부국강병과 상관없이 인의에 대해 아뢰고자 왔나이다."

"백성을 생각하라는 선생의 인의의 정치라면 과인은 평소부터 힘써 베풀어 왔소. 예컨대 하내 지방에 흉년이 들면 젊은이들을 하동 지방으로 옮기고, 늙은이와 아이들에게는 하동에서 곡식을 가져다가 나누어주도록 하고 있소. 그와 반대로 하동에 기근이 들면 하내의 곡식으로 구호하도록 힘쓰고 있지만, 백성들은 과인을 사모하여 모여드는 것 같지 않고, 또 이웃 나라의 백성 수가 줄어들었다는 말도 못 들었소. 대체 어찌 된 일이오?"

"전하께서는 전쟁을 좋아하시니, 전쟁에 비유해서 아뢰겠나이다. 전쟁터에서 백병전이 벌어지기 직전, 겁이 난 두 병사가 무기를 버리고 도망쳤사옵니다. 그런데 오십 보를 도망친 병사가 백 보를 도망친 병사를 보고 '비겁한 놈'이라며 비웃었다면 전하께서는 어떻게 생각하시겠나이까?"

"그런 바보 같은 놈이 어디 있소? 오십 보든 백보든 도망치기는 마찬가지가 아니오?"

"그걸 아셨다면 전하, 백성들 구호하시는 전하의 목적은 인의의 정치와 상관없이 부국강병을 지향하는 이웃 나라와 무엇이 다르옵니까?"

혜왕은 대답을 못 했다. 이웃 나라와 똑같은 목적을 가지고 백성을 구호한 것을 진정으로 백성을 생각해서 구호한 양 자랑한 것이 부끄러웠기 때문이다.

활용의 예 차떼기 정치자금으로 지탄을 받는 어느 당이 있지만 사실 정치인들은 어느 사람이나 정치자금을 받지 않은 사람은 없을 것이다. 결국 **오십보백보**인데 왜 우리만 지탄의 대상이냐고 항의 할만하다.

오월동주 吳越同舟

[자해字解] 吳 오나라 **오**. 越 넘을 월나라 **월**. 同 한 가지 **동**. 舟 배 **주**.

[출전出典] 《손자(孫子)》〈구지편(九地篇)〉

[의미意味] 적대(敵對) 관계에 있는 오나라 사람과 월나라 사람이 같은 배를 타고 있다는 뜻.

① 서로 적의를 품을 사람끼리 같은 장소 처지에 놓임. 원수끼리 함께 있음의 비유.

② 적의를 품은 사람끼리라도 필요한 경우에는 서로 도움.

《손자》라는 책은 중국의 유명한 병서로서 춘추 시대 오나라의 손무가 쓴 것이다. 손무는 오왕 합려 때 서쪽으로는 초나라의 도읍을 공략하고, 북방 제나라와 진나라를 격파한 명장이기도 했다.

《손자》〈구지편〉에는 다음과 같은 글이 실려 있다.

"병을 쓰는 법에는 아홉 가지의 지가 있다. 그 구지 중 최후의 것을 사지라 한다.

주저 없이 일어서 싸우면 살길이 있고,

기가 꺾이어 망설이면 패망하고 마는 필사의 지이다.

그러므로 사지에 있을 때는 싸워야 활로가 열린다. 나아갈 수도 물러설 수도 없는 필사의 장에서는 병사들이 한마음, 한뜻이 되어 필사적으로 싸울 것이기 때문이다. 이때 유능한 장수의 용병술은 예컨대 상산에 서식하는 솔연이란 큰 뱀의 몸놀림과 같아야 한다. 머리를 치면 꼬리가 날아오고 꼬리를 치면 머리가 덤벼든다. 또 몸통을 치면 머리와 꼬리가 한꺼번에 덤벼든다. 이처럼 세력을 하나로 합치는 것이 중요하다.

예부터 서로 적대시해 온 '오나라 사람과 월나라 사람이 같은 배를 타고[吳越同舟]' 강을 건넌다고 하자. 강 한 복판에 이르렀을 때 큰 바람이 불어 배가 뒤집히려 한다면 오나라 사람이나 월나라 사람은 평소의 적개심을 잊고 서로 왼손 오른손이 되어 필사적으로 도울 것이다. 바로 이것이다. 전차의 말들을 서로 단단히 붙들어 매고 바퀴를 땅에 묻고서 적에게 그 방비를 파괴당하지 않으려 해 봤자 최후의 의지가 되는 것은 그것이 아니다. 의지가 되는 것은 오로지 필사적으로 하나로 뭉친 병사들의 마음이다."

활용의 예 신문사끼리 서로 독자를 확보하기 위해 다투고 있지만 그들이 언론을 지키기 위해서는 **오월동주**라도 하면서 협조를 하지 않을 수 없는 것이다.

오합지중 烏合之衆

【자해字解】 烏 까마귀 **오**. 合 합할 **합**. 之 갈 **지**(…의). 衆 무리 **중**.
【출전出典】 《後漢書》〈耿弇專(경감전)〉
【의미意味】 까마귀 떼 같이 질서 없는 무리라는 뜻.
　　　　　① 규율도 통일성도 없는 군중.
　　　　　② 갑자기 모인 훈련 없는 군세(軍勢).

　전한 말, 대사마인 왕망은 평제를 시해하고 나이 어린 영을 세워 새 황제로 삼았으나 3년 후 영을 폐하고 스스로 제위에 올라 국호를 신이라 일컬었다.

　이처럼 천하가 혼란에 빠지자 유수(후한의 시조)는 즉시 군사를 일으켜 왕망 일당을 주벌하고 경제의 후손인 유현을 황제로 옹립했다. 이에 천하는 다시 한나라로 돌아갔다. 이듬해 왕랑이라는 자가 성제의 아들 유자여를 자처하며 황제를 참칭하자 대사마가 된 유수가 토벌하러 나섰다.

　상곡 태수 경황은 즉시 아들인 경감에게 군사를 주어 평소부터 흠모하던 유수의 토벌군에 합류케 했다. 그런데 유수의 본진을 향해 행군하던 경감의 군사는 손창과 위포가 갑자기 행군을 거부하는 바람에 잠시 동요했다.

"유자여는 한 왕조의 정통인 성제의 아들이라고 하오. 그런 사람을 두고 대체 어디로 간단 말이오?"

격노한 경감은 두 사람을 앞으로 끌어낸 뒤 칼을 빼 들고 말했다.

"왕랑은 도둑일 뿐이다. 그런 놈이 황자를 사칭하며 난을 일으키고 있지만, 내가 장안(섬서성 서안)의 정예군과 합세해서 들이치면 그까짓 '오합지중'은 마른 나뭇가지보다 쉽게 꺾일 것이다. 지금 너희가 사리를 모르고 도둑과 한패가 됐다간 멸문지화를 면치 못하리라."

그날 밤, 그들은 왕랑에게로 도망치고 말았지만 경감은 뒤쫓지 않았다. 서둘러 유수의 토벌군에 합류한 경감은 많은 무공을 세우고, 마침내 건위대장군에 임명되었다.

활용의 예 6.25사변이 나자 이승만 대통령은 미국의 무기 공급을 늘리기 위해서 국민병이라고 해서 거의 모든 남자들을 전쟁터로 끌어내었지만 **오합지중**을 훈련은커녕 먹일 식량도 없어서 오랜 동안 유지하지도 못하였다.

옥상가옥 屋上架屋

[자해字解] 屋 집 **옥**. 上 윗 **상**. 架 더할 **가**. 屋 집 **옥**.
[출전出典] 《진서(晉書)》
[의미意味] 쓸데없이 중복시켜 볼품없게 만듦.

서평이 엄청난 영향을 발휘하는 경우를 종종 본다. '낙양지귀(낙양의 종이 값을 올림)'의 고사를 만들어낸 좌사의 삼도부는 본디 아무도 알아주지 않던 작품이었는데 대시인 장화가 평을 하면서 일약 베스트셀러가 되었다. 그래서 명사에게 서문이나 서평을 부탁하는 일은 예부터 있었다. 이럴 때 부탁 받은 사람은 대개 '좋게' 써주는 게 인지상정이다.

그런데 범작이나 심지어 졸작마저 그럴 듯한 서평을 써준다면 독자를 기만하는 행위가 된다. 중국이나 우리나라 사람들은 워낙 인정에 약해 그런 예가 많았다. 동진의 문장가 유천은 양도부를 지어 당시 세도가이자 친척이었던 유량에게 평을 부탁했다. 물론 유량은 정의 때문에 과장된 평을 해주었다. "좌사의 삼도부와 비교해도 전혀 손색이 없다!" 그 결과 사람들이 양도부를 다투어 베끼는 바람에 한 때 종이 값이 오를 정도였다.

하지만 당시의 고관 사안은 달랐다. 그의 작품은 반고의 양도부나 장형)의 양경부, 그리고 좌사의 삼도부의 아류에 불과하지 않은가. 그래서 사안은 혹평을 했다.

"말도 안 되는 소리! 지붕 위에 또 지붕을 얹은 꼴이구먼(屋上架屋)" 옥상가옥은 본디 옥하가옥(屋下架屋)이라 했다. 지금은 '屋上屋'으로 줄여서 말하기도 한다. 괜히 쓸데없이 중복시켜 볼품없게 만드는 것을 뜻한다.

활용의 예 지금 각종 위원회와 금융감독원 등의 기관은 **옥상가옥**이라는 핀잔을 받고 있는 기관들이다.

옥석혼효 玉石混淆

【자해字解】 玉 구슬 옥. 石 돌 석. 混 섞을 혼. 淆 뒤섞일 효.
【출전出典】 《抱朴子》〈外篇 尙專〉
【의미意味】 옥과 돌이 뒤섞여 있다는 뜻.
① 훌륭한 것과 쓸데없는 것이 뒤섞여 있음.
② 선과 악, 현(賢)과 우(愚)가 뒤섞여 있음.

동진의 도사인 갈홍은《포박자》〈외편〉에서 다음과 같이 쓰고 있다.

"《시경》이나〈서경〉이 도의에 대해라 한다면 제자백가(춘추 전국 시대의 여러 학파)의 글은 그것을 보강하는 냇물의 흐름이라 할 수 있으며 방법은 달라도 덕을 닦는 데는 변함이 없다.

옛사람들은 재능을 얻기 어려움을 탄식하여 '곤륜산(중국 전설에만 있는 산)의 옥이 아니라 해서 야광주를 버리거나 성인의 글이 아니라 해서 수양에 도움이 되는 말'은 버리지 않았다.

그런데 한나라와 위나라 이래 '본받을 만한 좋은 말'이 많이 나와 있는데도 식견이 좁은 사람들은 자의〈글자의 뜻〉 해석에만 사로잡혀 오묘한 점을 가볍게 보며 도외시한다. 또한 소도(小道)이므로 일고의 가치도 없다거나 넓고 깊어서 사람들의 머리를 어지럽게 하는 것이라고 말한다.

티끌이 쌓여 태산이 되고 많은 색깔이 어우러져 아름다운 무지개를 이룬다는 것도 모르는 것이다. 또 천박한 시부를 감상하는가 하면 뜻 깊은 자서(제자백가의 책)를 가볍게 여기며 유익한 금언을 하찮게 생각한다.

그래서 참과 거짓이 전도되고 '옥과 돌이 뒤섞이며[玉石混淆]' 아악도 속악과 같은 것으로 보고 아름다운 옷도 누더기고 보니 참으로 개탄스럽기 그지없다.

활용의 예 아무리 오합지졸이라고 하더라도 많은 사람이 모이면 그 속에는 반드시 군계일학이라 했듯이 **옥석이 혼효**해 있기 마련이다. 다만 그것을 찾지 못했을 뿐.

온고지신 溫故知新

[자해字解] 溫 익힐 **온**. 故 옛 **고**. 知 알 **지**. 新 새로울 **신**.
[출전出典] 《論語》
[의미意味] 옛 것을 익혀 새로운 것을 안다. 옛 것을 익혀 그것을 토대로 새로운 지식과 도리를 발견하다.

공자께서 말씀하시기를 "옛 것을 복습하여 새 것을 아는 이라면 남의 스승이 될 만하다."

주에 보면 온은 심(尋)이라 하였다. 곧 찾는다는 말이다. 무엇을 찾았는가? 다시 주를 보면 심은 석고라 하여 옛 것을 읽고 풀이하는 것이라 하였다.

다시 말하면 온고지신이란 옛 학문을 되풀이하여 연구하고, 현실을 처리할 수 있는 새로운 학문을 이해하여야 비로소 남의 스승이 될 자격이 있다는 말이다.

활용의 예 새로운 기술과 정보가 세계를 지배하는 요즘에 옛것을 중요시하라면 미친 짓쯤으로 여기기 쉽지만 **온고지신**은 조상의 지혜를 배워 익히는 것으로 결코 낡은 것만은 아니다.

와신상담 臥薪嘗膽

[자해字解] 臥 누울 **와**. 薪 섶(땔)나무 **신**. 嘗 맛볼 **상**. 膽 쓸개 **담**.
[출전出典] 《史記》〈越世家〉
[의미意味] 섶 위에서 잠을 자고 쓸개를 핥는다는 뜻으로, 목적을 달성하기 위해 온갖 고난을 참고 견딤의 비유.

춘추 시대, 월왕 구천과 취리(절강성 가흥)에서 싸워 크게 패한 오왕 합려는 적의 화살에 부상한 손가락의 상처가 악화하는 바람에 목숨을 잃었다. 임종 때 합려는 태자인 부차에게 반드시 구천을 쳐서 원수를 갚으라고 유언을 남겼다.

오왕이 된 부차는 부왕의 유명을 잊지 않으려고 '섶 위에서 잠을 자고' 자기 방을 드나드는 신하들에게는 방문 앞에서 부왕의 유명을 외치게 했다.

"부차야, 월왕 구천이 너의 아버지를 죽였다는 것을 잊어서는 안 된다!"

그때마다 부차는 임종 때 부왕에게 한 그대로 대답했다.

"예, 결코 잊지 않고 3년 안에 꼭 원수를 갚겠나이다."

이처럼 밤낮 없이 복수를 맹세한 부차는 은밀히 군사를 훈련하면서 때가 오기만을 기다렸다.

이 사실을 안 월왕 구천은 참모인 범려가 간했으나 듣지 않고 선제공격을 감행했다. 그러나 월나라 군사는 복수심에 불타는 오나라 군사에 대패하여 회계산으로 도망갔다. 오나라 군사가 포위하자 진퇴양난에 빠진 구천은 범려의 헌책에 따라 우선 오나라의 재상 백비에게 많은 뇌물을 준 뒤 부차에게 신하가 되겠다며 항복을 청원했다. 이때 오나라의 중신 오자서가 "후환을 남기지 않으려면 지금 구천을 베어야 합니다."

하고 간했으나 부차는 백비의 진언에 따라 구천의 청원을 받아들이고 귀국까지 허락했다.

구천은 오나라의 속령(점령당한 땅)이 된 고국으로 돌아오자 항상 곁에다 쓸개를 놔두고 앉으나 서나 그 쓴맛을 맛보며 회계의 치욕을 상기했다. 그리고 부부가 함께 밭 갈고 길쌈하는 농군이 되어 은밀히 군사를 훈련하며 복수의 기회를 노렸다.

회계의 치욕의 날로부터 12년이 지난 그 해 봄, 부차가 천하에 패권을 일컫기 위해 기 땅의 황지(하남성 기현)에서 제후들과 동맹을 맺는 회의를 하고 있는 사이에 구천은 군사를 이끌고 오나라로 쳐들어갔다. 그로부터 역전 7년 만에 오나라의 도읍 고소(소주)에 육박한 구천은 오와 부차를 굴복시키고 마침내 회계의 치욕을 씻었다. 부차는 용동(절강성 정하)에서 여생을 보내라는 구천의 호의를 사양하고 자결하고 말았다. 그 후 구천은 부차를 대신하여 천하를 지배하게 되었다.

활용의 예 한 번도 실패를 하지 않고 사는 사람은 없을 것이다. 다만 실패를 하고 좌절하느냐 아니면 **와신상담**하여서 재기하느냐는 자신의 각오에 따라 달라지는 것이다.

요동지시 遼東之豕

[자해字解] 遼 멀 나라 이름 **요**. 東 동녘 **동**. 之 갈 **지(…의)**. 豕 돼지 **시**.
[출전出典] 《文選》〈朱浮書〉, 《後漢書》〈朱浮專〉
[의미意味] '요동의 돼지'라는 뜻으로, 견문이 좁고 오만한 탓에 하찮은 공을 득의양양하여 자랑함의 비유.

후한 건국 직후, 어양 태수 팽총이 논공행상에 불만을 품고 반란을 꾀하자 대장군 주부는 그의 비리를 꾸짖는 글을 보냈다.

"그대는 이런 이야기를 들어본 적이 있는가? '옛날에 요동 사람이 그의 돼지가 대가리가 흰 새끼를 낳자 이를 진귀하게 여겨 왕에게 바치려고 하동까지 가보니 그곳 돼지는 모두 대가리가 희므로 크게 부끄러워 얼른 돌아갔다.' 지금 조정에서 그대의 공을 논한다면 폐하의 개국에 공이 큰 군신 가운데 저 요동의 돼지에 불과함을 알 것이다."

팽총은 처음에 후한을 세운 광무제 유수가 반군을 토벌하기 위해 하북에 포진하고 있을 때에 3000여 보병을 이끌고 달려와 가세했다. 또 광무제가 옛 조나라의 도읍 한단을 포위 공격했을 때에는 군량 보급의 중책을 맡아 차질 없이 완수하는 등 여러 번 큰 공을 세워 좌명지신(천자를 도와 천하 평정의 대업을 이루게 한 공신)의 한 사람이 되었다.

그러나 오만 불손한 팽총은 스스로 연왕이라 일컫고 조정에 반기를 들었다가 2년 후 토벌 당하고 말았다.

활용의 예　자기만이 큰 공을 세운 듯이 떠들어대는 사람들을 보면 대부분이 안동지시에 불과한 것을 모르고 떠드는 것들이다.

요령부득 要領不得

【자해字解】 要 종요로울 구할 **요** 領 옷깃 요소 **령**. 不 아니 **불**. 得 얻을 **득**.

【출전出典】 《史記》〈大宛專〉, 《漢書》〈張騫專〉

【의미意味】 사물의 중요한 부분을 잡을 수 없다는 뜻으로, 말이나 글의 요령을 잡을 수 없음을 이르는 말.

전한 7대 황제인 무제 때의 일이다. 당시 만리장성 밖은 수수께끼의 땅이었다. 그러나 영악하고 용맹한 흉노는 동쪽 열하에서 부터 서쪽 중앙아시아 지방에 이르는 광대한 지역에 세력을 펴고 빈번히 한나라를 침범 약탈했다.

그래서 무제는 기원전 2세기 중반에 흉노에게 쫓겨 농서(감숙성)에서 서쪽 사막 밖으로 옮겨간 월지와 손잡고 흉노를 협공할 계획을 세웠다. 그리고 월지에 다녀올 사신을 공모한 결과 장건이란 관리가 뽑혔다.

건원 3년, 장건은 100여 명의 수행원을 거느리고 서쪽 이리(위구르 자치구)란 곳에 있다는 것밖에 모르는 월지를 찾아 장안(서안)을 떠났다. 그러나 그들은 농서를 벗어나자마자 흉노에게 잡히고 말았다. 이때부터 흉노와의 생활이 시작되었는데 장건은 활짝 트인 성격으로 해서 흉노에게 호감을 사 장가도 들고 아들까지 낳았다.

그러나 그는 잠시도 탈출할 생각을 버리지 않았다. 포로가 된 지 10년이 지난 어느 날, 장건은 처자와 일행을 데리고 서방으로 탈출하는데 성공했다. 우뚝 솟은 천산 산맥의 남쪽 기슭을 따라 타림분지를 횡단한 그들은 대완국, 강거국을 거쳐 마침내 아무 강 북쪽에 있는 월지의 궁전에 도착했다.

장건은 곧 월지의 왕을 알현하고 무제의 뜻을 전했다. 그러나 왕의 대답은 의외로 부정적이었다.

"월지는 서천 이후 기름진 이 땅에서 평화롭게 살아왔소. 그러니 백성은 이제 구원을 씻기 위한 그런 쓸데없는 전쟁은 원치 않을 것이오."

장건은 여기서 단념하지 않고 당시 월지의 속국인 대하국까지 찾아가 월지를 움직이려 했으나 허사였다. 이 일을 사서는 이렇게 적고 있다.

"끝내 사명으로 하는 월지의 '요령을 얻지 못한 채[要領不得]' 체류한 지 1년이 지나 귀국 길에 올랐다."

장건은 귀국 도중에 또 흉노에게 잡혀 1년 넘게 억류되었으나 부하 한 사람과 탈출, 13년만에 장안으로 돌아왔다. 그로부터 3년 후 박망 후에 봉해진 장건은 계속 서역 사업에 힘썼는데 그의 대여행은 중국 역사에 많은 것을 남기는 계기가 되었다. 우선 동서의 교통이 트이면서 서방으로부터 명마 보석 비파 수박 석류 포도 등이 들어오고 한나라로부터는 금과 비단 등이 수출되기 시작했다. 이른바 '실크 로드'의 시대가 열린 것이다.

활용의 예 요점만 말해 봐라. 도무지 무슨 소린지 알아들을 수가 없구나. **요령부득**이니 갈피를 잡을 수가 없구나.

용두사미 龍頭蛇尾

[자해字解] 龍 용 **룡**. 頭 머리 **두**. 蛇 뱀 **사**. 尾 꼬리 **미**.
[출전出典] 원오극근(圜悟克勤)의 《벽암집(碧巖集)》
[의미意味] 용의 머리에 뱀의 꼬리라는 말로, 시작은 거창했지만 결국엔
　　　　　　보잘것없음을 뜻한다.

육주에 세워진 용흥사에는 명승 진존숙이 있었다. 하루는 한 낯선
스님이 이 절을 찾아왔다. 그래서 진존숙은 그에게 물었다.
　"어디서 오셨습니까?"
　그러자 그 승은 갑자기 '으악' 하며 소리를 지르는 것이었다.
　이에 진존숙은 중얼거리듯 말했다.
　"허허, 한 차례 큰 소리로 꾸지람을 들었군."
　그리고는 그 스님을 유심히 뜯어보았다. 진존숙은 그가 정말로 오
랜 기간 수행을 하여 도를 터득 한 승려 같아 보이지 않았다.
　그래서 그 승에게 말했다.
　"닮은 데는 있지만, 그것이 옳은 것은 아직 아니다. 용두사미인 것
같군."
　이것은 그 승이 용의 흉내를 내고 있긴 하지만 뱀인 것 같다는 말
로, 그 실체는 보잘것없음을 지적한 것이다. 진존숙은 이어 물었다.
　"당신은 지금 '으악', '으악' 하고 허세를 부리고 있군. 세 번 네 번
그렇게 한 다음에는 이 문답을 어떻게 수용하려고 하는가?"
　그 스님은 얼굴을 붉히고 고개를 숙여 사죄하고 절을 벗어나 달아
나듯 사라지고 말았다.

너희가 그렇게 요란을 떨면서 개업식을 하지만 그것은 진짜 해야 할 사업을 위해서는 **용두사미**가 되지 않도록 조심해야 하는 일이다.

우공이산 愚公移山

【자해字解】 愚 어리석을 **우**. 公 귀 **공**. 移 옮길 **이**. 山 메 **산**.
【출전出典】 《列子》〈湯問篇〉
【의미意味】 우공이 산을 옮긴다는 뜻으로, 어떤 큰일이라도 끊임없이 노력하면 반드시 이루어짐의 비유.

춘추 시대의 사상가 열자[이름은 어구(禦寇)]의 문인들이 열자의 철학 사상을 기술한《열자》〈탕문편(湯問篇)〉에 다음과 같은 우화가 실려 있다.

먼 옛날 태행산과 왕옥산 사이의 좁은 땅에 우공이라는 90세 노인이 살고 있었다. 그런데 사방 700리에 높이가 만 길이나 되는 두 큰 산이 집 앞뒤를 가로막고 있어 왕래에 장애가 되었다. 그래서 우공은 어느 날, 가족을 모아 놓고 이렇게 물었다.

"나는 너희들이 저 두 산을 깎아 없애고, 예주와 한수 남쪽까지 곧장 길을 내고 싶은데 너희들 생각은 어떠냐?"

모두 찬성했으나 그의 아내만은 무리라며 반대했다.

"아니, 늙은 당신의 힘으로 어떻게 저 큰 산을 깎아 없앤단 말예요? 또 파낸 흙은 어디다 버리고?"

"발해에 갖다 버릴 거요."

이튿날 아침부터 우공은 세 아들과 손자들을 데리고 돌을 깨고 흙을 파서 삼태기로 발해까지 갖다 버리기 시작했다. 한 번 갔다 돌아오는데 꼬박 1년이 걸렸다. 어느 날 지수라는 사람이 '죽을 날이 멀지 않은 노인이 정말 망녕' 이라며 비웃자 우공은 태연히 말했다.

"내가 죽으면 아들이 하고, 아들은 또 손자를 낳고 손자는 또 아들을…… 이렇게 자자손손(子子孫孫) 계속하면 언젠가는 저 두 산이 평평해질 날이 오겠지."

이 말을 듣고 깜짝 놀란 것은 두 산을 지키는 사신이었다. 산이 없어지면 큰일이라고 생각한 사신은 옥황상제에게 호소했다. 그러자 우공의 끈기에 감동한 옥황상제는 역신 과아의 두 아들에게 명하여 각각 두 산을 업어 태행산은 삭동 땅에, 왕옥산은 옹남 땅에 옮겨 놓게 했다. 그래서 두 산이 있었던 기주와 한수 남쪽에는 현재 작은 언덕조차 없다고 한다.

활용의 예 요즘 젊은이들은 힘들고 큰일을 해보지도 않고 미리 포기하고 있다. 우공이산이라고 꾸준히 하다보면 언젠가는 이루어 질 것을…….

원교근공 遠交近攻

[자해字解] 遠 멀 원. 交 사귈 교. 近 가까울 근. 攻 칠 공.
[출전出典] 《史記》〈范雎列傳〉
[의미意味] 먼 나라와 친교를 맺고 가까운 나라를 공략하는 정책.

전국 시대, 위나라의 책사인 범저는 제나라와 내통하고 있다는 모함에 빠져 하마터면 목숨을 잃을 뻔했다. 간신히 진나라의 사신 왕계를 따라 함양으로 탈출하는데 성공했다.

범저는 진나라 소양왕이 묻는 말에

"진나라는 '알을 쌓아 놓은 것처럼 위태롭다[累卵之危]' 상태입니다."

하고 말했기 때문에 범저를 환영하지 않았다. 따라서 범저는 소양왕에게 자신의 장기인 변설을 펼쳐 볼 기회도 없었다.

그런데 소양왕 36년, 드디어 범저에게 때가 왔다. 당시 진나라에서는 소양왕의 모후인 선태후의 동생 양후가 재상으로서 실권을 잡고 있었는데, 그는 제나라를 공략하여 자신의 영지인 도의 땅을 확장하려 했다. 이 사실을 안 범저는 왕계를 통해 소양왕을 알현하고 이렇게 진언했다.

"전하, 한 위 두 나라를 지나 강국인 제나라를 공략한다는 것은 득책이 아닌 줄 아옵니다. 적은 병력을 움직여 봤자 제나라는 꿈쩍도 않을 것이옵니다. 그렇다고 대군을 출동시키는 것은 진나라를 위해 더욱 좋지 않사옵니다. 가능한 한 진나라의 병력을 아끼고 한 위 두 나라의 병력을 동원코자 하시는 것이 전하의 의도인 듯 하오나 동맹국을 신용할 수 없는 이 마당에 타국 너머 멀리 떨어져 있는 제나라를 공략한다는 것은 바람직한 일이 아니옵니다. 지난날 제나라의 민왕이 연나라의 악의장군에게 패한 원인도 실은 멀리 떨어져 있는 초나라를 공략하다가 과중한 부담을 안게 된 동맹국이 이반했기 때문이옵니다. 그때 덕을 본 것은 이웃 나라인 한나라와 위나라이온데, 이는 마치 '적에게 병기를 빌려주고 도둑에게 식량을 갖다 준 꼴'이 되어 천하의 웃음거리가 되고 말았나이다.

지금 전하께서 채택하셔야 할 계책으로는 '먼 나라와 친교를 맺고 가까운 나라를 공략하는 원교근공책(遠交近攻策)'이 상책인 줄 아옵 니다. 한 치의 땅을 얻으면 전하의 촌토 이옵고 한 자의 땅을 얻으면 전하의 척지가 아니오옵니까? 이해득실이 이토록 분명 하온데 굳이 먼 나라를 공략하는 것은 현책이 아닌 줄 아옵니다."

이 날을 계기로 소양왕의 신임을 얻은 범저는 승진 끝에 재상이 되어 응후에 봉해졌고, 그의 지론인 원교근공책은 천하 통일을 지향 하는 진나라의 국시가 되었다.

활용의 예 항상 몸을 맞대고 사는 이웃끼리 다툼이 일어나기 쉬운 것이 다. 이렇게 일어난 다툼은 이웃의 먼 이웃을 동원하면 이웃에게 맥을 추지 못하게 만들 수 있는 것이다 이 방책이 바로 **원교근공**책이라는 것이다.

월하빙인 月下氷人

[자해字解] 月 달 **월**. 下 아래 **하**. 氷 얼음 **빙**. 人 사람 **인**.
[출전出典] 《續幽怪錄》,《晉書》〈索眈篇〉
[의미意味] 월하로(月下老)와 빙상인(氷上人)이 합쳐진 것으로, 결혼 중매 인을 일컫는 말.

당나라 2대 황제인 태종 때의 이야기이다. 위고라는 젊은이가 여 행 중에 송성에 갔을 때 '달빛 아래 한 노인[月下老]'이 손에 빨간 끈 을 든 채 조용히 책장을 넘기고 있었다. 위고가
"무슨 책을 그렇게 열심히 읽고 계십니까?"

하고 묻자 그 노인은 이렇게 대답했다.

"이 세상 혼사에 관한 책인데, 여기 적혀 있는 남녀를 이 빨간 끈으로 한 번 매어 놓으면 어떤 원수지간이라도 반드시 맺어진다네."

하자 위고는 장난삼아

"그럼, 지금 제 아내감은 어디에 있습니까?"

"음, 이 송성에 있구먼, 성 북쪽에서 채소를 팔고 있는 진이란 여인네 어린아이야."

위고는 약간 기분이 언짢긴 했지만 장난삼아 물은 말이고 저런 노인이 무얼 알겠느냐 싶어 대수롭지 않게 생각하고 그 자리를 떠났다.

그로부터 14년이 지난 뒤 상주에서 벼슬길에 나아간 위고는 그곳 태수의 딸과 결혼했다. 아내는 17세로 미인이었다. 어느 날 밤 위고가 아내에게 신상을 묻자 그녀는 이렇게 대답했다.

"저는, 실은 태수님의 양녀입니다. 친아버지는 송성에서 벼슬을 다니시다 돌아가셨지요. 그 때 저는 젖먹이였는데, 마음씨 착한 유모가 성 북쪽 거리에서 채소 장사를 하면서 저를 길러 주었답니다."

하는 것이 아닌가?

활용의 예 처녀 총각만을 상대로 하지 않은 중매쟁이였지만, **월하빙인**인지 한번 말하면 반드시 성사시키는 비결은 무엇인지 궁금해 한다.

은감불원 殷鑑不遠

【자해字解】 殷 은나라 **은**. 鑑 거울 **감**. 不 아니 **불**. 遠 멀 **원**.
【출전出典】 《詩經》〈大雅篇〉
【의미意味】 은(殷)나라 왕이 거울로 삼아야 할 멸망의 선례는 먼데 있지 않
다는 뜻으로, 남의 실패를 자신의 거울로 삼으라는 말.

고대 중국 하(夏) 은(殷) 주(周)의 3왕조 중 은왕조의 마지막 군주
인 주왕은 원래 지용을 겸비한 현명한 군주였다. 그를 폭군 음주(淫
主)로 치닫게 한 것은 정복한 오랑캐의 유소씨국에서 공물로 보내 온
달기라는 희대의 요녀 독부 때문이었다.

주왕은 달기에게 미쳐있었다. 그녀의 환심을 사기 위해서는 무슨
일이라도 하고 무슨 짓이라도 해주었다. 막대한 국고를 기울여 시설
한 술로 채운 연못을 만들고 고기와 포로 만든 숲을 만들기도 하였다.

그 속에서 밤낮을 가리지 않고 술이 취하고 달기와 뒹굴면서 정사
를 돌보지 않았다. 그뿐만 아니라 만약에 바른 임금이 되라고 간언을
하면 숯불 위에 구리 기둥을 걸치고 기름을 바른 뒤에 그 위를 걷게
하여 숯불에 떨어져 죽는 모습을 보고 좋아하는 중국 역사에 가장 악
독한 임금으로 남게 되었다.

임금님을 보좌하는 가장 가까운 삼공 중 두 사람은 죽고, 한 사람
남은 서백은 귀양을 보냈다.

서백은 그때 "600여 년 전에 은왕조의 시조인 탕왕(주왕의 28대
선조)에게 주벌당한 하왕조의 걸왕(주왕과 같이 여자 때문에 정치를
망치고 나라를 잃은 폭군이자 음탕한 임금)을 거울삼아 그 같은 멸망
의 전철을 밟지 말라"고 간언하다가 화를 당했다.

그 간언이 《시경》 〈대아편〉 '탕시'에 다음과 같이 실려 있다.

은나라 왕이 거울로 삼아야 할 선례는
먼데 있는 것이 아니라
하나라 걸왕 때에 있네.

삼공에 이어 삼인(나라 안에서 학문이 가장 으뜸인 세 사람)으로
불리던 미자(주왕의 친형, 망명) 기자(왕족, 망명) 비간(왕자, 처형당
함) 등 세 충신도 간했으나 주색에 빠져 이성을 잃은 주왕은 소용이
없었다.
　　마침내 걸왕과 똑 같이 비극적인 말로를 맞아 나라를 잃고 목숨을
잃고 말았다. 원성이 하늘에 닿은 백성과 제후들로부터 더 이상 임금
으로 받들 수 없다고 배반당한 주왕은 서백의 아들 발(주왕조의 시조
무왕)에게 멸망하고 말았다.

　　활용의 예 사람들이 역사를 공부하는 것은 바로 역사에서 배운 진
실을 보고 해야 할 일과 하지 말아야 할 일을 배우라는 것이다. 역사
속에서 **은감불원**하여야 한다는 말이다.

읍참마속 泣斬馬謖

[자해字解] 泣 울 **읍**. 斬 벨 **참**. 馬 말 **마**. 謖 일어날 **속**.

[출전出典] 《삼국지(三國志)》〈촉지(諸葛) 제갈량전(諸葛亮專)〉

[의미意味] 울면서 마속을 벤다는 뜻.
① 법의 공정을 지키기 위해 사사로운 정(情)을 버림의 비유.
② 큰 목적을 위해 자기가 아끼는 사람을 가차 없이 버림의 비유.

삼국시대 촉나라 제갈량은 대군을 이끌고 성도를 출발했다. 곧 섬서성을 석권하고 감숙성으로 진출하여 위나라 군사를 크게 무찔렀다.

그러자 조조가 급파한 위나라의 명장 사마의는 20만 대군으로 기산의 산야에 부채꼴의 진을 치고 제갈량의 침공군과 대치했다. 이 '진'을 깰 제갈량의 계책은 이미 서 있었다.

그러나 상대가 지략이 뛰어난 사마의 인만큼 군량 수송로의 동쪽의 가정을 수비하는 것이 문제였다. 만약 가정을 잃으면 중원 진출하려는 웅대한 계획은 물거품이 되고 만다. 그런데 그 중책을 맡길 만한 장수가 없어 제갈량은 고민했다.

그때 마속이 그 중책을 자원하고 나섰다. 그는 제갈량과 문경지교를 맺은 명 참모 마량의 동생으로, 평소 제갈량이 아끼는 재기 발랄한 장수였다. 그러나 노회한(나이가 많아 꾀가 많은) 사마의와 대결하기에는 아직 어리다고 생각하여, 제갈량이 주저하자 마속은 거듭 간청했다.

"다년간 병략을 익혔는데 어찌 가정 하나 지켜 내지 못하겠는가? 만약 패하면, 저는 물론 일가권속까지 참형을 당해도 결코 원망하지 않겠습니다."

마속의 굳은 결심을 들으며 제갈량은 마음을 굳혔다.

"좋다. 그러나 군율에는 두 말이 없다는 것을 명심하라."

서둘러 가정에 도착한 마속은 지형부터 살펴보았다. 삼면이 절벽을 이룬 산이 있었다. 제갈량의 명령은 그 산기슭의 도로를 사수하라는 것이었으나 마속은 적을 유인해서 역공할 생각으로 산 위에 진을 쳤다. 그러나 위나라 군사는 산기슭을 포위한 채 위로 올라오지 않았다. 식수가 끊겼다. 마속은 전병력으로 포위망을 돌파하려 했으나 용장인 장합에게 참패하고 말았다.

전군을 한중으로 후퇴시킨 제갈량은 마속에게 중책을 맡겼던 것을 크게 후회했다. 군율을 어긴 그를 참형에 처하지 않을 수 없었기 때문이다. 이듬해 5월, 마속이 처형되는 날이 왔다. 때마침 성도에서 연락관으로 와 있던 장완은 '마속 같은 유능한 장수를 잃는 것은 나라의 손실'이라고 설득했으나 제갈량은 듣지 않았다.

"마속은 정말 아까운 장수요. 하지만 사사로운 정에 끌리어 군율을 저버리는 것은 마속이 지은 죄보다 더 큰 죄가 되오. 아끼는 사람일수록 가차 없이 처단하여 대의를 바로잡지 않으면 나라의 기강은 무너지는 법이오."

마속이 형장으로 끌려가자 제갈량은 소맷자락으로 얼굴을 가리고 마룻바닥에 엎드려 울었다고 한다.

활용의 예 나라를 운영하는 사람은 아무리 아끼는 사람이라도 부정을 하였을 때에는 **읍참마속**의 자세를 갖지 않으면 기강이 무너지고 만다.

의심암귀 疑心暗鬼

【자해字解】 疑 의심할 의. 心 마음 심. 暗 어두울 암. 鬼 귀신 귀.
【출전出典】 《列子》〈說符篇〉
【의미意味】 의심하는 마음이 있으면 있지도 않은 귀신이 나오는 듯이 느껴진다는 뜻. 곧
① 마음속에 의심이 생기면 갖가지 무서운 망상이 잇 달아 일어나 불안해짐.
② 선입관은 판단을 빗나가게 함.

어떤 사람이 소중히 아끼던 도끼를 잃어버렸다. 도둑맞은 게 틀림없다는 생각이 들자 아무래도 이웃집 아이가 수상쩍다. 길에서 마주쳤을 때에도 슬금슬금 도망갈 듯한 자세였고 안색이나 말투도 어색하기만 했다.

'내 도끼를 훔쳐 간 놈은 틀림없이 그 놈이야.'

이렇게 믿고 있던 그는 어느 날, 저번에 나무하러 갔다가 도끼를 놓고 온 일이 생각났다. 당장 달려가 보니 도끼는 산에 그대로 있었다. 집에 돌아와서 이웃집 아이를 보자 이번에는 그 아이의 행동거지가 별로 수상쩍어 보이지 않았다고 한다.

마당에 말라죽은 오동나무를 본 이웃 사람이 주인에게 말했다.

"집안에 말라죽은 오동나무가 있으면 재수가 없다네."

주인이 막 오동나무를 베어 버리자 그 사람이 또 나타나서 땔감이 필요하다며 달라고 했다. 주인은 속았다는 생각이 들어 화가 났다.

'이제 보니 땔감이 필요해서 날 속였군. 이웃에 살면서 어떻게 그런 엉큼한 거짓말을 할 수 있단 말인가?'

세상 사람들이 모두가 서로 돕고 살면 평화요, 의심하면 지옥이라고 한다. 모든 일에 의심을 품기 시작하면 모두가 다 이상하게 보이는 것이 바로 **의심암귀**가 발동한 때문이다.

이심전심 以心傳心

[자해字解] 以 써 **이**. 心 마음 **심**. 傳 전할 **전**.
[출전出典] 《五燈會元》〈傳燈錄〉,《無門關》,《六祖壇經》
[의미意味] 마음에서 마음으로 뜻이 통한다는 말.

송나라의 중 도언이 석가 이후 고승들의 법어를 기록한《전등록》에서 보면 석가가 제자인 가섭에게 말이나 글이 아니라 '이심전심'의 방법으로 불교의 진수를 전했다는 이야기가 나온다. 이에 대해 송나라의 중 보제의《오등회원》에는 다음과 같이 적혀 있다.

어느 날 석가는 제자들을 영산에 불러 모았다. 그리고 그들 앞에서 손가락으로 '연꽃 한 송이를 집어 들고 말없이 약간 비틀어 보였다.' 제자들은 석가가 왜 그러는지 그 뜻을 알 수 없었다. 그러나 가섭만은 그 뜻을 깨닫고 '빙긋이 웃었다.'
그제야 석가는 가섭에게
"나에게는
정법안장[(正法眼藏) 인간이 원래 갖추고 있는 마음의 묘덕(매우 뛰어난 덕)]과

열반묘심[(涅槃妙心) 번뇌를 벗어나 진리에 도달한 마음],

실상무상[(實相無相) 불변의 진리],

미묘법문[(微妙法門) 진리를 아는 마음],

불립문자(不立文字) 교외별전(敎外別傳) [모두 언어나 경전에 의하지 않고 '이심전심'으로 전하는 오묘한 뜻. 곧, 진리는 마음에 의해서만 전해지고 받아들여지기 때문에 이렇게 말함]이 있다.

이것을 너에게 전해 주마."

라고, 말했다

활용의 예 부부는 일심동체라고 했다. 수십 년을 함께 생활하였기에 말하지 않아도 그 뜻을 알아내는 이심전심의 경지에 도달하게 되는 것이다.

이하부정관 李下不整冠

[자해字解] 李 오얏 **리**. 下 아래 **하**. 不 아니 **불**. 整 정제할 **정**. 冠 갓 **관**.

[출전出典] 《열녀전(烈女傳)》

[의미意味] 오얏나무 밑에서 관을 고쳐 쓰지 말라는 뜻으로 남의 의심을 받을 일은 하지 말라는 말의 비유.

전국시대 제나라의 위왕에게 우희라는 후궁이 있었다.

그녀가 어느 날 파호라는 신하의 부정을 보다 못해 왕에게 이를 고했다. 파호는 이 사실을 알고 9층 누각에 우희를 감금하고 그녀가 부정한 짓을 한다고 모함했다.

위왕은 사실을 확인하기 위해 그녀를 불러 물어 보았다.

"네가 부정한 행실을 하고 다닌다는 말을 들었다. 과연 그러하더냐?"

하고 묻자 우희는

"저는 지금 간신배의 모함을 받고 있습니다. 저의 잘못이 있다면 과전불납리(참외밭에서 신을 고쳐 신기 위해 몸을 구부리지 말라)하고 이하부정관라는 것을 피하지 않았던 점입니다."

우희의 말을 듣고 왕은 깨달은 바가 있어 파호를 파면하고 내정을 바로잡았다.

활용의 예 고급관리가 되거나 높은 자리에 오르게 되면 늘 다른 사람들에게 유혹을 당하기 쉽고 또한 대중은 의심의 눈초리로 보기 쉽다. 그러므로 늘 이하부정관의 자세를 가져야 한다.

일각천금 一刻千金

【자해字解】 一 한 **일**. 刻 시각 **각**. 千 일천 **천**. 金 쇠 **금**.

【출전出典】 소동파(蘇東坡)의 〈춘야행〉

【의미意味】 일각은 천금의 가치가 있다. 시간을 아껴 쓰라.

시간의 중요성을 말하는 말로 중국의 유명한 시인 학자들이 모두 이야기한 말이다. 그 예를 들어보면 다음과 같다.

봄밤의 일각은 천금에 해당한다 --소동파.

일순간도 헛되이 보내지 말라 --주자.

세월은 사람을 기다리지 않는다 --도연명.

추워서 못하고, 더워서 못하고, 배고프니까 못하고, 배불러서 못하는 식으로 안 하려고만 하는 사람에게는 시간은 한없는 고통이요, 귀찮은 존재일 뿐이다. 그러나 이것도 해야 하고 저것도 해야 하는 사람에게는 시간은 가장 소중한 것이고, 늘 아깝고 귀한 것이다.

그에게는 날마다 발전할 수 있는 길을 열어주는 시간이 늘 모자라기 때문이다. 바로 이런 노력을 하는 사람에게 하늘은 기회를 주고 성공을 주는 것이다.

활용의 예 공부하는 학생이 날마다 공부에 방해가 되는 게임에 매달리고 있다는 것은 다른 학생들이 일각을 천금으로 여기고 고지를 향해 달려가고 있는 현실에서 참으로 한심스러운 일이다.

일거양득 一擧兩得

【자해字解】 一 한 **일**. 擧 들 **거**. 兩 두 **량**. 得 얻을 **득**.

【출전出典】 《春秋後語》, 《戰國策》〈秦策〉

【의미意味】 한 가지 일로써 두 가지! 이익을 거둔다는 뜻.

진나라 혜문왕 때의 일이다. 재상 장의는

"중원으로의 진출이야말로 조명시리에 부합하는 패업인줄 아옵니다."

하며 중원으로의 출병을 강력히 주장하였다. 그러나 사마조라는 중신은 어전에서 혜문왕에게 주장하기를

"신이 듣기로는 부국을 원하는 군주는 먼저 국토를 넓히는데 힘써야 하고, 강병을 원하는 군주는 먼저 백성의 부에 힘써야 하며, 패자가 되기를 원하는 군주는 먼저 덕을 쌓는데 힘써야 한다고 들었습니다. 이 세 가지 요건이 갖춰지면 패업은 자연히 이루어지는 법이옵니다. 하오나, 지금 진나라는 국토도 협소하고 백성들은 빈곤하옵니다. 그래서 이 두 가지 문제를 한꺼번에 해결하려면 먼저 막강한 진나라의 군사로 촉 땅의 오랑캐를 정벌하는 길밖에 달리 좋은 방법이 없는 줄로 아옵니다. 그러면 국토는 넓어지고 백성들의 재물은 쌓일 것이옵니다. 이야말로 '일거양득(一擧兩得)'이 아니고 무엇이오니까?"

"그러면 어찌하면 좋다는 말이오?"

"지금 천하를 호령하기 위해 천하의 종실인 주나라와 동맹을 맺고 있는 한나라를 침범하면, 한나라는 제나라와 조나라를 통해서 초나라와 위나라에 구원을 청할 게 분명합니다. 이는 주변국을 모두 적으로 만드는 일이오며, 더욱이 주나라의 구정은 초나라로 옮겨질 것이옵니다. 그땐 진나라가 공연히 천자를 위협한다는 오명만 얻을 뿐이옵니다."

이렇게 진언했다.

혜문왕은 사마조의 진언에 따라 촉 땅의 오랑캐를 정벌하고 국토를 넓혔다.

활용의 예 적국이 우리를 침범할 계획을 가진 것을 안 이상 그 적국

의 뒤쪽에 있는 나라와 동맹을 한 것은 적국을 고립시키면서 적국의 뒤통수를 치는 일거양득의 외교전략입니다.

일망타진 一網打盡

【자해字解】 ― 한 **일**. 網 그물 **망**. 打 칠 **타**. 盡 다할 **진**.
【출전出典】 《宋史》〈人宗紀〉,《東軒筆錄》
【의미意味】 한 번 그물을 쳐서 물고기를 다 잡는다는 뜻. 곧 범인들이나 어떤 무리를 한꺼번에 모조리 잡는다는 말.

전한 5대 황제 문제와 더불어 어진 임금으로 이름난 인종은 백성을 사랑하고 학문을 장려했다. 그리고 인재를 널리 등용하여 문치를 폄으로써 이른바 '경력의 치'로 불리는 군주 정치의 모범적 성세를 이룩했다.

그러나 너무 많은 훌륭한 신하들이 모여들어서 서로 주장을 펴는 일이 많아지고 파벌이 생겨서 자주 사람이 바뀌게 되었다.

이 무렵, 청렴 강직하기로 이름난 두연이 재상이 되었다. 당시의 관행으로는 황제가 상신들과 상의하지 않고 독단으로 조서를 내리는 일이 있었다. 이것을 내강이라 해서 쓰이고 있었으나 두연은 이 같은 관행은 올바른 정도를 어지럽히는 것이라 생각하였다. 그는 내강이 있어도 이를 묵살, 보류했다가 10여 통쯤 쌓이면 그대로 황제에게 돌려보내곤 했다. 이러한 두연의 소행은 인종의 마음을 상하게 했을 뿐 아니라, 성지를 함부로 굽히는 짓이라 하여 조야로 부터 비난의 대상이 되었다.

공교롭게도 이때 관직에 있는 두연의 사위인 소순흠이 공금을 유용하는 부정을 저질렀다. 그러자 평소 두연에 대한 감정이 좋지 않은 어사(검찰총장) 왕공진은 '옳다 됐다.' 하고, 소순흠을 엄히 문초했다. 그리고 그와 가까이 지내는 사람들을 모두 공범으로 몰아 잡아 가둔 뒤 재상 두연에게 이렇게 보고했다.

"범인들을 일망타진했습니다."

이 사건으로 말미암아 그 유명한 두연도 재임 70일 만에 재상직에서 물러나고 말았다.

활용의 예 조직폭력배를 쫓는 검찰이 **일망타진**했다고 발표는 했지만, 도리어 설치게 되었다.

일이관지 一以貫之

【자해字解】 一 한 **일**. 以 써 **이**. 貫 꿸 **관**. 之 갈 **지**.
【출전出典】 《논어(論語)》 위령공편(衛靈公篇), 이인편
【의미意味】 하나의 이치로써 모든 일을 꿰뚫는다는 말.

어느 날 공자는 증자에게 이렇게 말했다.

"삼아, 나의 도는 하나로써 꿰었느니라."

그러자 증자가

"네."

하고 대답했다. 공자가 돌아간 후 제자들이 증자에게 물었다.

"공자께서 무엇을 이르신 것입니까."

그러자 증자는

"선생님의 도는 '충(忠)' 즉 자기 마음을 다하는 것과 '서(恕)' 즉 자기 자신의 경우에 비추어 봐서 남을 이해하는 것입니다."라고 대답했다.

활용의 예 왜 이런 일이 일어났는지 따지지 말게. 일이관지가 그 사장님의 원칙이 아닌가?

단 현대에 와서는 '초지일관(初志一貫)'이나 '일관(一貫)되다'에서 보듯이 '처음부터 끝까지 변함없이'라는 뜻으로 쓰이기도 하고, '한 번에 끝까지'라는 뜻으로 변형되어 쓰이기도 한다.

자업자득 自業自得

[자해字解] 自 스스로 **자**. 業 일 **업**. 自 스스로 **자**. 得 얻을 **득**.
[의미意味] 자기가 저지른 일의 과보(果報)를 자기가 받음.

불교에서는 흔히 윤회설을 주장한다. 인생이 살면서 자신이 행한 모든 선행, 죄업에 따라 다음 생에는 태어나서 그 업을 받는다는 것이다.

장흥에 보림사라는 절이 있다. 이 절에 많은 시주를 하여서 절을 크게 창건하는데 도움을 준 선비가 있었다. 그러나 어찌된 일인지 그 사람은 나이 들면서 병에 걸려 눈이 멀고 말도 할 수 없는데다가 앉은 뱅이가 되어서 병이 낫지를 않는 것이다.

시주를 많이 하고도 그런 병신이 된 사람은 너무 억울하고 화가 나서 절을 찾아가서 불상을 도끼로 내리 찍었다. 그러나 도끼는 도저히 뺄 수가 없었고, 시주한 사람은 죄책감에 오래 살지 못하고 죽고 말았다. 30여 년이 흐른 뒤 이 고을에 새로운 원님이 부임을 하여서 보림사를 찾았다. 불상에 박힌 도끼를 보고 너무 끔찍한 모습을 그냥 볼 수가 없다며 도끼를 빼려고 하자 많은 사람들은

"지금까지 수백, 수천 명이 빼려고 해보았으나 빠지지 않사옵니다."

하고 아뢰었다. 원님은

"그렇다고 저대로 둘 수는 없는 일이 아니냐?"

하며 손을 뻗쳐 도끼를 잡기만 하였는데도 도끼는 빠져 나왔다.

바로 전생에 시주를 많이 한 그 사람이 환생을 한 것이었다고 한다. 만약 시주를 하지 않았다면 앉은뱅이로 한세상, 장님으로 한 세상, 벙어리로 한 세상을 살아야 할 신세였지만, 많은 시주로 공을 쌓았기 때문에 한꺼번에 모두 살아 버리고 다음 생은 원님으로 태어나서 부귀영화를 누리게 되었다는 것이다.

활용의 예 남에게 나쁜 짓을 많이 한 사람은 언젠가는 벌을 받게 되어 있다. 자업자득이어서 자기가 죄 지은 만큼 벌을 받게 된다.

자포자기 自暴自棄

[자해字解] 自 스스로 **자**. 暴 사나울 **포**. 棄 버릴 **기**.
[출전出典] 《孟子》〈離婁篇〉
[의미意味] 스스로 자신을 학대하고 돌보지 아니함.

맹자는 '자포'와 '자기'에 대해《맹자》〈이루편〉에서 이렇게 말했다.

"자포(스스로를 학대)하는 사람과는 더불어 대화를 나눌 수가 없다. 자기(스스로를 버림)하는 사람과도 더불어 행동을 할 수가 없다."

"입만 열면 예의 도덕을 헐뜯는 것을 자포라고 한다. 한편 도덕의 가치를 인정하면서도 인이나 의라는 것은 자기와는 무관한 것이라고 생각하는 것을 자기라고 한다."

"사람의 본성은 원래 선한 것이다. 그러므로 사람에게 있어서 도덕의 근본이념인 '인'은 편안한 집과 같은 것이며, 올바른 길인 '의'는 사람에게 있어서의 정로(正路:正道)이다."

'자포자기'란 말은 맹자가 어느 때 누구에게 한 말인지 모르나 오늘날에는 '스스로 자기 자신을 학대(虐待)하고 돌보지 않는다'는 뜻으로 흔히 쓰이고 있음.

"편안한 집을 비운 채 들어가 살려 하지 않으며 올바른 길을 버린 채 그 길을 걸으려 하지 않는 것은 실로 개탄할 일이로다."

활용의 예 사업에 실패하고 **자포자기**에 빠진 사람 중에는 사람들은 노숙자로 세상을 살아가는 경우도 많다.

적반하장 賊反荷杖

[자해字解] 賊 도적 적. 反 도리어 **반**. 荷 멜 **하**. 杖 지팡이 **장**.

[의미意味] 도둑이 도리어 매를 든다. 잘못한 사람이 오히려 상대방을 윽박지르다.

고사성어라기 보다는 한자 숙어로 쓰이는 말이다.

자신이 잘못한 일이 없는데 잘못을 저지른 사람이 도리어 나무라고 덤벼드는 경우이다. 가장 흔히 볼 수 있는 곳이 시내에서 자동차 접촉사고의 경우이다. 우리나라 운전자들 중에는 사리 판단을 하기보다는 일단 소리부터 지르고 보자는 식으로 밀어붙이는 경우를 흔히 본다. 더구나 객지라거나 안면이 없는 사람들일 것이라는 생각을 하는 경우가 그러기 쉽다.

지난달에 어떤 여자가 차를 몰고 사거리를 지나다가 옆을 지나던 마을버스가 접촉 사고를 내었지만, 차에 별 이상이 없고 오직 밀려가 억지로 밀려서 벗어나 있어서 내려서 제 자리로 움직이니 바로 제자리가 되었단다.

그래서 별 이상이 없으니 그냥 가도 된다고 지나쳤는데, 마을버스가 다음 정거장까지 쫓아 와서 욕을 해대면서 때리려고까지 하더라는 것이다. 정확한 피해 사실을 보기 위해 살펴보니 마을버스가 승용차의 라이트를 밀고 달려가면서 자기 차량의 옆에 앞바퀴 위에서 차의 뒤쪽까지 밀고 지난 자국이 나있었다.

옆을 지나던 승용차보다 속력을 내어서 달리면서 백미러가 걸리는 것을 그냥 계속 밀고 간 것이었다. 이것은 누가 보아도 마을버스

기사의 잘못이었다.

그런데도 적반하장으로 여자들에게 덮어씌우려고 하다가 자국을 보고 따지면서 사진을 찍어서 고발하겠다고 나서니까 슬그머니 꼬리를 내리고 경찰의 조정에 따르는 척 하면서 물러서는 것이었다.

활용의 예 요즘 사학법이 개정된 것에 대해서 많은 사학의 이사장들은 크게 반발하고 있다. 이들은 자신들의 부정행위에 대해서는 감추고 **적반하장**으로 도리어 국민이 뽑아준 국회의원들을 비난하고 있는 것이다.

절치부심 切齒腐心

【자해字解】 切 자를 **절**. 齒 이 **치**. 腐 썩을 **부**. 心 마음 **심**.
【의미意味】 이를 갈고 마음을 썩이다. 대단히 분하게 여기고 마음을 썩이다.

우리 속담처럼 늘 쓰이는 말이다.

화가 나고 복수심에 불타서 이를 부득부득 갈면서 기어이 복수할 것을 다짐하는 모습은 흔히 볼 수 있는 일이기는 하지만, 이 말을 쓰는 경우는 이제 그리 흔하지 않다.

활용의 예 씨름 선수 최홍만이 난데없는 K1 선수로 뛰어들면서 국민들은 이종격투기에 열광하기 시작하였다. 그러나 최홍만은 승승장구만 하는 것은 아니어서 마지막 고비를 넘지 못해 늘 챔피언의 자리를 노리며 **절치부심** 해오고 있다.

전전긍긍 戰戰兢兢

[자해字解] 戰 무서워 떨 싸움할 **전**. 兢 조심할 **긍**.
[출전出典] 《詩經》〈小雅篇〉
[의미意味] 두려워서 벌벌 떨며 조심하는 모양.
　　　　　 '전전(戰戰)'이란 몹시 두려워서 벌벌 떠는 모양이고,
　　　　　 '긍긍(兢兢)'이란 몸을 움츠리고 조심하는 모양을 말한다.

　중국 최고의 시집《시경》〈소아편〉의 '소민'이라는 시의 마지막 구
절에 나오는 말이다.　시의 내용은 간신이 임금 곁에 있어서 옛 법을
무시한 정치를 하고 있음을 한탄한 것으로 다음과 같다.

　감히 맨손으로 범을 잡지 못하고
　감히 걸어서 강을 건너지 못한다.
　사람들은 그 하나는 알고 있지만
　그 밖의 것은 전혀 알지 못하네.
　두려워서 벌벌 떨며 조심하기를 [戰戰兢兢]
　마치 깊은 연못에 임하듯 하고
　살얼음을 밟고 가듯 하네.

　활용의 예　요즈음에 거물 브로커가 잡히고 나자 법조인 정치인들
이 자기가 연루된 사실이 밝혀질까 **전전긍긍**하고 있다.

정중지와 井中之蛙

[자해字解] 井 우물 정. 中 가운데 중. 之 갈 지(…의). 蛙 개구리 와.
[출전出典] 《後漢書》〈馬援傳〉,《莊子》〈秋水篇〉
[의미意味] '우물 안 개구리' 라는 뜻으로, 식견이 좁음의 비유.

신나라 말경, 마원이란 인재가 있었다. 세 형들은 일찍 관리가 되었지만, 그는 고향에서 조상의 묘를 지키다가 느지막이 농서에 웅거하는 외효의 부하가 되었다.

그 무렵에 고향 친구 공손술은 촉 땅에 성나라를 세우고 스스로 황제라고 내세우며 세력을 키우고 있었다. 외효는 그가 어떤 인물인지 알아보기 위해 마원을 보냈다. 마원은 공손술이 반가이 맞아 주리라 믿고 즐거운 마음으로 찾아갔다.

"폐하, 고향 친구라며 마원이란 분이 찾아 왔사옵니다."

하고 고했지만, 공손술은 계단 아래 무장한 군사들을 도열시켜 놓고 위세를 부리며 마원을 맞았다. 그리고 거드름을 피우면서

"옛 우정을 생각해서 자네를 장군에 임명할까 하는데, 어떤가?"

황제라고 마음껏 뽐내는 공손술의 말을 듣고 마원은 잠시 생각해 보았다.

'천하의 주인은 아직 결정되지도 않았는데, 공손술은 훌륭한 인재를 맞아들이려 하지 않고 허세만 부리고 있구나. 이런 자가 어찌 천하를 도모할 수 있겠는가……'

마원은 서둘러 돌아와서 외효에게 고했다.

"공손술은 좁은 촉 땅에서 으스대는 재주밖에 없는 '우물 안 개구리' 였습니다."

마원의 보고를 들은 외효는 공손술을 마음에 두었던 자신이 어리석었음을 깨닫고 마침내 후한의 시조가 된 광무제와 손을 맞잡게 되었다.

-활용의 예 흔히 세상 사람들은 자신을 과신하면서 자기만이 이 세상에서 제일인척 하기 쉬운 정중자와이기 쉽다.

조강지처 糟糠之妻

[자해字解] 糟 술재강 **조**. 糠 겨 **강**. 之 갈 **지**(…의). 妻 아내 **처**.
[출전出典] 《後漢書》〈宋弘專〉
[의미意味] 술재강과 겨로 끼니를 이을 만큼 구차할 때 함께 고생하던 아내.

전한 광무제 때의 일이다. 당시 감찰을 맡아보던 대사공 송홍은 온화한 사람이었으나 지나칠 정도로 강직한 인물이기도 했다.

어느 날, 광무제는 미망인이 된 누나 호양공주를 불러

"신하 중 마음에 드는 사람을 골라 보시오."

하고, 누구를 마음에 두고 있는지 그 의중을 떠보았다.

호양 공주는 "저렇게 당당한 풍채와 덕성을 지닌 송홍이라는 사람이 좋아 보입니다."하고 대답하여, 송홍에게 호감을 갖고 있다는 것을 알았다.

그 후 광무제는 호양공주와 송홍을 만나게 해주려고 공주를 병풍 뒤에 앉혀 놓고 송홍과 이런저런 이야기를 나누던 끝에 이런 질문을 했다.

"흔히들 고귀해지면 천할 때의 친구를 바꾸고, 부유해지면 가난할 때의 아내를 버린다고 하던데 인지상정 아니겠소?"

하고 송홍이 혹시 새로운 아내를 맞을 수 있는지를 떠보았다.

그러자 송홍은 이렇게 대답했다.

"폐하, 황공하오나 신은 '가난하고 천할 때의 친구는 잊지 말아야 하며, 술재강과 겨로 끼니를 이을 만큼 구차할 때 함께 고생하던 아내는 버리지 말아야 한다' 고 들었사온데 이것은 사람의 도리라고 생각되나이다."

이 말을 들은 광무제와 호양 공주는 크게 실망하였다.

활용의 예 재벌이 된 가문에서는 이제까지 고생을 해온 **조강지처**는 무시하고 회사 일에 도움이 될 만한 집안의 여자와 새 출발을 하였다.

조령모개 朝令暮改

[자해字解] 朝 아침 **조**. 令 명령 **령**. 暮 저녁 **모**. 改 고칠 **개**.
[출전出典] 《한서(漢書)》 예문지
[의미意味] 아침에 영을 내리고 저녁에 고친다는 말로, 일관성 없는 정책을 빗대어 쓰는 말이다.

전한 시대 재정 경제에 밝았던 어사대부 조착이라는 사람이 있었다. 그는 흉노족에게 침략을 자주 받아서 끊임없이 곡식을 약탈당하는 사람들을 위해서 이곳 백성들의 부족한 곡식 문제를 해결할 수 있는 방법을 내놓았다.

　그의 상소문은 '논귀속소(곡식의 귀함을 논의한 상소문)' 라는 것이다. 이 상소문은 백성들이 농사짓는 일이 얼마나 힘이 드는지를 적고 있다.

　다섯 가족이 모여 사는 농가에서 부역에 나가야 하는 사람이 두 사람이나 되어서 춘하추동 쉴 날이 없다는 것이다. 여기에 관청에서는 세금을 제멋대로 매기고 있어 세금에 시달리고 있다. 개인적으로 해야 할 일들이 많아 아이들을 길러야 하는 등 해야 할 일이 한두 가지가 아니라는 것이다.

　그리고 결론으로 조착은 이렇게 썼다.

　"홍수와 가뭄을 당하여 갑자기 세금을 징수하고 부역을 동원하니, 세금과 부역의 시기가 정해지지 않아서 아침에 영을 내렸다가 저녁에 고치는 일이 많아서 힘이 드는 많았다."

　그러므로 법령을 지나치게 자주 바꿔서는 안 된다는 것이다. 이렇게 나라와 백성을 위한 좋은 정책을 내놓았지만, 그는 결국 귀족들이 시기를 사서 죽임을 당하고 말았다. 조령모개는 갈팡질팡하는 행정 업무를 꼬집어 말할 때 쓰는 성어다.

　활용의 예 부동산 정책이 **조령모개** 하는 동안에 일부 투기꾼들은 정부를 비웃으면서 온갖 부정한 방법을 다 동원하고 있다.

조삼모사 朝三暮四

[자해字解] 朝 아침 조. 三 석 삼. 暮 저물 모. 四 넉 사.
[출전出典] 《列子》〈黃帝篇〉,《莊子》〈齊物論〉
[의미意味] 아침에 세 개, 저녁에 네 개라는 뜻.
　　① 당장 눈앞의 차별만을 알고 그 결과가 같음을 모름의 비유.
　　② 간사한 잔꾀로 남을 속여 희롱함을 이르는 말.

　송나라에 저공이라는 사람이 있었다. 저공은 많은 원숭이를 기르고 있었는데 그는 가족의 양식까지 퍼다 먹일 정도로 원숭이를 좋아했다. 그래서 원숭이들은 저공을 따랐고 마음까지 알았다고 한다.

　그런데 워낙 많은 원숭이를 기르다 보니 먹이를 대는 일이 날로 어려워졌다. 그래서 저공은 원숭이에게 나누어 줄 먹이를 줄이기로 했다. 그러나 먹이를 줄이면 원숭이들이 자기를 싫어할 것 같아 그는 우선 원숭이들에게 이렇게 말했다.

　"너희들에게 나누어주는 도토리를 앞으로는 '아침에 세 개, 저녁에 네 개' 씩 줄 생각인데 어떠냐?"

　그러자 원숭이들은 하나같이 화를 냈다.

　'아침에 도토리 세 개로는 배가 고프다' 는 불만임을 안 저공은 '됐다' 싶어 이번에는 이렇게 말했다.

　"그럼, 아침에 네 개, 저녁에 세 개씩 주마."

　그러자 원숭이들은 모두들 좋다고 손뼉을 치며 기뻐했다고 한다.

　활용의 예　아무리 세상이 어렵더라도 어려운 사람들을 돕는 후원금을 가지고 장난질을 치면서 **조삼모사** 하는 짓은 용서할 수 없는 일이다.

주지육림 酒池肉林

【자해字解】 酒 술 **주**. 池 못 **지**. 肉 고기 **육**. 林 수풀 **림**.
【출전出典】《史記》〈殷本紀〉,《帝王世紀》,《十八史略》
【의미意味】 술로 못[池]을 이루고 고기로 숲을 이룬다는 뜻으로, 극히 호
사스럽고 방탕한 주연(酒宴)을 일컫는 말.

하나라 걸왕은 자신이 정복한 오랑캐의 유시씨국에서 전쟁에 진 선물로 바친 요녀 말희에게 반해 보석과 상아로 장식한 궁전을 지었다. 옥으로 만든 침대에서 밤마다 정신을 못 차렸다.

"전하, 아리따운 소녀들을 불러 모으소서."

그녀의 소망대로 전국에서 선발한 3000명의 미소녀들에게 오색 찬란한 옷을 입혀 날마다 무악을 베풀기도 했다.

"술로 연못을 만들어 배를 띄워 주소서."

궁정 한 모퉁이에 큰못을 판 다음 바닥에 새하얀 모래를 깔고 향 기로운 술로 가득 채웠다. 고기로 동산을 쌓고 포육으로 숲을 만들었다. 그 못에 호화선을 띄우고, 춤을 추던 3000명의 미소녀들이 북이 울리면 일제히 못의 미주를 마시고 숲의 포육을 탐식하게 하고 마냥 즐거워했다.

이런 사치의 나날이 계속되니 국력은 쇠하고, 백성의 원성은 하늘에 닿았다. 걸왕은 하나라에 속했던 은나라 탕왕에게 목을 바치고 말았다.

은나라 마지막 군주인 주왕(28대째)의 마음을 사로잡은 달기는 주왕이 정벌한 오랑캐의 유소씨국에서 공물로 보내 온 여자였다. 주왕은 그녀의 끝없는 욕망을 위해 백성들을 괴롭혔다. 그래서 창고에는 백성들에게 빼앗고 억지로 바치게 한 돈과 비단과 곡식이 산처럼 쌓였다.

나라 안의 온갖 귀한 동물, 이상한 물건들은 모두 속속 궁중으로 모였다. 또 국력을 기울여 호화찬란한 궁정을 짓고 미주와 포육으로 '주지육림'을 만들었다.

못 둘레에서 발가벗은 젊은 남녀들이 무리지어 음란한 광란의 춤을 추었다. 주왕의 가슴에 안긴 달기는 몰아의 황홀경에서 음탕한 미소를 짓곤 했다. 또 때로는 낮에도 장막을 드리운 방에서 촛불을 밝히고 벌이는 미친 잔치는 120일간이나 계속되기도 했다.

이 같은 광태를 보다 못해 충신들이 간하면 불충자로 몰아 가차없이 포락지형에 처하곤 했다. 포락지형이란 기름칠한 구리 기둥을 숯불 위에 걸쳐놓고 죄인을 건너가게 하는 잔인무도한 사형 방법이었다. 이렇듯 못된 짓만 하던 주왕도 결국 걸왕처럼 주나라 시조인 무왕에게 멸망하고 말았다.

활용의 예   백성들의 피와 땀을 빼앗아 **주지육림**에 묻혀 살던 군주들은 모두다 백성들의 원성 때문에 목숨을 잃고 말았다.

죽마고우 竹馬故友

【자해字解】 竹 대나무 **죽**. 馬 말 **마**. 故 예 연고 **고**. 友 벗 **우**.

【출전出典】 《世說新語》〈品藻篇〉, 《晉書》〈殷浩傳〉

【의미意味】 어릴 때 같이 죽마(대말)를 타고 놀던 벗이란 뜻.
　　　　① 어렸을 때의 벗. 소꿉동무.
　　　　② 어렸을 때 친하게 사귄 사이.
　　　　③ 어렸을 때부터의 오랜 친구.

진나라 12대 간문제 때의 일이다. 촉 땅을 평정하고 돌아온 환온의 세력이 날로 커지자 간문제는 환온을 견제해야 했다. 그러기 위해 은호라는 은사를 건무장군 양주자사에 임명했다. 그는 환온의 어릴 때 친구로서 학식과 재능이 뛰어난 인재였다.

은호가 벼슬길에 나아가는 그날부터 두 사람은 정적이 되어 반목했다.

왕희지는 "두 사람은 어릴 적에 한 동네에서 같이 자란 친구간이 아닌가? 이렇게 좋은 친구가 함께 일하게 되었으니 얼마나 좋은가 서로 친하게 지내게."하고, 화해시키려고 했으나 은호가 듣지 않았다.

그 무렵, 오호 십육국 중 하나인 후조의 왕 석계룡이 죽고 호족 사이에 내분이 일어났다. 진나라에서는 이 기회에 중원 땅을 회복하기 위해 은호를 중원장군에 임명했다.

은호는 군사를 이끌고 출병했으나 도중에 말에서 떨어지는 바람에 제대로 싸우지도 못하고 결국 대패하고 돌아왔다. 환온은 기다렸다는 듯이 은호를 규탄하는 상소를 올려 그를 변방으로 귀양 보내고 말았다. 그리고 환온은 사람들에게 이렇게 말했다.

"은호는 나와 '어릴 때 같이 죽마를 타고 놀던 친구'였지만 내가 죽마를 버리면 은호가 늘 가져가곤 했지. 그러니 그가 내 밑에서 머리를 숙여야 하는 것은 당연한 일이 아닌가."

환온이 끝까지 용서해 주지 않음으로 해서 은호는 결국 먼 귀양지에서 생애를 마쳤다.

활용의 예 그 두 친구는 어려서 한 마을에서 태어나 자란 **죽마고우**였지만 자라면서 서로 다른 환경에서 다른 공부를 하여서 이제는 경제권이나 정치적 입지를 가지고 다투는 견원지간이 되어 가고 있다.

중구난방 衆口難防

[자해字解] 衆 무리 **중**. 口 입 **구**. 難 어려울 **난**. 防 막을 **방**.

[출전出典] 十八史略(십팔사략)

[의미意味] 여러 사람의 말을 다 막기가 어렵다는 말로 많은 사람이 마구 떠들어대는 소리는 감당하기 어려우니 행동을 조심해야 한다는 뜻.

주나라 때 이야기다. 여왕은 국정을 비방하는 자가 있으면 적발해서 죽였다. 그러자 밀고하는 제도도 자리 잡게 되었다. 거미줄같이 쳐진 정보망 때문에 백성들은 겁에 질려 말도 제대로 할 수 없었다.

"어떻소. 내 정치하는 솜씨가. 나를 비방하는 자가 한 사람도 없지 않소."

여왕은 자신만만해서 말했다. 중신 중에 소공은 기가 막혔다.

"겨우 비방을 막았을 뿐입니다. 백성의 입을 막는 것은 둑으로 물을 막는 것보다 더 어렵습니다."

"그럼 백성들이 아직도 비방을 일삼는단 말이오?"

"그렇지는 않습니다. 그러나 물이 막히면 언젠가 둑을 무너뜨리는 것입니다. 그렇게 되면 많은 인명이 상하게 됩니다. 백성의 입을 막는 것도 같은 이치입니다."

"백성들이 한꺼번에 말을 할 수는 없는 법이 아니오?"

"백성을 다스리는 사람은 백성들이 마음 놓고 말할 수 있게 해야 합니다."

이런 소공의 진심 어린 충언을 여왕은 받아들이지 않았다.

그렇지만, 소공이 염려했던 대로 백성들은 언제까지나 가만있지는 않았다. 백성들은 마침내 들고 일어났다. 여왕이 달아난 곳에서 죽

을 때까지 주나라에서는 14년간 공화정이 실시되었다. 신하들이 상의
해서 정치를 했기에 공화라 했던 것이다.

활용의 예 소문이 무섭다는 것은 아무런 상관도 없는 사람들이 너
도나도 함부로 떠들어대기 때문에 **중구난방**이라고 막아내기 어렵다.

지록위마 指鹿爲馬

【자해字解】 指 손가락 가리킬 **지**. 鹿 사슴 **록**. 爲 할 위할 **위**. 馬 말 **마**.
【출전出典】 《史記》〈秦始皇本紀〉
【의미意味】 사슴을 가리켜 말[馬]이라고 한다는 뜻.
　　　　　① 윗사람을 농락하여 마음대로 휘두름의 비유.
　　　　　② 위압적으로 남에게 잘못을 밀어붙여 끝까지 속이려 함의 비유.

　　진나라 시황제가 죽자 환관인 조고는 거짓 조서를 꾸며 태자 부소
를 죽였다. 그리고 어린 호해를 세워 2세 황제로 삼았다. 현명한 부소
보다 용렬한 호해가 다루기 쉬웠기 때문이다. 호해는 "천하의 모든
쾌락을 마음껏 즐기며 살겠다"라고 말했을 정도로 어리석었다고 한다.
　　조고는 이 어리석은 호해를 교묘히 조종하여 경쟁자인 승상 이사
를 비롯해서, 그밖에 많은 신하들을 죽이고 자신이 승상이 되어 조정
의 실권을 장악했다.
　　여기에 그치지 않고 역심이 생긴 조고는 중신들 가운데 자기를 반
대하는 사람을 가려내기 위해 한 꾀를 내었다. 호해에게 사슴을 바치
면서 "폐하, 이 말을 바치오니 거두어 주시오소서."

아무리 어리석은 임금이라도 말과 사슴을 구별하지 못할 수는 없었다.

"승상은 농담도 잘 하시오. 사슴을 가지고 말이라니……. 어떻소? 그대들 눈에도 말로 보이오?"

하고 말을 마치자 호해는 좌우의 신하들을 둘러보았다. 잠자코 있는 사람보다 '그렇다' 고 긍정하는 사람이 많았으나 '아니다' 라고 부정하는 사람도 있었다. 조고는 부정한 사람이 누구인지 기억해 두었다가 나중에 죄를 씌워 모두 죽여 버렸다. 그 후 궁중에는 조고의 말에 반대하는 사람이 하나도 없었다고 한다.

그러나 천하는 오히려 혼란에 빠졌다. 각처에서 진나라 타도의 반란이 일어났기 때문이다. 그 중 항우와 유방의 군사가 도읍 함양을 향해 진격해 오자 조고는 호해를 죽이고 부소의 아들 자영을 세워 3세 황제로 삼았다. 그러나 못된 짓만 하던 조고 자신이 자영에게 주살 당하고 말았다.

활용의 예 우리나라는 물론 전 세계적으로 모든 독재자들은 대부분 국민을 속이기 위해 **지록위마**의 잘못을 저지르곤 한다.

창해일속 滄海一粟

[자해字解] 滄 푸를 **창**. 海 바다 **해**. 一 한 **일**. 粟 조 **속**.
[출전出典] 《赤壁賦》
[의미意味] 푸른 바닷속에 있는 좁쌀 한 톨이라는 뜻. 아주 작고 보잘것없는 것을 의미한다. 구우일모(九牛一毛)와 비슷한 말임.

북송의 명문장가 소동파가 지은 《적벽부》는 천하에 다시없는 명문이다. 두 편으로 된 이 부는 그가 황주로 귀양 갔을 때 지은 것으로 알려져 있다. 모든 세상사에 연연하지 않으려는 마음을 신선의 입장이 되어서 그리고 있다.

《적벽부》에 한 내용이다.

"……그대와 나는 강가에서 고기 잡고 나무하면서 물고기와 새우들과 짝하고, 고라니, 사슴들과 벗하고 있다. 작은 배를 타고 술 바가지와 술동이를 들어 술을 서로 권하니, 우리의 인생이 하루살이처럼 짧고 우리 몸은 푸른 바다 속에 있는 한 톨 좁쌀(滄海一粟)같구나. 아, 우리의 삶이란 너무도 짧구나. 어찌하여 장강처럼 다함이 없는가."

여기서 바로 '창해일속'이란 말이 나왔다. 이 말에는 무한한 우주 속에 미미한 존재일 수밖에 없는 인생에 대한 무상함도 깔려 있음을 알 수 있다.

활용의 예 인생이란 얼마나 하찮은 존재인가? 그러한 인간이 그 작고 보잘것없는 삶을 살면서 아귀다툼을 하고 있으니 이는 참으로 **창해일속**일 수밖에 없는 것이다.

천고마비 天高馬肥

[자해字解] 天 하늘 **천**. 高 높을 **고**. 馬 말 **마**. 肥 살찔 **비**.
[출전出典] 《흉노전(匈奴傳)》
[의미意味] 하늘이 높고 말이 살찐다는 뜻.
① 하늘이 맑고 오곡백과(五穀百果)가 무르익는 가을을 형용하는 말.
② (흉노에게 있어, 전하여 오늘날에는 누구에게나) 활약(동)하기 좋은 계절을 이르는 말.

흉노족은 주, 진, 한의 삼왕조는 물론 육조에 이르는 근 2000년 동안 중국 북쪽의 농경 지대를 끊임없이 침범 약탈해 온 유목 민족이다.

그래서 고대 중국의 군주들은 흉노의 침입을 막기 위해 늘 고심하였다. 오죽했으면 천하를 통일한 진시황은 기존의 성벽을 수축하거나, 증축 연결하여 만리장성을 완성하기까지 했겠는가?

그러나 흉노의 침입은 끊이지 않았다. 그것은 북쪽의 초원에서 방목과 수렵으로 살아가는 흉노족에게는 초원이 얼어붙는 긴 겨울을 살아야 할 양식이 필요했었다. 그래서 우리는 축복 받은 계절이라고 생각해서 부르는 천고마비의 계절이지만, 북쪽 흉노족 이웃에 사는 중국인들은 '하늘이 높고 말이 살찌는' 가을만 되면 언제 흉노가 쳐들어올지 몰라 골치 아픈 걱정거리의 계절이었던 셈이다.

활용의 예 우리는 흔히 가을을 **천고마비**의 계절이니 등화가친의 계절이니 해서 독서의 계절이라 부른다.

천도시비 天道是非

【자해字解】 天 하늘 **천**. 道 길 **도**. 是 옳을 **시**. 非 그를 **비**.
【출전出典】 《사기(史記)》
【의미意味】 하늘의 뜻은 옳은 것이냐 그른 것이냐. 가장 공명정대하다고
여겨지는 하늘은 과연 바른 자의 편인가 아닌가. 세상의 불공
정을 한탄하고 하늘의 정당성을 의심하는 말이다.

한나라 무제 때 기록관중의 우두머리 벼슬인 태사령으로 있던 사
마천은 흉노와 용감하게 싸우다가 중과부적으로 포로가 된 명장 이릉
을 변호한 죄로 무제의 노여움을 사서 생식기를 자르는 형벌인 궁형
에 처해졌다.

'정당한 것을 정당하게 주장하다가 형벌을 받다니'
사마천은 혼자서 굳은 결심을 한다.
'인간의 정당한 역사를 내 손으로 써 남기고 말겠다.'
그리하여 그는 죽음보다도 더 견디기 힘든 치욕을 씹어가면서도
사람의 힘으로는 하기 어려운 온힘을 다해 써낸 것이 저 유명한 '사
기' 1백 30여권이다. 이 책의 백이열전에서 사마천은 말한다.

"흔히 하늘은 정실이 없어서 언제나 착한 사람 편을 든다고 하는
데, 그건 부질없는 말이다. 이 말대로 라면 착한 사람은 언제나 번영
해야 할 것이다. 그러나 과연 그런가. 어질기만 했던 백이와 숙제는
청렴 고결하게 살다가 굶어 죽었다. 70명 제자 중에서 공자가 가장
아끼고 칭찬한 안회는 가난에 찌들어 쌀겨도 제대로 먹지 못하다가

젊은 나이에 죽고 말았다. 하늘이 착한 사람편을 든다면 이는 어찌 된 까닭인가. 가장 악독한 도척은 죄 없는 사람을 죽이고 사람의 간으로 회를 쳐 먹는 등 악행을 일삼았으나 끝내 제 목숨을 온전히 누리고 죽었다. 도대체 무슨 덕을 쌓았기 때문인가. 이런 예들은 너무나 두드러진 것이지만 이 같은 일상생활 주변에서 얼마든지 일어나고 있다."

이렇게 말한 사마천은 "과연 천도는 是냐 非냐?"고 외친다.
마치 자신의 처지를 하늘에 호소하듯이 말이다.

활용의 예 우리 주변에서 보면 착한 사람이 더 힘들고, 못된 짓을 수 없이 해대는 사람들이 잘 살고 떵떵거리는 것을 많이 본다. 과연 하늘이 있느냐 싶을 만큼 이럴 때에 우리는 **천도시비**가 있느냐고 원망을 하게 된다.

천려일실 千慮一失

[자해字解] 千 일천 **천**. 慮 생각할 **려**. 一 한 **일**. 失 잃을 **실**.
[출전出典] 《史記》〈淮陰侯列傳〉
[의미意味] 천 가지 생각 가운데 한 가지 실책이란 뜻으로, 지혜로운 사람이라도 많은 생각을 하다 보면 하나쯤은 실책이 있을 수 있다는 말.

한나라 고조의 명에 따라 대군을 이끌고 조나라로 쳐들어간 한신

은 결전을 앞두고

"적장 이좌거를 사로잡는 장병에게는 천금을 주겠다"고 공언했다. 지덕을 겸비한 그를 살리고 싶었기 때문이다. 다행히 이좌거의 말을 따르지 않은 조나라의 작전 때문에 쉽게 조나라를 부술 수 있었다. 이좌거는 포로가 되어 한신 앞에 끌려 나왔다.

한신은 손수 포박을 풀어 준 뒤 상석에 앉히고 주연을 베풀어 위로했다. 그리고

"이제 한나라의 천하 통일은 마지막 걸림돌로 남아 있는 연과 제를 멸하는 것이오. 이제 장군은 나를 도와주시기 바랍니다."

하고 공략책을 물었다.

그러나 이좌거는 "패한 장수는 병법을 논하지 않는 법입니다."하며 입을 굳게 다물었다.

한신이 재삼 정중히 청하자 그는 "패장이 듣기로는 '지혜로운 사람이라도 많은 생각을 하다 보면 반드시 하나쯤은 실책이 있다고 했습니다.' 그러니, 패장의 생각 가운데 하나라도 득책이 있으면 이만다행이 없을까 합니다."

하고, 한신에게 방책을 내놓았다.

그 후 이좌거는 한신의 참모가 되어 크게 공헌하였다.

활용의 예 사람이란 완전할 수 없는 것이다. 그래서 천 가지 좋은 계책을 내놓으면 한 가지 정도의 실수는 있게 마련이다. **천려일실**이라지 않던가?

천의무봉 天衣無縫

[자해字解] 天 하늘 **천**. 衣 옷 **의**. 無 없을 **무**. 縫 꿰맬 **봉**.

[출전出典] 《영괴록(靈怪錄)》

[의미意味] 하늘나라 사람의 옷은 솔기나 바느질 한 흔적이 없다는 뜻으로 시가(詩歌)나 문장 따위가 매우 자연스럽게 잘 되어 흠이 없음을 비유한 말.

　곽한이란 사나이가 더위를 식히기 위해 뜰에 나와 낮잠을 즐기고 있었다. 그 때 하늘에서 젊고 아름다운 여자가 훨훨 내려왔다. 곽한은 놀라 몸을 일으켜

　"아니, 당신은 누구시오?"

　라고 묻자 여자는

　"저는 하늘에게 온 직녀로 잠시 땅을 내려온 것입니다."

　곽한이 가까이 다가가 훑어보니 그녀의 옷 어느 곳에도 꿰맨 자국이 없었다. 아무리 생각해도 이해할 수가 없어

　"그런데 이 옷은 꿰맨 자국이 없으니 어찌된 일이오?"

　하고 그 까닭을 물어본 즉 천녀는 이렇게 대답했다.

　"저희들이 입은 천의라는 것은 원래 실이나 바늘을 사용하지 않는답니다."

　곽한은 황홀한 그녀의 옷에 반해 입을 다물지 못했다.

　활용의 예　그는 단추도 장식도 없는 '천의무봉'을 만들어냈다.

　"모시 고유의 느낌을 살리기 위해 깨끼 바느질을 했습니다. 바늘이 어디로 들어왔다 어디로 나갔는지 모르겠다고 모두 감탄하더군요."

천재일우 千載一遇

[자해字解] 千 일천 **천**. 載 실을 **재**. 一 한 **일**. 遇 만날 **우**.
[출전出典] 《文選》〈袁宏 三國名臣序贊〉
[의미意味] 천 년[千載]에 한 번 만날 수 있는 기회란 뜻으로, 좀처럼 만
나기 어려운 기회를 이르는 말.

동진의 원굉은 동양태수를 역임한 학자로서 여러 문집에 시문 300여 편이나 남긴 사람이다. 특히 유명한 글은 《문선》에 수록된 〈삼국 명신서찬〉이다. 이것은 《삼국지》에 실려 있는 유명한 신하 20명이 나라를 위해 한 일을 쓴 글이다.

글 속에서 위나라의 순문약을 찬양한 글에서 원굉은 '대저 백락을 만나지 못하면 천 년이 지나도 천리마 한 필을 찾아내지 못한다'고 적고, 참으로 옳은 임금과 좋은 신하가 만나는 일이 결코 쉽지 않다고 쓰고 있다.

대저 만 년에 한 번의 기회는 이 세상의 통칙이며
천 년에 한 번의 만남은 현군과 명신의 진귀한 해후다

이 세상의 사람들은 쉽게 만나고 쉽게 헤어지곤 하지만, 참된 만남이란 구리 쉽지는 않는 법이다. 말 한 필을 만나는 것이 천년에 한 번 있을 수 있는 일이라면 친구 하나를 만나는 일은 얼마나 더 어려운 일이겠는가?

활용의 예 저 멍청한 사람은 **천재일우**의 기회를 차버리고 그만

영영 헛된 세월만 보내고 있는 것을 보게.

철부지급 轍鮒之急

[자해字解] 轍 바퀴 **철**. 鮒 붕어 **부**. 之 갈 **지**. 急 급할 **급**.
[출전出典] 《장자(莊子)》 외물(外物)
[의미意味] 수레바퀴 자국 속에 있는 붕어의 위급함이라는 뜻으로, 곤궁한 처지나 다급한 위기를 비유한다.

장주라는 사람은 집안이 매우 가난하여 어느 날 먹을 쌀을 꾸러 감하후에게 갔다.

"내가 지금 이렇게 사정이 급박하니 제발 쌀을 좀 빌려주시오."

그러나 감하후는 장주가 쌀을 빌려가 언제 가져올지 몰라 거절하고 싶었다. 그렇게 마음을 정하고는 방법을 찾아 말했다.

"빌려주지요. 며칠 후에 영지에서 세금이 걷히면 당신에게 3백금을 빌려주겠소."

이 말을 들은 장주는 화를 벌컥 내며 이런 비유를 들어 말했다.

"내가 어제 오는데 나를 애타게 부르는 소리가 들려 바라보니, 수레바퀴가 지나간 자국 속에 붕어가 있었소. 내가 붕어에게

'무슨 일이냐?' 고 묻자, 붕어는 다급한 목소리로

'나는 동해의 신하입니다' 라고 하면서

'제발 몇 잔의 물로 저를 좀 살려주십시오.' 하고 사정을 했소. 그래서 나는 말하기를,

'나는 지금 오나라의 월나라 왕에게 유세하러 가는 중이니, 서강의 물을 여기까지 길어다가 그대를 살려 주도록 하겠소.' 라고 했소. 그러자 붕어가 이렇게 말했지요.

'나에게 필요한 것은 겨우 몇 잔의 물이거늘 당신은 이렇게 말하는군요. 그렇다면 나를 건어물 파는 곳에서 찾는 것이 나을 것입니다.' 하고 말하더군요."

장주의 이런 비유를 듣고 감하후는 아무 변명도 하지 못했다

활용의 예 차비가 없어 집에 돌아 갈 수 없으니 도와 달라는 사람에게 용돈이 생기면 주겠다고 한다면 **철부지급**이 아니겠소.

청운지지 靑雲之志

【자해字解】 靑 푸를 **청**. 雲 구름 **운**. 之 어조사 **지**. 志 뜻 **지**.
【출전出典】 《당시선(唐詩選)》
【의미意味】 청운의 뜻. 푸른 구름의 뜻을 품다. 청운은 높은 벼슬을 가리키는 말로 청운의 뜻은 입신출세의 대망(大望)을 의미함.

당나라 초기의 시인 왕발의 등왕각시서에 나온 대목이다.

"곤궁한 때에는 더욱 더 뜻을 굳게 가져 청운의 뜻을 버리지 않는다"

여기서 '청운의 뜻' 은 입신출세하려는 야망을 뜻한다. 같은 당나라 초기의 시인으로 왕발보다 24세 연하인 장구령의 오언절구에도 청운지지(靑雲之志)가 나오는데 왕발과 같은 뜻으로 쓰고 있다.

"옛날에는 청운의 뜻을 품고 있었지만
어느 사이에 백발의 나이 되었구나
누가 생각이나 했었으랴 거울 속에서
나와 내 그림자가 서로 불쌍히 여기게 되리라고"

이 시는 젊었을 때 청운의 뜻을 품어 재상의 자리에까지 올랐던
지은이가 늙어서는 지난날을 돌아보고 아쉬움을 토로하고 있는 것이다.

활용의 예 재상까지 지내고 난 지은이는 그래도 아쉬움이 남아서
청운의 뜻을 품었지만, '나와 내 그림자가 서로 불쌍히 여기게 되리
라고' 생각하지 못했다고 아쉬워하고 있으니 과연 우리는 어떨까?

청천백일 青天白日

[자해字解] 青 푸를 **청**. 天 하늘 **천**. 白 흰 **백**. 日 날 **일**.
[출전出典] 《唐宋八 家文》〈韓愈 與崔群西〉,《朱子全書》〈諸子篇〉
[의미意味] 푸른 하늘에 쨍쨍하게 빛나는 해라는 뜻.
    ① 맑게 갠 대낮.
    ② 뒤가 썩 깨끗한 일.
    ③ 원죄가 판명되어 무죄가 되는 일.
    ④ 푸른 바탕의 한복판에 12개의 빛살이 있는 흰 태양을 배치
    한 무늬.

당나라 중기의 시인이자 정치가인 한퇴지는 당송팔대가 중 명문

장가로 꼽혔던 사람이다. 한퇴지에게는 최군이라는 훌륭한 인품을 지닌 벗이 있었다. 한유는 외직에 있는 그 벗의 인품을 기리며 〈최군에게 주는 글〉을 썼는데 명문으로 유명한 글이다.

"사람들이 저마다 좋고 싫은 감정이 있을 터인데 현명한 사람이든 어리석은 사람이든 모두 자네를 흠모하는 까닭은 무엇일까? 봉황과 지초가 상서로운 조짐이라는 것은 누구나 다 알고 있는 일이며 '청천백일'이 맑고 밝다는 것은 노예인들 모를 리 있겠는가?"

하였다.

참으로 훌륭한 사람은 스스로 내세우고 자랑하지 않아도 저절로 알려지고 우러러보는 것이다. 물론 요즘은 자기 PR의 시대라고 하지만, 너무 설치고 요란한 PR은 도리어 자신을 업신여김을 당하게 하는 원인이 될 수 있다는 것도 알아야 한다.

이렇게 너무 설치는 사람을 우리는 흔히 '빈 깡통이 요란하다'고 한다던가?

활용의 예 아무리 모략을 하여도 하늘에 한 점 부끄러움이 없는 사람이라면 청천백일하에 드러나게 마련이다.

청출어람 靑出於藍

【자해字解】 靑 푸를 **청**. 出 날 **출**. 於 어조사 **어**. 藍 쪽 **람**.
【출전出典】 《荀子》〈勸學篇〉
【의미意味】 쪽[藍]에서 나온 푸른 물감이 쪽빛보다 더 푸르다는 뜻으로, 제자가 스승보다 더 나음을 이르는 말.

이 말은 전국 시대의 유학자로서 성악설을 창시한 순자의 글에 나오는 한 구절이다.

학문은 그쳐서는 안 된다.
푸른색은 쪽에서 취했지만
쪽빛보다 더 푸르고
얼음은 물이 이루었지만
물보다도 더 차다.

학문이란 끊임없이 계속되는 것이므로 중지해서는 안 되며 청색이 쪽빛보다 푸르듯이, 얼음이 물보다 차듯이 스승을 능가하는 학문의 깊이를 가진 제자도 나타날 수 있다는 말이다.

큰 학자이지만 제자들에게 자기를 넘어서는 제자가 되라고 이르는 용기를 가진 사람이다. 요즘은 대학 같은 경우 자신의 학설, 이론을 따르지 않는 제자는 배척당하고, 학설을 따르는 사람만을 모아 일종의 학파를 형성하려고만 하고 있다.
그러나 진정한 스승이라면 이렇게 청출어람을 기다리고 키워 나가는 사람이어야 한다고 본다. 아니 당연히 그런 제자가 나와야 제대로 된 스승이다.

활용의 예 진정한 스승의 밑에서 자란 제자라면 당연히 더욱 연구에 연구를 거듭하여서 **청출어람**을 이루어야 참된 제자라고 하겠다.

초미지급 焦眉之急

[자해字解] 焦 태울 **초**. 眉 눈썹 **미**. 之 어조사 **지**. 急 급할 **급**.
[출전出典] 《五燈會元》
[의미意味] 눈썹에 불이 붙은 급한 상태. 아주 화급한 상태.

불혜선사는 이름 높은 스님이다. 그가 한 수행은 당대의 어느 고승보다 뛰어나다는 평을 받았다.

선사는 살아 있을 때에 사문으로부터 많은 질문을 받고 답해 주었다.

어느 날 스님에게 한 사문이 물었다.

"선사님, 이 세상에서 가장 다급한 상태가 많을 것입니다만, 어느 경지가 가장 다급합니까?"

하고 물으니 선사는 눈을 끔벅거리면서 사문을 바라 본 뒤에

"그것은 눈썹을 태우는 일이다."

하고 대답을 하였다. 눈에 보이지 않으면 급한 일을 알아채지 못하지만 눈썹이 타면 바로 눈앞에서 일어나는 일을 보고 가만히 있을 수는 없을 것이다.

그러한 스님이 왕명을 받고 대상국 지혜선사라는 절에 주지승으로 임명되었다. 어명을 받고 그는 사문을 불러 모아 물었다.

"내가 왕명을 받들어 주지로 가는 것이 옳으냐, 아니면 이곳에 눌러 앉아 불도에 정진함이 옳으냐?"

아무도 대답하는 자가 없었다. 그러자 선사는 붓을 들어 계를 썼다. 그리고는 사르르 눈을 감더니 앉은 채 입적하고 말았다.

활용의 예 영주네 가게에 불이 났는데 **초미지급**한 일은 119에 신고하는 일이지 물건을 끌어내는 일은 아닐 것이다.

촌철살인 寸鐵殺人

【자해字解】 寸 마디 **촌**. 鐵 쇠 **철**. 殺 죽일 **살**. 人 사람 **인**.
【출전出典】 나대경(羅大經)의 《鶴林玉露》
【의미意味】 '촌철'은 손가락 한 개 폭 정도의 무기를 뜻한다. '촌철살인'은 날카로운 경구(驚句)를 비유한 것으로, 상대방의 허를 찌르는 한 마디의 말이 수천 마디의 말을 능가한다는 뜻임.

남송에 나대경이라는 학자가 있었다. 그가 밤에 집으로 찾아온 손님들과 함께 나눈 담소를 기록한 것이 《학림옥로》이다. 거기에 보면 종고선사가 선에 대해 말한 대목에서

"어떤 사람이 무기를 한 수레 가득 싣고 왔다고 해서 살인을 할 수 있는 것이 아니다. 나는 오히려 한 치도 안 되는 칼만 있어도 사람을

죽일 수 있다."

고 설파하였다. 하긴 요즘은 촌철이 아닌 1/4 촌철인 총알이 사람을 죽이지만 말이다.

이 말은 참선의 본바탕을 파악한 말로, 여기서의 '살인'이란 물론 무기로 사람을 죽이는 것을 뜻하는 말이 아니다. 마음속의 속된 생각을 없애고 깨달음에 이름을 의미한다. 번뇌를 없애고 정신을 집중하여 수양한 결과 나오는 아주 작은 것 하나가 사물을 변화시키고 사람을 감동시킬 수가 있는 것이다.

우리나라 최고의 스님 중 한 분인 원효스님 같은 분은 갈증이 나서 마신 물 한 바가지 때문에 득도하셨다고 전하지 않는가?

활용의 예 콩트라는 글의 형식이 있다. 아주 짧은 글 속에 촌철살인을 하는 표현으로 글의 효과를 극대화시킨 것이다.

치인설몽 癡人說夢

[자해字解] 癡 어리석을 **치**. 人 사람 **인**. 說 말씀 **설**, 달랠 **세**. 夢 꿈 **몽**.
[출전出典] 《冷齋夜話》〈卷力〉, 《黃山谷題跋》
[의미意味] 바보에게 꿈 이야기를 해준다는 뜻.
　　　① 어리석기 짝이 없는 짓의 비유.
　　　② 종작없이 지껄이는 짓의 비유.
　　　③ 이야기가 상대방에게 이해되지 않음의 비유.

남송의 석혜홍이 쓴 《냉재야화》에 실려 있는 이야기이다.

당나라 시대, 인도의 고승인 승가가 양자강과 회하 유역에 있는
지금의 안휘성 지방을 여기 저기 돌아다니며 수행할 때의 일이다. 승
가는 한 마을에 이르러 어떤 사람과 이런 문답을 했다.

"당신은 성이 무엇이오?"

"성은 하가요."

"어느 나라 사람이오?"

"하나라 사람이오."

승가가 죽은 뒤 당나라의 서도가 이옹에게 승가의 비문을 맡겼는
데, 그는 '대사의 성은 하 씨이고 하나라 사람이다' 라고 썼다. 이옹은
승가가 농담으로 한 대답을 진실로 받아들이는 어리석음을 범했던 것
이다.

하(何 :는 영어의 Hwat, Who, How에 해당하는 [무엇, 누구]의
뜻을 가진 글자)라는 글자의 뜻을 모르고 그것이 성이고, 나라의 이름
인줄 알았으니 참으로 엉터리가 아니고 무엇인가? 그래서 그를 이야

그러나, '치인설몽' 이란
말은 요즈음에는 본뜻과
는 반대로 [바보(치인)가
'종작없이 지껄인다']는
뜻으로 쓰이고 있음.

기하면서 " '이는 곧 이른바 어리석은 사람에게 꿈
을 이야기한 것이다.' 이옹은 결국 꿈을 참인 줄 믿
고 말았으니 참으로 어리석은 사람이 아닐 수 없
다."

활용의 예 도무지 외국어를 모르는 사람에게 영어나 불어로 말을
해서 알아듣기나 하겠어? **치인설몽**이지……

타산지석 他山之石

[자해字解] 他 다를 타. 山 메 산. 之 갈 지(…의). 石 돌 석.
[출전出典] 《詩經》〈小雅篇〉
[의미意味] 다른 산의 거친(쓸모없는) 돌이라도 옥(玉)을 가는 데에 소용
이 된다는 뜻.
① 다른 사람의 하찮은 언행일지라도 자기의 지식이나 인격을
닦는 데에 도움이 됨의 비유.
② 쓸모없는 것이라도 쓰기에 따라 유용한 것이 될 수 있음의
비유.

이 말은《시경》에 나오는 다음과 같은 시의 한 구절이다.

즐거운 저 동산에는
박달나무 심겨 있고
그 밑에는 닥나무 있네.
다른 산의 돌이라도
이로써 옥을 갈 수 있네.

공자님 같은 성인이라도 "세 사람이 함께 길을 가면 나를 뺀 모든
사람은 나의 스승이다."

라고 하셨다. 그렇게 훌륭한 성인이 다른 사람과 함께 길을 가는
데 어찌하여 그들이 스승이 된다는 말인가? 그것은 "잘하는 일을 하
는 사람은 나도 그렇게 해야겠다고 가르치는 스승이고, 잘못을 하는
사람은 나는 저렇게 해서는 안 되겠구나 하게 가르쳐 준 스승이 된
다."는 말에서 진정으로 배우려는 사람의 자세를 알 수 있을 것이다.

여기에서 다른 사람에게서 배우는 자세, 그것이 바로 타산지석(他山之石)이 되는 것이다.

활용의 예 길가에서 구걸을 하는 사람이라도 그에게서 배울 점은 있는 것이라는 가르침은 남의 경험을 **타산지석**(他山之石)으로 삼아라는 가르침인 것이다.

토사구팽 兔死狗烹

[자해字解] 兔 토끼 **토**. 死 죽을 **사**. 狗 개 **구**. 烹 삶을 **팽**.
[출전出典] 《史記》〈淮陰侯列傳〉, 《十八史略》, 《韓非子》〈內儲說篇〉
[의미意味] 토끼 사냥이 끝나면 사냥개는 삶아 먹힌다는 뜻. 곧 쓸모가 있을 때는 긴요하게 쓰이다가 쓸모가 없어지면 헌신짝처럼 버려진다는 말.

한나라의 고조 유방은 항우를 물리치자, 한나라를 세우는데 가장 큰공을 세운 세 사람 소하, 장량을 크게 상주고 한신을 초왕에 책봉했다.

그런데 이듬해, 항우의 장수이었던 종리매라는 장수가 한신에게 몸을 의탁하고 있다는 사실을 알게 되었다. 지난날 종리매에게 고전한 악몽이 되살아난 고조는 크게 노했다. 그래서 한신에게 당장 압송하라고 명했다.

그러나 종리매와 오랜 친구인 한신은 고조의 명령을 어기고 오히려 그를 숨겨 주었다. 거기다가 고조에게 '한신은 반심을 품고 있다'는 상소가 올라왔다. 이만저만 화가 난 고조는 참모 진평이 말한 계획대로 제후들에게 이렇게 명했다.

"제후는 초나라 땅의 진에서 대기하다가 운몽호로 지나가는 짐을 따르도록 하라."

한신을 진에서 포박하든가 나오지 않으면 제후의 군사로 목을 칠 계획이었다.

고조의 명을 받자 한신은 예삿일이 아니라는 것을 알아차렸다. 그래서 '아예 반기를 들까?'

하고 생각도 해 보았지만 '죄가 없는 이상별일 없을 것'이라고 믿고 순순히 고조를 배알하기로 했다. 그러나 결코 안심을 할 수는 없었다. 그러던 어느 날, 교활한 신하 하나가 한신에게 속삭이듯 말했다.

"종리매의 목을 가져가시면 폐하께서도 기뻐하실 것이옵니다."

한신이 이 이야기를 하자 종리매는 크게 노했다.

"고조가 초나라를 치지 않는 것은 자네 곁에 내가 있기 때문일세. 그런데도 자네가 내 목을 가지고 고조에게 가겠다면 당장 내 손으로 잘라 주지. 하지만 그땐 자네도 망한다는 걸 잊지 말게."

종리매는 친구 한신을 위해 스스로 목숨을 끊고 말았다. 한신은 그 목을 가지고 고조를 배알했다. 그러나 한신은 역적으로 포박 당하자 그는 분개하여 이렇게 말했다.

"교활한 토끼를 사냥하고 나면 좋은 사냥개는 삶아 먹히고, 하늘 높이 나는 새를 다 잡으면 좋은 활은 곳간에 처박히며, 적국을 쳐부수고 나면 지혜 있는 신하는 버림을 받는다고 하더니 한나라를 세우기 위해 분골쇄신한 내가, 이번에는 고종에게 죽게 되었구나."

하고 한탄을 하였다. 그러나 고조는 한신을 죽이지 않고 회음이라는 작은 지방의 제후로 좌천시킨 뒤 그곳으로 보내지 않고 도읍인 장안에서 나가지 못하게 활동을 제한했다.

활용의 예 나라를 일으킨 제왕이나 심지어는 요즘의 정치를 하는 사람들도 선거라는 큰 고비를 넘기고 나면 흔히 '**토사구팽**' 을 당했다는 사람들을 만나게 된다. 요긴하게 쓰고 나서 제 대접을 못 받은 섭섭함 때문이다.

파죽지세 破竹之勢

[자해字解] 破 깨뜨릴 , 깨어질 **파**. 竹 대나무 **죽**. 之 갈 **지**. 勢 기세 형세 **세**

[출전出典] 《晉書》〈杜預專〉

[의미意味] 대나무를 쪼개는 기세라는 뜻.
   ① 맹렬한 기세.
   ② 세력이 강대하여 적대하는 자가 없음의 비유.
   ③ 무인지경을 가듯 아무런 저항도 받지 않고 진군함의 비유.

위나라의 사마염은 원제를 폐한 뒤 스스로 제위에 올라 국호를 진이라고 했다. 이리하여 천하는 3국 중 유일하게 남아 있는 오나라와 진나라로 나뉘어 대립하게 되었다. 이윽고 무제는 진남 대장군 두예에게 출병을 명했다.

이듬해 두예는 무창을 점령한 뒤 부하 장수들과 오나라를 한 번에 쳐부술 마지막 작전회의를 열었다. 이 때 한 장수가 건의를 하였다.

"지금 당장 오나라의 도읍을 치기는 어렵습니다. 이제 곧 잦은 봄비로 강물은 범람할 것이고, 또 언제 전염병이 발생할지 모르기 때문입니다. 그러니 일단 철군했다가 겨울에 다시 공격하는 것이 어떻겠습니까?"

"그럴듯한 말입니다. 우리는 멀리 왔고, 저쪽은 자기의 영지입니다. 만약 홍수가 진다고 해도 우리보다는 저쪽이 지리도 잘 알고 유리할 것입니다."

찬성하는 장수들도 많았으나 두예는 단호히 말했다.

"그건 안 될 말이오. 지금 아군의 사기는 마치 '대나무를 쪼개는 기세' 요. 대나무란 처음 두세 마디만 쪼개면 그 다음부터는 칼날이 닿기만 해도 저절로 쪼개지는 법인데, 어찌 이런 절호의 기회를 버린단 말이오."

이렇게 말한 두예는 곧바로 휘하의 전군에게 명령하였다.

"지금 우리는 오나라를 무너뜨릴 기회를 맞았다. 너희들 앞에서 오나라 군사들은 겁을 집어먹고 달아나기에 바쁠 것이다. 자 가자 건업으로……."

진나라는 전군을 휘몰아 오나라의 도읍 건업으로 쇄도하여 단숨에 공략했다. 제대로 싸워 보지도 못하고 오왕 손호가 항복함에 따라 마침내 진나라는 삼국통일을 이루어 삼국 시대를 끝내고 말았다.

활용의 예 월드컵에서 우리 선수들은 적진을 **파죽지세**로 몰아 붙여서 결국 2:0이라는 승리를 국민에게 안겨 주었다.

패군지장 敗軍之將

[자해字解] 敗: 질 **패**. 軍 군사 **군**. 之 갈 **지**. 將 장수 **장**.
[출전出典] 《사기(史記)》 화음후열전
[의미意味] 싸움에 진 장수는 병법을 말하지 않는다는 뜻으로 패한 자는
　　　　　 구차한 변명을 늘어놓지 않는 다는 말.

　한나라의 유방이 위나라를 공격한 다음 그 기세를 모아 조나라로
계속 진격했다. 그러나 우물처럼의 좁은 길을 통과하는 것이 큰 문제
였다.

　한편 조나라에는 광무군 우좌차라는 병법가가 있어 한신의 부대
가 좁은 길을 들어섰을 때 일격에 쳐부수어야 한다고 주장했으나 성
안군은 이를 듣지 않았다.

　이 때문에 한신은 이 좁은 길을 무사히 쉽게 돌파하여 조를 무너
뜨릴 수 있었다.

　이윽고 광무군 이좌차가 한신에게 끌려 나왔을 때 한신은 그를 극
진히 대접하면서 연과 제를 쉽게 칠 수 있는 전략을 가르쳐 달라고 말
했다. 이에 이좌차는, "패한 군대의 장수는 병법을 말하지 말며, 망국
의 대부는 국가의 보존을 도모치 않는다고 했습니다. 싸움에 패한 자
가 어찌 대사를 꾀하겠습니까"라고 말하면서 사양했다.

　그러나 한신은, "만약 성안군이 이좌차의 전략을 따랐다면 내가
당신의 포로가 되었을 것이 아니오"라고 말하면서 진심으로 그의 고
견을 청했다.

　한신의 인간미에 감탄한 이좌차는 마침내 협력을 하여, 연, 제를
토벌하기 위한 술책을 논하여 차례로 정복할 수 있게 도왔다.

활용의 예 언제나 경기에 지고 나면 이러쿵저러쿵 말들이 많다. 그러나 그 감독만은 패군지장이라는 생각으로 깊은 생각에 잠기기만 하였다.

평지파란 平地波瀾

[자해字解] 平 평평할 **평**. 地 땅 **지**. 波 물결 **파**. 瀾 난초 **란**.

[출전出典] 유우석 죽지가

[의미意味] 평평한 땅에 파도가 일어난다는 말로, 잘 되던 일을 일부러 어렵게 만들거나 또는 분쟁을 일으키기를 즐겨할 때 쓰는 말이다.

중국 당나라의 대표적 시인 유우석은 '죽지사'에서 이렇게 읊고 있다.

구당은 시끄럽게 열두 여울인데
사람들은 말하기를 길이 예로부터 힘들다고 한다.
사람들 마음이 물과 같지 않음을 길게 한탄하여
한가로이 평지에서 파란을 일으킨다.

이 시는 시인이 그 당시의 민간에 널리 불리는 노래를 바탕으로 하여 흥겹게 지은 시이다. 지금 댐을 막아서 호수가 되어 버린 삼협이라는 곳은 물을 거슬러 올라가기가 몹시 어려운 곳이었다. 그 중에서도 구당이란 곳은 열두 군데 여울이 있어서 배를 타고 지나면서 물소리에 겁을 집어 먹는 곳이다. 이렇게 배가 지나가기 어려운 곳이 많지만 그 보다 더 무서운 것은 사람들이 일으키는 풍파이다. 사실 바닷물은 따라 흐르면 되지만 사람들이 일으킨 풍파는 세상을 뒤집어 버리기도 하기 때문이다.

이 시는 양자강 뱃길을 따라 오르내리는 사람들 사이에서 불려지던 노래가 너무 속된 것이어서 유우석이 알맞게 바꾼 노래라고 알려져 있다.

활용의 예 가만히 있는 사람을 들쑤셔서 **평지풍파**를 일으킨 까닭은 무엇이냐?

포호빙하 暴虎馮河

[자해字解] 暴 사나울 폭(관용) **포**. 虎 범 **호**. 馮 탈 **빙**. 河 물 **하**.
[출전出典] ≪論語≫ 〈述而篇〉
[의미意味] 맨손으로 범에게 덤비고 걸어서 황하를 건넌다는 뜻. 곧 무모한 행동. 죽음을 두려워하지 않는 무모한 용기의 비유.

공자의 3000여 제자 중 안회는 학문이 뛰어나고 덕행이 높아 공자가 가장 아끼던 제자였다. 젊은 나이에 죽자 공자가 몹시 슬퍼하였던 제자이다. 어느 날 공자는 안회에게 "왕후에게 등용되면 포부를 폈는데 받아들여지지 않는다면 이를 가슴 깊이 간직해 두기는 여간 어려운 일이 아니다. 하지만 그렇게 할 수 있는 이는 나와 너 두 사람 정도일 것이다."

이 때 곁에서 듣고 있던 자로가 은근히 샘이 났다. 자로와 안회는 자웅을 다툴 만큼 뛰어난 제자로 공자의 사랑을 받고 있었기 때문이었다.

그는 나서 공자에게 "선생님, 도를 행하는 것은 그렇다 치고 만약 대군을 이끌고 전쟁에 임할 때 선생님은 누구와 함께 가시겠습니까?" 하고 물었다.

이렇게 물은 것은 병법이나 군사에 대한 것은 늘 자신이 있었기 때문에 안회가 아닌 자기가 제일이라는 말을 듣고 싶었던 것이다.

그래서 자로는 당연히 공자의 입에서 "그야 물론 너지."라는 말이 떨어지기를 기대했던 것이다. 그러나 공자는 굳은 얼굴로 이렇게 대답했다.

"맨손으로 범에게 덤비거나 황하를 걸어서 건너는 것과 같은 헛된 죽음을 후회하지 않을 자와는, 나는 행동을 같이하지 않을 것이다."

한 마디로 자로의 헛된 자랑과 내세움을 꾸짖어 버린 것이었다.

활용의 예   네가 제 아무리 용기가 있다고는 하지만, 레슬링 선수에게 도전을 하는 짓은 포호빙하라는 것쯤은 알아야 할 게 아니냐?

풍성학려 風聲鶴唳

[자해字解] 風 바람 풍. 聲 소리 성. 鶴 : 학 학. 唳 학울 려.
[출전出典] ≪晉書≫, ≪謝玄載記≫
[의미意味] 바람 소리와 울음소리란 뜻으로, 겁을 먹은 사람이 하찮은 일이나 작은 소리에도 몹시 놀람의 비유.

동진 효무제 때의 일이다. 오호 십육국 중 전진 부견이 100만 대군을 이끌고 쳐들어오자, 효무제는 재상 사안의 동생인 사석과 조카인 사현에게 8만의 군사를 주고 나가 싸우게 했다.

처음에 참모인 유로지가 5000의 군사로 적의 선봉을 격파하여 멋진 승리를 하자 크게 용기를 얻었다.

이 때 중군을 이끌고 비수 강변에 진을 치고 있던 부견은 부하 장수들에게 "전군을 약간 후퇴시켰다가 적이 강 한복판에 이르렀을 때 돌아서서 반격하라."라고 명령했다.

명령을 따라 후퇴를 하게 된 군사들은 이유를 알지 못하였다. 그래서 적군이 강의 한 복판에 이르렀을 때, "자, 전군을 방향을 돌려서 강을 건너는 적군을 공격하라."하고 명령을 내렸지만, 다시 돌려세우기는 쉽지 않았다.

일단 후퇴 길에 오른 전진군은 반격은커녕 멈춰 설 수도 없었다. 반대로 적의 어설픈 작전 덕분에 무사히 강을 건넌 동진군은 사정없이 전진군을 들이쳤다.

"아직 진을 찾지 못했다 무작정 전진하라."

갈팡질팡하는 명령에 대혼란에 빠진 전진군은 자기들 끼리 서로 밟고 밟혀 죽는 군사가 들을 덮고 강을 메웠다. 이 지경에 이르자 겨우 목숨을 건진 전진의 군사들은 겁을 먹은 나머지 '바람 소리와 학의 울음' 소리만 들어도 동진의 군사들이 추격해 온 줄 알고 도망가기 바빴다고 한다.

활용의 예 황우석교수의 논문조작 사건이 터지자 정치권까지 들썩이면서 우리나라의 모든 논문에 대한 검열이 강화되었다. 이것이야말로 **풍성학려**의 격이라고 할만하다.

필부지용 匹夫之勇

[자해字解] 匹 필필, 짝필. 夫 지아비 **부**. 之 갈 **지**. 勇 용감할 **용**.
[출전出典] 《맹자(孟子)》
[의미意味] 소인의 혈기에서 나오는 경솔한 용기.

제선왕이 맹자에게 물어 보았다.

"이웃나라와 사귀는 데 좋은 방법이 있습니까?"

맹자가 말하기를

"있습니다. 오직 인자라야 능히 큰 나라로써 작은 나라를 섬길 수 있습니다."

"큰 나라가 작은 나라를 섬기다니요?"

"은나라 탕왕이 갈 나라를 섬기고, 주문왕이 곤이를 섬겼습니다."

"그렇다면 저와 같이 작은 나라는 어찌합니까?"

"오직 지혜 있는 왕이라야 작은 나라로써 큰 나라를 섬길 수 있습니다. 주태왕이 훈육을 섬기고, 월왕 구천이 오나라를 섬겼습니다. 큰 나라로써 작은 나라를 섬기는 것은 하늘의 도를 즐기는 것이요, 작은 나라로써 큰 나라를 섬기는 것은 하늘의 도를 두려워하는 것입니다."

"그러면 도를 즐기는 사람이 되어야 합니까? 두려워하는 사람이 되어야 합니까?"

"하늘의 도를 즐기는 사람은 천하를 편안케 하고, 하늘의 도를 두려워하는 사람은 자기 나라를 편안케 하는 것입니다."

"시경에서는 이르기를 하늘의 위엄을 두려워하여 길이 나라를 편안케 하도다라고 있나이다."

"그런데 과인에게는 한 가지 병이 있으니 과인은 용기를 좋아하나이다."

"왕께서는 제발 작은 용기를 좋아하시는 일이 없도록 하소서. 칼자루를 어루만지고 노려보면서 '제가 어찌 감히 나를 당해낼 것이냐?' 하신다면, 이는 필부의 용기입니다. 이는 곧 한 사람을 대적함이니, 왕께서는 제발 용기를 크게 부리소서."

하자, 제선왕은 비로소 자신의 헛된 꿈을 접을 수밖에 없었다.

활용의 예 큰 나라가 작은 나라를 치는 것은 **필부지용**일 뿐이니 함부로 전쟁을 일으키지 마시기 바랍니다.

한단지몽 邯鄲之夢

【자해字解】 邯 땅 이름 **한**. 鄲 땅 이름 **단**. 之 갈 **지**(…의). 夢 꿈 **몽**.
【출전出典】 심기제(沈旣濟)의 ≪枕中記≫
【의미意味】 한단에서 꾼 꿈이라는 뜻으로, 인생의 덧없음과 영화(榮華)의 헛됨의 비유.

당나라 현종 때의 이야기이다. 도사 여옹이 한단의 한 주막에서 쉬고 있는데 행색이 초라한 젊은이가 옆에 와 앉더니 "산동에서 사는 노생이라 합니다."하며 신세 한탄을 하더니 졸기 시작했다. 여옹이 젊은이의 신세가 불쌍하여 보따리 속에서 양쪽에 구멍이 뚫린 도자기 베개를 꺼내 주자 노생은 그것을 베고 깊은 잠이 들었다.

노생이 꿈속에서 베개 구멍이 점점 커지는 것을 이상히 여기며 보고 있으니 자기가 들어갈 만큼 커지는 것이었다. 그 베개의 구멍 속으로 들어가 보니 고래등같은 기와집이 있었다.

노생은 최씨로서 명문집안인 그 집에 머물게 되었다. 그러다가 그 집 딸과 결혼하고 과거에 급제한 뒤 벼슬길에 나아가자 승진도 순조로웠다.

서울 시장쯤의 자리에 올랐다가 어사대부 겸 내무부차관이 되었다. 그러나 부총리격인 재상이 투기하는 바람에 단주 자사로 좌천되고 말았다. 3년 후 재무부장관쯤이 되어 조정에 돌아 온지 얼마 안 되어 마침내 재상이 되었다. 그 후 10년간 노생은 황제를 잘 보필하여 태평성대를 이룩한 명재상으로 이름이 높았다.

그러나 어느 날, 갑자기 역적으로 몰렸다. 변두리의 장군과 역적모의를 꾀했다는 것이다. 노생은 묶여서 끌려가는 자리에서 탄식하여 말했다.

"내 고향 산동에서 땅뙈기나 부쳐 먹고 농군으로 살았더라면 이런 억울한 누명은 쓰지 않았을 텐데, 무엇 때문에 애써 벼슬길에 나갔던가? 차라리 누더기를 걸치고 한단의 거리를 걸을 때가 그립구나. 그러나 이제 와서 후회한들 무슨 소용이 있겠는가……."

하고, 신세 한탄을 하며 칼을 들어 자결하려 했다. 아내와 아들이 말리는 바람에 죽을 수도 없었다. 노생과 함께 잡힌 사람들은 모두 처형을 당했다. 그는 환관이 힘써 준 덕분에 사형을 면하고 멀리 귀양을 갔다.

수년이 지난 뒤에 억울한 누명임이 밝혀지자 황제는 노생을 다시 불러서 중서령이란 벼슬을 내리고, 연국공에 책봉하고 많은 은총을 내렸다. 그 후 노생은 모두 권문세가와 혼인하고 고관이 된 다섯 아들과 열 손자를 거느리고 행복한 만년을 보내다가 황제의 어의가 지켜

보는 가운데 80년의 생애를 마쳤다.

노생이 깨어 보니 꿈이었다. 옆에는 여전히 여옹이 앉아 있었고 주막집 주인이 짓고 있는 기장밥도 아직 다 되지 않았다. 노생을 바라보고 있던 여옹은 웃으며 말했다.

"인생이란 다 그런 것이라네."

노생은 여옹에게 공손히 작별 인사를 하고 다시 고향을 찾아 한단을 떠났다.

활용의 예 사람이 살아가는 것이 늘 꿈 속 같다고는 하지만, 사실 모두가 **한단지몽**에서 벗어나지 못하면서 서로 헐뜯고 싸우고 하는 것이다.

한단지보 邯鄲之步

[자해字解] 邯 땅이름 **한**. 鄲 나라이름 **단**. 之 어조사 **지**. 步 걸음 **보**.
[출전出典] 《장자(壯者)》秋水篇(추수편)
[의미意味] 자기의 본분을 잊고 남의 흉내를 내면 양쪽 다 잃게 된다.

장자의 선배 위모와 공손용과 문답형식으로 된 이야기에서 나온 말이다. "당신은 수릉의 젊은 사람이 조나라 서울 한단으로 배우러 갔던 이야기를 듣지 못했는가?"

"한단으로 배우러 간 것이 무엇이 잘못이란 말인가?"

"그 젊은 사람은 아직 조나라 걸음걸이를 다 배우기도 전에 원래

걷고 있던 걸음걸이마저 잊고 설설 기며 겨우 고향으로 돌아갔다지 않는가?"

"그게 무슨 말인가?"

"조나라의 걸음걸이도 익히지 못한 사람이 한단에 가서 한단의 걸음걸이를 배우다 보니 한단의 걸음걸이도 아니고 조나라 걸음걸이도 못 배운 탓에 기어 다닐 수밖에 없었다는 말일세. 자네도 당장 자네의 방법을 버리고 다른 것을 배우려다 가는 그대의 것마저 잃게 될 걸세."

공손용은 자신의 생각이 잘못임을 깨닫고, 정신을 차리지 못하고 멍하니 생각에 잠기다가 그냥 달려서 도망치고 말았다.

조나라는 큰 나라이고 한단은 그 나라의 서울이었다. 작은 연나라의 시골 수릉의 젊은이가 대도시를 동경하여 한단의 걸음걸이를 배우려다가 자기가 걷던 걸음걸이마저 잊고 엉금엉금 기는 시늉을 하며 돌아왔다는 이야기다

활용의 예 요즘 조기 유학이니 뭐니 해서 국외로 나가는 젊은이들이 많다. 다만 걱정은 우리 민족의 고유한 의식도 여물지 않은 아이들이 외국에 나가서 **한단지보**가 되지 않을까 걱정이다.

합종연횡 合縱連橫

【자해字解】 合 합할 **합**. 縱 세로 **종**. 連 이을 **연**. 橫 가로 **횡**.

【출전出典】 《사기(史記)》

【의미意味】 공수(攻守)동맹의 뜻, 남북으로 합류하고 동서로 연합한다는
뜻으로, 강적에 대항하기 위한 권모술수의 전략을 말함.

외교 전략의 한 방법으로 춘추전국시대, 소진과 장의가 주장했던
두 가지 방책을 합한 말이다.

전국시대에는 이른바 칠웅(일곱 영웅이 이끄는 일곱 나라)이 중국
을 나누어 갖고 있던 시대이다. 그런데 서쪽에는 진나라가 대부분을
차지하고 있었고, 동쪽으로 나머지 여섯 나라가 남북으로 줄지어 있
었다. 이러한 형편에 있을 때에 소진은 남북으로 늘어선 여섯 나라가
힘을 합해서 진나라와 싸워야 한다는 주장이었다.

이렇게 해야 동쪽의 여섯 나라가 살 수 있다고 주장하여 이를 남
북이 힘을 합한다 해서 '합종' 이라 불렀다. 이에 맞서서 장의는 약한
나라끼리 합종을 해서 전쟁을 하는 것보다는 강한 진나라와 화친하여
불가침 조약을 맺는 것이 백성들이 안전한 길이라고 주장하여 이를
동서로 연합을 한다고 해서 '연횡' 이라 불렀던 것이다. 그러나 사실
상 연횡은 작은 여섯 나라가 각각 진나라의 지배를 받자는 것이나 다
름없었다.

소진이 먼저 이 '합종책'을 들고 나와 6국의 군사 동맹을 성공시
킨 다음 그 공로로 6국의 재상직을 한 몸에 겸하고 자신 은 종약장이

되어 6국의 왕들이 모인 자리에서 의장 노릇을 하게 되었다. 소진이 작은 여섯 나라의 우두머리가 된 것이다.

장의는 이 정책을 깨뜨리기 위해 각국을 개별적으로 찾아다니며 진나라와의 연합하는 것만이 안전한 길이란 것을 설득시켜 소진의 합종책이 사실상 그 효력을 발휘할 수 없게 만들었다.

그래서 제자백가 중 외교무대에서 세 치 혀로 활약하는 사람들을 가리켜 종횡가라고 한 것도 이 합종연횡에서 나온 이름이라 한다.

활용의 예 군소 정당이 국회를 점령한 독일에서는 **합종연횡**이 이루어져 가장 많은 의석을 가진 당을 물리치고 소수당의 연합이 정권을 잡고 말았다.

해로동혈 偕老同穴

[자해字解] 偕 함께 **해**. 老 늙을 **로**. 同 같을 **동**. 穴 구멍 **혈**.
[출전出典] 《시경(詩經)》
[의미意味] 살아서는 함께 늙고 죽어서는 같은 무덤에 묻힌다. 생사를 같이 하는 부부의 사랑의 맹세.

《시경(詩經)》에 실린 황하 유역에 있던 주민들의 민요에서 유래한 말이다.

죽으나 사나 만나나 헤어지나, 그대와 함께 하자 언약하였지. 그대의 손을 잡고, 그대와 함께 늙겠노라.

전쟁터에 나간 병사가 고향에 돌아갈 날을 기다리며 고향에 두고
온 아내를 생각하며 지은 노래다.
"아, 멀리 떠나 우리의 언약을 어기다니"로 끝맺는 슬픈 시다.
또 다른 시에는

살아서는 집이 다르나, 죽어서는 무덤을 같이 하리라.
나를 못 믿겠다 이를진데, 밝은 해를 두고 맹세하리라.

이 노래는 초에 의해 망한 식국이라는 작은 나라의 슬픈 이야기
다. 군주는 포로가 되고 부인은 초왕의 노리개가 되어 초나라 궁궐로
끌려갔다. 초왕이 잠시 자리를 비운 틈에 부인은 포로가 된 남편을 몰
래 만나,
"죽어도 이 몸을 타인에게 바칠 수 없다."
고 이 시를 지어 놓고는 자살을 하였고, 남편도 따라서 자살을 했
다고 전한다.

'해로동혈'이란 사랑하는 부부가 백년해로(百年偕老)하여 살다가
죽어서도 같은 무덤[同穴]에 묻히는 것을 의미한다.

활용의 예 부부의 연을 맺은 사람들은 누구나 **해로동혈**을 바라지
만 요즘은 이혼이라는 아픔을 안고 사는 사람이 너무 많아지고 있다.

형설지공 螢雪之功 - 형창설안 螢窓雪案

【자해字解】 螢 반딧불 형. 雪 눈 설. 之 어조사 지. 功 공 공.
【출전出典】《晉書》〈車胤·孫康傳〉
【의미意味】 어려운 환경 속에서도 열심히 공부함.

중국 역사상 12열국 중 동진은 문화가 가장 활짝 꽃피운 나라였다. 시에서는 유명한 도연명, 그림에는 고개지, 글씨에는 왕희지가 있으니 중국의 대표적인 사람들이 모두 이 나라 출신이다.

이 나라에 차윤이라는 선비가 있었다. 그는 어려서부터 공부하는데 취미를 붙여서 책을 많이 읽었다. 그러나 집안이 가난하여 책을 읽기 위해 불을 쓸 기름도 구하지 못하는 형편이었다. 그래서 차윤은 여름이 되면 깨끗한 비단 주머니를 만들어 그 속에다 수십 마리의 개똥벌레를 잡아넣고 밤이 되면 이것으로 책을 비추어 가며 읽기를 계속했다 그리하여 형창이란 말이 나왔으며, 그 결과 후에 벼슬이 상서랑에 이르렀다.

또 같은 시대에 손강이라는 사람이 있었다. 그는 젊어서부터 딴곳에 신경을 쓰지 않고 착하게 공부하는데만 정신을 쏟았다. 그러나 집안 형편이 어려워 등불을 밝힐 기름이 없었다. 할 수 없이 겨울이면 눈에 비추어서 책을 부지런히 읽었다. 그 결과 뒤에 벼슬이 대사헌에 이르렀다. 한자를 좋아하는 사람들이 책상을 설안이라고 부르는 것은 눈빛에 책을 읽은 이 사람의 한 일에서 따온 것이다.

활용의 예 학교를 졸업하는 졸업식장에는 흔히 **형설의 공**이라는 말을 붙이는데 이렇게 어렵게 공부를 했다고 칭찬하는 말이 되는 것이다.

호가호위 狐假虎威

[자해字解] 狐 여우 **호**. 假 거짓 **가**. 虎 범 **호**. 威 위엄 **위**.
[출전出典] ≪戰國策≫ 〈楚策〉
[의미意味] 여우가 호랑이의 위세를 빌어 다른 짐승을 놀라게 한다는 뜻으로, 남의 권세를 빌어 위세를 부림에 비유.

어느 날 선왕은 위나라에서 사신으로 왔다가 그의 신하가 된 강을에게 물었다.

"위나라는 물론 북방의 여러 나라가 우리 재상 소해휼을 두려워하고 있다는데 그게 정말이오?"

"그렇지 않사옵니다. 북쪽 여러 나라가 어찌 일개 재상에 불과한 소해휼 따위를 두려워하겠나이까. '호가호위'란 말이 있잖습니까?"

"호가호위라니?"

어느 날 호랑이한테 잡아먹히게 된 여우가 이렇게 말했답니다.

"만약 네가 나를 잡아먹으면 나를 모든 짐승의 우두머리로 정하신 하느님의 명령을 어기어 천벌을 받게 될 것이다. 만약 내 말을 못 믿겠다면 당장 내 뒤를 따라와 봐. 나를 보고 달아나지 않는 짐승은 단 한 마리도 없을 테니까."

그 말을 들은 호랑이는 여우의 말을 믿을 수가 없었습니다. 그래서 여우를 따라가 보았습니다. 과연 여우의 말대로 만나는 짐승마다 모두 정신없이 달아났습니다. 과연 여우가 무서워서 달아났겠습니까? 사실은 뒤에 따라오는 호랑이 자신을 조고 달아나고 있는 것을 전혀 생각지 못했던 것입니다. 지금도 마찬가지이옵니다. 지금 북쪽 여러 나라가 두려워하고 있는 것은 소해휼이 아니라 그 바로 전하의 강병이옵니다."

이렇게 강을이 소해휼을 폄하는 말을 하는 이유는 자신이 아부로 선왕의 사랑을 받고 있지만, 왕족이자 명재상인 소해휼은 항상 자신을 위협하는 인물이었기 때문이었다.

활용의 예   상급기관에 가면 심지어 수위까지도 하급기관의 사람들을 무시하는 이유는 바로 **호가호위**인 것이다.

호사유피 虎死留皮

[자해字解]   虎 호랑이 **호**. 死 죽을 **사**. 留 남길 **유**. 皮 가죽 **피**.
[출전出典]   《오대사(五代史)》 왕언장전(王彦章傳)
[의미意味]   호랑이는 죽어 가죽을 남긴다.

당나라가 멸망한 뒤 양나라에 왕언장이라는 장수는 우직하고 솔직한 성격으로 싸울 때마다 항상 쇠창을 들었으므로 왕철창이라고 불렸다.

산서 땅에 있던 진나라가 국호를 다시 당으로 고치고 양나라를 공격해 들어왔다. 이 때 왕언장은 출전하였다가 크게 지고 말아 파면되었다. 그 뒤로 당나라 군사가 다시 침입해 왔을 때, 또 다시 불러 군사를 맡겼지만 포로가 되고 말았다.

당나라 임금이 왕언장의 용맹성을 아까워하여 "왕장군, 당신은 이미 두 번 씩이나 내게 져서 이렇게 붙잡힌 신세가 되었소. 돌아간들 좋은 대접을 해주지도 않을 것이니 나와 함께 일해 보면 어떻겠소." 하고, 귀순할 것을 종용하자, 그는 이렇게 말했다.

"아침에는 양나라를 섬기고 저녁에는 진나라를 섬기는 일은 할 수 없소."

결국 사형을 당했다. 왕언장은 평소 속담을 통해 자신의 생각을 말하기를 좋아하였다. 그가 항상 입버릇처럼 "호랑이는 죽어 가죽을 남기고, 사람은 죽어 이름을 남긴다."고 하면서 떳떳이 죽을 결심을 해왔었다.

왕언장이 학자는 아니었지만, 한 나라의 장수로서 지켜야 할 명예만은 소중히 여겼다는 것을 알 수 있다. 그래서 당나라 임금의 말에 주저 없이 거절하고 죽음을 택할 수 있었던 것이다.

활용의 예 우리 역사에는 비록 목숨을 버리지만 자신의 뜻을 굽히지 않아서 **호사유피** 인사유명을 실천한 사람은 수없이 많다.

호연지기 浩然之氣

[자해字解] 浩 넓을 호. 然 그럴 연. 之 갈 지(…의). 氣 기운 기.
[출전出典] ≪孟子≫ 〈公孫丑篇〉
[의미意味] ① 하늘과 땅 사이에 가득 찬 넓고도 큰 원기.
② 도의에 뿌리를 박고 공명정대하여 조금도 부끄러 울 바 없는 도덕적 용기.
③ 사물에서 해방되어 자유롭고 즐거운 마음.

공손추란 제자가 맹자에게 물었다.

"선생님이 제나라의 재상이 되어 도를 실천한다면 틀림없이 천하 제일의 나라로 만들 수 있을 것입니다. 그런 생각하면 선생님도 역시 마음이 움직이시겠지요?"

"내 나이 40이 넘은 뒤로는 마음이 움직인 적이 없다."

"마음을 움직이지 않게 하는 어떤 방법이 있으십니까?"

"그것은 '용'이니라. 자기 마음속에 부끄러움이 없으면 아무 것도 두려울 게 없고, 그렇게 되면 '대용'으로 마음을 움직이지 않게 하느니라."

"그럼, 선생님의 부동심과 고자의 부동심은 같은지? 어떻게 다릅니까?"

고자는 맹자의 성선설에 대하여 '사람의 본성은 선하지도 악하지도 않다'고 논박한 맹자의 논적이다.

"고자는 '이해가 되지 않는 말을 애써 이해하려 해서는 안 된다'고 하지만 이는 소극적이다. 나는 말을 알고 있다는 점에서 고자 보다 낫다. 게다가 '호연지기'도 기르고 있다."

여기서 '기'가 인간에게 깃들여 그 사람의 행위가 도의에 부합하여 부끄러울 바 없으면 그 누구에게도 굴하지 않는 도덕적 용기가 생기는 것이다.

활용의 예 높은 산에 올라 **호연지기**를 기른다는 말을 자주 쓴다. 그러나 그 말은 요즘의 쓰는 말로 본래의 뜻과는 조금 다르게 쓰이고 있는 말이다.

화룡점정 畵龍點睛

[자해字解] 畵 그림 **화**. 龍 용 **룡**. 點 점 찍을 **점**. 睛 눈동자 **정**.
[출전出典] 《수형기(水衡記)》
[의미意味] 용을 그리는데 눈동자도 그려 넣는다는 뜻.
① 사물의 가장 중요한 부분을 완성시킴. 끝손질을 함.
② 사소한 것으로 전체가 돋보이고 활기를 띠며 살아남의 비유.

남북조 양나라에 장승요라는 사람이 있었다. 우군장군과 오흥 태수를 지낸 사람이다. 그는 붓만 들면 세상의 모든 것을 똑 같이 그리는 화가로 더 유명했다.

어느 날, 이 장승요에게 안락사의 주지가 용을 그려 달라는 부탁하였다. 부탁을 받은 장승요는 붓을 들어서 구름 속에서 곧 날아오르는 두 마리의 용을 그렸다. 용의 꿈틀대는 몸통, 갑옷 같은 비늘, 날카로운 발톱 어디를 보아도 정말 살아 움직일 것 같은 용의 모습에 눈이 휘둥그레질 지경이었다.

그런데 한 가지 이상한 것은 용의 눈에 눈동자가 그려져 있지 않는 점이다. 사람들이 그 이유를 묻자 장승요는 이렇게 대답했다.

"눈동자를 그려 넣으면 용은 당장 벽을 박차고 하늘로 날아가 버릴 것이오."

그러나 사람들은 그의 말을 믿으려 하지 않았다. 당장 눈동자를 그려 넣으라는 성화독촉(星火督促)에 견디다 못한 장승요는 한 마리의 용에 눈동자를 그려 넣기로 했다. 그는 붓을 들어 용의 눈에 '획' 하니 점을 찍었다. 그러자 돌연 벽 속에서 번개가 번쩍이고 천둥소리가 요란하게 울려 퍼지더니 한 마리의 용이 튀어나와 비늘을 번뜩이

며 하늘로 날아가 버렸다. 그러나 눈동자를 그려 넣지 않은 용은 벽에
그대로 남아 있었다고 한다.

활용의 예 마지막 역전의 기회를 맞은 최희섭이 타석에 들어서서
심호흡을 하다가 날린 한 방이 역전 홈런이자 장외 홈런이었으니
화룡점정을 한 셈이었다.

환골탈태 換骨奪胎

【자해字解】 換 바꿀 **환**. 骨 뼈 **골**. 奪 빼앗을 **탈**. 胎 아이밸 **태**.
【출전出典】 《냉재야화(冷齋夜話)》
【의미意味】 뼈를 바꾸고 태를 벗겨 면모를 일신함.

원래는 남의 작품을 약간 바꾸어서 자기 작품인 것처럼 꾸미는 것
을 가리켰다. 그러나 이제는 용모나 차림새가 몰라보게 좋아졌을 때
많이 쓰고 있다.

환골탈태는 도가에서 신선이 되기 위해서는 뼈와 태를 바꾸어야
한다는 말이었다.

어느 날 왕자교가 강에서 뱃놀이를 하고 있는데 화려한 꽃으로 장
식된 배가 두둥실 떠내려 왔다. 배 위에는 모두 일곱 명의 도사가 타
고 있었다. 그 중 한 도사가 그를 끌어 올려 배에 태우더니 이상한 술

병을 가져 와서 둘은 실컷 술을 마셨다.

"이보게, 젊은이 한잔하세."

모습으로 보아서는 자기 막내 동생쯤으로 밖에 안 보이는 사람이었다.

"술을 주는 건 좋지만 나이가 어찌 되었기에 그리 함부로 말하는가?"

"글쎄, 다들 그렇게 생각할 걸세. 그냥 마시게나."

이 말에 기분이 몹시 상한 왕자교는 자리를 박차고 일어서려 하였다. 곁에 서 있던 다른 도사가 "이 어른은 우리의 수장으로 3,500세가 되시는 분이라네."라고 말했다.

왕자교는 도무지 무슨 소릴 하는지 알 수가 없었으나 더 이상 나이를 가지고 다툴 수가 없었다. 술잔이 오가면서 취기가 돌고 기분이 풀렸다.

그런데 이상한 것은 왕자교가 따르면 한 방울도 나오지 않는 술이 도사가 따르면 끝없이 흘러 나왔다. 이 술은 환골탈태되는 술이었다. 그는 이 날 술을 마시고 신선이 됐다고 한다.

여기서 환골탈태는 '그 사람의 모습이 확 달라졌' 는 뜻으로 쓰이게 되었다. 사람의 모습뿐만 아니라 모든 일에서 전과 달리 완전히 바뀌었다고 생각이 될 만큼 모습이나 일이 달라진 것을 가리키게 되었다.

활용의 예 어느 노숙자는 작은 일터에서 일하다가 드디어 그 공장의 사장이 되어 나타났으니 이야말로 **환골탈태**가 아니겠는가?

제2부

중국의 지혜로 만나는
논어(論語)와 사기(史記)

1. 논어(論語)

《논어(論語)》는 중국 고전 중에도 우뚝 솟은 고전이다. 논어는 공자(孔子)의 일생의 경험을 결정(結晶)한 책이다. 이 안에는 사회적 · 정치적인 경험과 더불어 공자는 아주 내성적인 인물이기 때문에 그 철학적인 사색체험이 포함되어 있다. 이러한 경험이 논어라는 정연하고 아름다운 보석과 같이 결정되어 있다.

이같은 아름다움을 순수하게 느끼는 것으로부터 시작되어야 한다고 본다. 그 다음은 그 결정을 정중하게 대하면서 단단히 마음먹고 손에 넣어 그 아름다움의 비밀이 어디에 있는가 샅샅이 찾아보아야 한다.

그리하여 이 《논어(論語)》로 받은 감동을 성실하게 살려나가는 것이 만인이 즐겨 읽는 《논어(論語)》를 자기 것으로 만드는 것이다.

우리는 《논어(論語)》를 대하기 앞서 '논어' 하고 말만 듣기만 해도 어려운 책이라고 머릿속에서 단정해 버린다. 확실히 논어는 지금부터 2천 4백여 년 전에 죽은 공자와 그 제자들과의 문답(問答)을 모은 낡은 책이다.

그러나 중국을 비롯한 동양의 학자들이 그 주석(註釋)을 위해 많이 힘썼다. 하지만 그 어려운 주석보다는 공자와 제자들은 그 어려운 말들을 사용하지 않고 대체로 아주 간단하고 알기 쉬운 말로 문답했다.

그래서 처음 대하는 사람에게도 의외로 쉽다는 것이다. 그렇다면 왜 이렇게 쉬운 책에다가 그 많은 학자들이 주석을 달았을까?

특히 쉬운 말을 사용하여 쓴 간단명료한 문장임에도 불구하고 무거운 것 외에도 속 깊은 의미를 갖고 있으며 아무리 읽어도 싫증이 나지 않는 무엇인가 숨어있다는 것이다.

편저자에게 《논어(論語)》를 읽기를 권유했던 어느 학자는 말하기를 "논어는, 자기와 같은 학자가 강의하기 보다는 실제 사회에서 생활하면서, 세상 일을 풍부하게 경험한 사람이 강의하는 편이 더 좋은 책이다. 공자의 간단한 말 속에는 그 70여년의 복잡한 인생체험이 스며있기 때문에 상당히 인생의 경험이 풍부한 사람이 아니면 그 의미를 모르기 때문이다."

이 말의 뜻은 곧 《논어(論語)》는 공자의 일생의 경험이 결정(結晶)되어 있는 책이기 때문이다.

논어는 공자와 제자와의 문답

《논어(論語)》는 기원전 552년에 태어나 기원전 475년에 사망한 중국의 성인(聖人) 공자(孔子)가 제자들과의 사이에서 나눈 문답을 기록한 책이다. 제자들은 매일 공자를 신(神)과 같이 숭상하고 존경하며 마음속으로 신뢰하였다.

이 같은 훌륭한 스승으로부터의 말 한 마디 한 마디가 그들의 머릿속에 마치 불과 같이 강한 인상을 심어주었다. 이 놀라운 말들은 잊을래야 잊을 수 없는 것이었다. 그래도 자칫하면 잊어버릴까봐 제자들 가운데는 '이것은 신(紳)=교양과 지위가 있는 훌륭한 사람)에게 쓰게 한다'고 하여 폭넓은 지위에 있는 사람에게 쓰게 했던 것이다.

공자가 사망한 후 제자들이 외우고 있었던 선생의 말들을 쓴 그 제자란 공자로부터 보면 손제자(孫弟子)에게 말하고, 점점 후세에 말이 전해진 것이다.

공자의 제자들의 시대는 종이가 발명되기 이전이었기 때문에 서책이라고 해도 대(竹)나 나무(木)에 얇고 가늘고 긴 송판위에 붓과 먹으로 써서 그것을 연결시켜 두루마리로 만든 것이다.

이렇게 서책에 쓴다는 것은 많은 손이 갈뿐이 아니라, 보관하기가 여간 어려운 일이 아니었다. 제자들이 모아서 만든 한 권의 책은 관청 등의 공식 기록에 사용되고, 일반 인민들이 책을 쓰거나 이것을 소지하는 습관은 아주 어려웠다. 신분이 낮은 하급의 무사의 아들로 태어난 공자 자신은 생전에 자기의 생각 등을 이렇게 훌륭한 서책으로 자기가 써 둘 리가 없었다.

공자가 사망한 후 시간이 흐름에 따라 제자들 사이에 선생을 추모하는 정(情)이 점처 늘어가기 시작했다. 제자들이 외우고 있었던 말들을 잊어버리기 앞서 모아서 책을 만들자는 욕망이 생겼다.

아마 공자의 손제자(孫弟子)의 시대에 공자와 제자들 사이에 주고받은 문답 등을 책에 써두게 한 최초의 시도가 시작된 것이다.

공자에게는 제자 3천명이 있었다고 한다. 그것은 과장일는지 모른다. 이름이 알려져 있는 제자만 해도 70명이 된다. 그 가운데는 태어난 곳, 성격, 혹은 또 공자의 제자가 된 시대 등 여러 가지 조건이 달라 별개의 패로 갈려 그만큼 손제자를 가르고 드디어 몇 개의 학파가 생겼다.

학파는 각각 자기들이 들어 전해지는 공자의 말을 모아서 따로따로 책을 썼다. 여기저기 학파별마다 전승된 공자와의 문답을 쓴 책이 최후에 한(漢)의 마지막 대 기원전 1세기의 시초에 편집되어 현재의 《논어(論語)》 20편의 기틀이 잡히게 된 것이다.

《논어(論語)》를 읽을 때 최초에 머리에 넣을 필요는 이 책은 공자가 그때그때마다 제자들에게 이야기한 말들을 모았다는 것으로 사상가(思想家)가 자기의 철학이나 사상을 질서 있게 체계적으로 쓴 것이 아니라는 것이다.

그때그때마다의 말 가운데는 누구와 문답했다든가, 어떠한 때 이야기했다든가 그것을 알 수 있는 것도 있지만, 지금 와서는 잘 알 수가 없기 때문에 그냥 공자의 짧은 말만이 씌어 있는 경우도 많다.

중국의 문장, 이른바 한문(漢文)은 우리나라 글에 비하면 문장의 구조가 아주 간결하게 다시 되어있다. 문장을 구성하는 한어(漢語)의 일자일자(一字一字)가 미묘하게 의미가 다르다.

말하자면 뉘앙스를 가지고 있다는 것이다.

특히 공자의 말에는 간결한 가운데 깊이 함축된 것을 가지고 있기 때문에 이것을 바르게 이해하기란 여간 어렵지 않다. 그리고 공자가 살았던 2천 5백년 이상 옛날 중국의 사회와 현재 한국과는 물론 큰 거리가 있었음은 사실이다.

공자의 말을 읽는 경우 이러한 다른 사회 속에서 또한 특수한 역사적인 시점 속에서 공자가 말한 것이라는 점을 잊어서는 안 된다.

논어는 동양인의 성서(聖書)

《논어(論語)》는 지금으로부터 2천 5백년 전 중국에서 태어난 공자의 말을 모은 것이다. 《논어(論語)》가 한국에 빨리 수입되어 잘 읽히고, 잘 연구되고 또 많이 보급되고 한국의 사상에 깊이 파고들어가기도 했다.

공자의 학문, 즉 유교는 사후(死後) 338년이 되어 한(漢)의 무제(武帝)의 건원 5년(전 136)에 국가의 정통사상으로서 공인되었다. 한대(漢代)에 된 주석(註釋)은 남송(南宋) 시대의 1178년의 학자 주희의 《논어집주(論語集注)》를 비롯한다.

말하자면, 신주(新注)에 대해서 고주(古注)라고 칭한다. 고주(古注)는 공자의 시대에 비교적 가깝기 때문에 《논어(論語)》 가운데 어구(語句)의 원의(原義)를 알기 쉽도록 되어 공자가 살아 있던 역사적 시대의 사회와 문화와 그 시대의 발상법(發想法)과 특수성을 잘 이해할 수가 있다.

여기에 대해서 신주(新注)는 공자의 사상의 역사성을 넘은 보편성 면에 주의를 기울여 새로운 해석을 내렸다. 그것은 송대(宋代)의 인간에서 본 공자의 사상의 현대적 해석이라 할 수 있다. 현대적 해석은 국경, 시대를 넘은 현대 한국에 있어서도 가능하다고 본다.

《논어(論語)》의 명문구(=고사성어)는 인생지침의 명언(名言)이라고 할 수 있다. 공자란 훌륭한 인간이 제자들의 질문에 당하여 그 때의 정황(情況) 아래서 말한 명문구(名文句)가 모아진 것이다.

특히 서양인이 무엇인가 결단을 내리기 어려울 때 성서(聖書)를 펴고 그리스도의 말에 따라서 방침을 세우듯이 많은 동양인은 급히 《논어(論語)》의 적당한 문구(=고사성어)가 떠오르게 되어 그것에 의해서 행동(行動)과 태도(態度)를 결정하기도 한다.

2천년 이상 중국과 한국의 많은 사람에게 백본(backbone)이 되어 온 공자의 말 가운데는 사람의 마음을 헤아리는 교훈이 숨어 있음을 알 수 있다.

한때 중국에 있어서 봉건적인 사상이라고 공격을 받았던 공자의 사상이 지금은 재평가 되어 새로운 주석이나 해설서가 많이 출판되고 공맹사상(孔孟思想)은 시대에 뒤떨어진 사상이 아니라, 재음미할 가치가 있다고 많이 읽혀지고 있다.

《논어(論語)》는 정말 이상스러운 책이다. 거기에는 특히 새로운 것이 적혀 있는 것도 아니다. 재미있어 밤새워 읽을 성질의 책도 아니다. 극히 당연한 것이 적혀 있을 뿐이다. 그런데 왜 읽는 사람의 마음을 사로잡고서 이 생각 저 생각을 하게 만드는지 이상스러운 힘을 갖고 있다. 그 매력 때문에 2천 수백 년을 내려오면서 많은 사람에게 읽히게 만들지 않았을까.

공자(孔子)의 사후(死後) 제자들이 기억, 혹은 기록해 둔 스승의 말씀을 주로 하여, 제자나 정치가들의 문답(問答) 등을 보태서 편찬한 것이 바로 《논어(論語)》인 것이다.

그 후 《논어(論語)》는 유교(儒敎)의 경전(經典)으로 떠받들게 되어 '도덕 교과서'의 설교의 교본과 같은 인상을 받은 것도 사실이다. 물론 현대는 통용하지 않는 봉건적(封建的)인 생각이 포함되었던 것이 사실이다.

그러나 그 녹이 쓴 것을 제거하고 볼 때 시대(時代)나 체제(體制)를 뛰어 넘은 인간으로서의 삶의 방법과 사고방식에 대해 신선한 빛을 비추고 있음을 알 수 있다.

예를 들어 공자의 '효(孝)'는 반드시 봉건적인 가부장제(家父長制)를 뒷받침하는 것이 아니라, 자식으로서 어버이를 생각하는 사연(自然)의 감정에 뿌리를 두고 있는 것이다.

결국 《논어(論語)》는 인간다운 마음으로 자세(姿勢)를 바르게 살아가자는 정신이 일관되어 있는 책이다.

지금은 개인에서 기업, 국가에 이르기까지 그 '삶'의 자세에 대한 현주소를 물어보지 않을 수 없다.

특히 경제 성장이 고도화함에 따라서 자칫하면 멀리하기 쉬운 마음의 문제가 더욱 중요하기 때문이다.

기업인에 있어서 경영관의 기술은 물론 필요하지만, 그것이 진행되면 될수록 한편으로는 충실한 '인간형성'이 필요하게 된다. 그런 점에서 《논어(論語)》는 큰 역할을 맡게 된다.

그런 점에서 《논어(論語)》의 명구(名句)와 명언(名言)을 집대성하여 고사성어(故事成語)로 선정한 것은 현대의 시점에서 음미해 보자는 것이다.

《논어(論語)》의 원문(原文)은 무려 5백의 단문(短文)으로 되어 있고, 이것이 20편(篇)으로 분류되어 있다.

제1편 학이편(學而篇), 제2편 위정편(爲政篇), 제3편 팔일편(八佾篇), 제4편 이인편(里仁篇), 제5편 공야장편(公冶長篇), 제6편 옹야편(雍也篇), 제7편 술이편(述而篇), 제 8편 태백(泰伯篇), 제9편 자한편

(子罕篇), 제10편 향당편(鄕黨篇), 제11편 선진편(先進篇), 제12편 안연편(顔淵篇), 제13편 자로편(子路篇), 제14편 헌문편(憲問篇), 제15편 위령공편(衛靈公篇), 제16편 계씨편(季氏篇), 제17편 양화편(陽貨篇), 제18편 미자편(微子篇), 제19 편 자장편(子張篇), 제20편 요왈편(堯曰篇).

만물교아(萬物敎我)와 평생 교육

학이시습지 불역열호아(學而時習之, 不亦悅乎아) 배우고 때때로 익히면 기쁘지 아니하랴!

공자는 《논어(論語)》의 벽두에 '배움의 기쁨'을 역설했다. 《논어(論語)》의 제1편은 배움에 대해서 논하고 있다. 독일의 철학자 칸트는 "사람은 교육에 의해서만 사람이 될 수 이다. 사람에게서 교육을 빼면 남는 것이 없다. 인간은 교육의 산물이다."라고 했다. 인간세계에서 가장 중요한 것이 교육이다. 이 교육이란 물론 지식의 축적만을 가리키는 것이 아니다. 교육은 사람을 사람답게 가르치고 배우는 모든 일을 뜻한다. 가정교육에서부터 유치원 교육을 거쳐서 사람은 일생동안 배우면서 살아간다. 머리에 지식만 쌓아나가는 교육이 아니라, 마음밭을 갈고 가꾸는 일(心田耕作)이 더욱 중요하다.

요즈음 우리나라에서도 '평생교육(平生敎育)'을 중요시하고 있다. 사람이 평생토록 배워도 배움에는 끝이 없다고 한다.

인간이 배움을 멈추면 삶이 황폐해지기 시작한다. 그래서 '만물교아(萬物敎我)'란 말이 있다. 이것은 세상의 모든 사물이 나를 가르친다는 뜻이다. 우리가 배울 의지가 있느냐, 없느냐 그것이 문제이지, 만물과 만인이 다 나의 스승인 것이다.

중국의 은(殷)나라를 창건한 탕왕(湯王)이 자기 세숫대야에 '구일신, 일일신, 우일신(苟日新, 日日新, 又日新)'라는 글을 새겨놓고 매일 들여다보면서 자신을 가르쳤다고 한다. "참으로 날마다 새롭다. 나날이 새롭고 또 나날이 새롭다"는 어제보다 오늘이 새롭고 오늘보다 내일이 새로워야 한다. 새롭다는 것은 부단히 전진하는 자세요, 새로운 샘물이 솟아나는 것이요, 부단한 노력으로 배우고 자라나는 것이다. 날마다 배우고 익히는 사람만이 날마다 새로워질 수 있다는 사실을 깨우쳐 주는 말이다.

2. 사기(史記)

현대에 있어서 한방약이 재평가되고 있다. 중국식 침구 역시 크게 보급되고 있다. 근대 서양의학이 분석적이라고 하면 한방의학은 종합적이다.

《사기(史記)》를 비롯하여 중국의 고전은 말하자면 인간관계의 한방약이며, 마음의 침구요법이라고 할 수 있다.

심리학, 행동과학, 경영학 등은 분석적으로 인간을 해명하려고 한다. 이에 반해 중국의 고전사상은 종합적으로 인간을 파악하려고 한다.

우리나라만 해도 곳곳마다 한방의원 없는 곳이 없다. 또한 중국 고전의 '고사성어(故事成語)' 역시 서점마다 없는 곳이 없을 정도로 눈에 크게 띈다.

이런 현상이 단순한 '중국붐'에서 온 것이 아니라, 인간이 인간 자신을 다시 고쳐 보기 위해서이다.

원래 근대과학은 분석적 기법을 커다란 무기로 삼고 있다. 물론 분석적 기법은 커다란 성과를 올리고 있음은 사실이다. 과학기술의 발달은 정녕 바람직한 일이다.

그러나 여기서 짚고 넘어가야할 문제는 과학기술 자체의 죄는 아니라고 하지만, 환경파괴, 인간성 무시, 인간소외…… 이들의 병근(病根)은 하나라는 점이다.

여기서 "이들의 시대에 필요한 것은 '기술혁신'이 아니라, '기술의 재점검과 조화'라는 점이다."

예컨대, 초음속의 여객기를 보고, 옛날 같으면 모두 기뻐하겠지만 역으로 '빠른 것만이 능사가 아니라, 인간 그 자체와의 관계가 소중한데……' 하고 수군거리게 된다.

정치에 있어서도 지금은 흐름을 바꾸어야 한다고 부르짖고, 기업에 있어서도 지금은 이윤추구만이 아니라, 사회적 책임을 중시하게 되었다. 이 같은 모든 것은 '인간의 재발견'과 연결되어 있다.

이러한 시대의 변화에 《사기(史記)》는 큰 안내의 역할을 해주게 된다. 2천 여 년의 세월을 겪으면서 살아온 고전은 그만큼의 생명력을 갖고 있기 때문이다.

사기(史記)의 생명력

첫째, 실증(實證)되어온 《사기(史記)》의 기술(記述)이다.

《사기(史記)》는 중국의 전국시대에서 기원전 2세기까지의 역사서이다.

그런데 1972년 봄, 중국 호남성의 성도(省都) 장사시(長沙市)의 마왕추(馬王推)에서 발굴된 한대(漢代)의 묘는 세계를 놀라게 했다.

그 다음 차례차례로 나온 2천여년 전의 면화(천에 그린 그림), 직물(織物), 칠기, 목조인형 등이었다. 무엇보다도 무덤에 묻혔던 여성의 피하조직에 탄력성이 있어 오래 전에 죽은 것 같지 않은 시체의 상태를 본 사람들은 크게 놀랐다.

그 여성이 지방귀족의 아내라고 판단된 것은 봉로와 칠기에 기재되어 있는 '태후'의 문자가 《사기(史記)》의 기록과 부합되었기 때문이다. 《사기(史記)》에는 한(漢)의 혜제(惠帝) 재위 · 기원전 194~188년의 연표에 "장사의 상(相)인 이창(利倉)이라는 자를 '태후'에 봉했다"라고 명기되어 있다.

이것은 새삼스레 역사에 대한 생각을 일으키게 되었다.

중국에서 지금도 고고학상의 신발견이 계속되고 있으나 그때마다 《사기(史記)》의 기재가 새삼스레 실증되고 있는 것이 흥미 깊다고 한다.

빠르게는 20세기 초 은조(殷朝)에 관한 《사기(史記)》의 기록이 사실(史實)로서 판명된 것도 발굴조사의 결과이다.

즉 《사기(史記)》에는 기원전 11세기에 멸망된 은(殷)의 왕조, 역대 25명의 왕의 이름이 기재되어 있었으나 종래는 그것이 전설상의 인물이라고 생각해 왔다. 그런데 20세기 초의 하남성 안양현소돈(河南省安陽縣小屯)의 밭에서 나온 뼈에 새긴 고대문자의 해독이 가능한 결과, 그 왕들이 실재인물이라는 것을 알아냈다.

《사기(史記)》에 취급되고 있는 시대는 삼황전설(三皇傳說), 오제전설(五帝傳說)로부터 시작되고, 하왕조(夏王朝), 은왕조(殷王朝), 주왕조(周王朝), 춘추시대(春秋時代), 전국시대(戰國時代), 진제국(秦齊

國), 한제국(漢帝國)에 이른다. 역사시대에 들어서 무릇 1500년에 걸쳐 있다. 이 시대는 중국의 고대문명을 완성했을 뿐만 아니라, 인간의 정신활동에 대한 원형이 만들어졌던 시대라고 볼 수 있다.

특히 이 책에서 취급하려는 것은 역사서로서의 《사기(史記)》가 아니라, 그 속에 그려져 있는 인간들의 삶의 방법과 난세에 처신한 지혜를 찾아내는 데 중점을 두었다.

《사기(史記)》는 원래 무미건조한 연대기가 아니라, 인간을 중심으로 한 사기(史記)의 집록(集錄)이라 할 수 있는 형태를 취하고 있다.

둘째, 잘 알고 있는 인물과 잘 알고 있는 말이다.

《사기(史記)》에는 우리나라에서 고래로부터 잘 알고 있는 인물들이 많이 등장한다. 만리장성을 쌓은 진나라의 '시황제(始皇帝)', 천하를 빼앗은 '항우(項羽)'와 '고조 유방(劉邦)', 사타구니를 빠져나온 '한신(韓信)' 등의 정치가와 군인들, 그리고 '노자(老子)', '공자(孔子)'를 비롯하여 제자백가(諸子百家)라고 말할 수 있는 사상가군(思想家群), 합종연형책(合縱連衡策)으로 알려지고 있는 '소진(蘇秦)', '장의(張儀)' 그리고 또 악녀의 대표격인 '단기', 박명의 미녀로 초화(草花)의 이름까지 또 '노미인(虜美人)' 등 아주 개성적인 인물이 활약한다.

또한 오늘날 우리들이 알지 못하고 사용하고 있는 어구나 성어(成語) 속에는『사기(史記)』의 출전(出典)이 적지 않다.

예컨대 재산가를 소봉가(素封家)라는 것은 《사기(史記)》 화식열전(貨殖列傳)의 '왕후와 같이 영지(英智)가 없으나, 왕후와 같은 수입이 있는자'라고 기술하였다. 그 밖에 '완벽(完璧)', '배반낭자(杯盤狼藉)', '곡학아세(曲學阿世)', '황제(皇帝)', '역린(逆鱗)', '좌단(左

祖', '용안(龍顔)', '사면초가(四面楚歌)', 공화(共和) 등으로 《사기
(史記)》는 우리들의 일상생활과 깊이 관계되어 있다.

춘추전국이라는 시대가 후세에 미친 영향은 물론 이러한 말만이
아니라, 유교사상, 노장사상과 처세의 전술에 이르기까지 우리들의
사고에 유전인자(遺傳因子)가 되어 흔적을 남기고 있다.

이와 같은 선진사상(先秦思想)이 《사기(史記)》의 등장인물에 구체
화되어 있는 것이다.

셋째, 사마천(司馬遷)의 원한의 집념에서 만들어낸 '인간(人間)의
서(書)' 이다.

《사기(史記)》를 '인간의 서' 로 만들어낸 것은 《사기(史記)》의 편자
사마천의 굴절된 인생관과 격렬한 원한이었다. 그가 태어난 해나, 죽
은 해가 불명확하긴 하나 한의 무제(武帝/재위. 기원전 140~87년) 시
대에 살았던 것은 틀림없다.

그의 아버지 사마담(司馬談)은 한의 태사령(太史令) 즉, 사관(史官)
이었다. 사마천은 아버지가 죽은 후 그 뒤를 이어 태사관이 되고, 사
료의 수집과 조사여행을 하면서 역사의 편찬에 임했다.

그런데 그에게 생각지 않았던 재난이 닥쳤다. 패장(敗將) 이릉(李
陵)을 변호한 것이 궁형(宮刑)에 처하게 되었다. 궁형이란 거세수술하
여 남성의 기능을 없애버리는 형벌이다.

이릉(李陵)은 명장이었으나 흉노 10만을 상대하여 불과 5천의 병
사로 싸워 포로가 되었다. 이같은 이릉의 처치를 놓고 토의가 열렸을
때 군신들은 무제(武帝)의 편을 들어 이릉을 비난했으나 사마천은 이
릉을 변호하고, 역으로 군신을 탄핵했다. 이것이 비방죄가 되어 투옥
되고 말았다.

얼마 안 있어 사마천은 사면되어 출옥했으나, 그가 받은 굴욕은 영구히 가시지 않았다. 그는 그 울분을 저술로 달래며 완성한 것이 바로 『사기(史記)』이다. 그 분량은 130권, 52만 6,500자이다.

이것은 분량으로도 놀라운 것이다. 당시 아직도 종이가 발명되지 않았다. 문자는 나무나 대의 패(목간:죽간)나 면포에 기재되었고, 칼로 파거나 옻나무칠로 써나간 것이다. 그 패가 뿔뿔이 헤어지지 않도록 끈으로 묶어놓는다. 서(書)를 '편(篇)'이라 한다는 것이 여기서 나온 것이다.

또한 일책(一策)이라든가 책자(册子)라고 하는 '책(册)'의 글자는 목간을 끈으로 묶은 상형문자이다. 한 장에 20자를 쓴다고 해도 20수 만장. 그 목간과 격투하고 있는 사마천의 모습을 상상해 보도록 하자.

《사기(史記)》 편찬의 붓을 놓고 난 4~5년 후 그는 세상을 떠났다고 추정되고 있다.

사기(史記)는 '역사와 인생의 비단벌레'

《사기(史記)》는 참으로 이상스러운 책이다. 권력자가 읽으면 지배의 원리와 테크닉을 가르쳐 준다. 반역자가 읽으면 저항의 논리와 전술을 시사해 준다. 은둔자가 읽으면 세상의 덧없음을 점점 보여준다.

그것만이 아니라, 같은 사람이 읽어도 읽을 때의 자세로 말미암아 전혀 다른 책이 되고 만다. 만족할 때 읽는 것과 실의에 빠졌을 때 읽는 것은 각각 다른 영향을 미치게 된다.

직물에 '비단벌레'라는 것이 있다. 빛의 반사에 따라 비단벌레처럼 녹색으로 보이기도 하고, 자주빛으로 보이기도 하는 빛깔을 말한다.

《사기(史記)》는 보는 입장이나 사고방식에 따라 사물을 달리 해석할 수 있다는 뜻으로 《사기(史記)》는 정녕 '역사와 인생의 비단벌레'라고 해도 좋다.

《사기(史記)》에는 격동기에 산 인간과 인간관계의 다양한 패턴이 그려져 있다. 그러므로 인간학의 백과사전이며 더 크게 말하면 《사기(史記)》는 컴퓨터를 닮았다고 할 수 있다. 컴퓨터는 각 가지의 정보를 넣어두고, 필요에 따라 짜여 있는 프로그램에 의해서 정비된 자료를 빼낼 수 있다.

《사기(史記)》 가운데는 인간에 관한 갖가지의 정보가 들어가 있다. 우리들 독자는 각각의 프로그램에 의해서 자기가 필요로 하는 자료를 여기서 빼낼 수가 있는 것이다.

원래 《사기(史記)》의 구성은 이렇게 읽는 방법이 가능하게 되어 있다. 지금까지의 역사의 서술방법은 때의 흐름에 따라 연월을 쫓아 서술한다는 '편년체(編年體)'가 보통이다. 그러나 《사기(史記)》는 '기전체(紀傳體)'라는 독특하고 입체적인 서술법으로 짜였다.

크게 나누어서 《사기(史記)》는 다음 다섯 부분으로 성립되었다.

- 본기(本紀) 12권 - 전설상의 5제(五帝)에서 한의 무제(武帝)까지 역대왕조의 역사.
- 표의 부(表의 部) 10권 - 연표
- 서의 부(書의 部) 8권 - 법제, 역법(曆法), 음악 등의 제도사
- 세가의 부(世家의 部) 30권 - 제후의 역사
- 열전의 부(列傳의 部) 69권 - 영웅호걸, 학자에서 유협(遊俠)의 도(徒)에 이르기까지의 개성적 인물의 명명전(銘銘傳).

이 같은 것이 상호 관련되어 있어 전체의 모습을 떠오르게 한다. 예컨대 진의 시대의 것은 〈본기〉 속의 '진시황본기'에서 진왕조의 것을 읽고 〈서〉에서 진의 역법을 보고, 〈열전〉에서 여불위(呂不韋)나 이사(李斯) 등 그 시대에 활약한 인물을 알 수 있고, 입체적으로 이해할 수 있다.

편자 사마천의 복안적(複眼的)인 역사관, 인간관은 이러한 형식에 의해서 한층 더 명확하게 표현되어 있다.

이와 같은 《사기(史記)》의 근저(根底)에는 몇 가지의 '생각하는 패턴'이 있음을 읽을 수 있다. 등장인물의 말과 행동, 사마천의 논평을 통해서, 고대 중국인의 사물을 생각하는 방식이 부각되어지는 것이다. 재미있는 것은 그것이 당연하지만, 《논어(論語)》, 《노자(老子)》, 《장자(莊子)》, 《역경(譯經)》, 《손자(孫子)》등을 비롯하여 중국의 고전 사상에 나오는 사고법이 《사기(史記)》의 사화(史話)와 멋지게 조응(照應)되어 있다.

특히 《사기(史記)》는 무수한 전기의 집적이다. 그런 의미로서 《사기(史記)》는 실증적인 '인생독본'이라고 해도 좋다. 출처(出處)와 진퇴(進退)의 갖가지의 사례가 짜여 있으며, 또한 《사기(史記)》는 인간관계에 대한 테크닉이 기재되어 있으며, 그 수법에는 오늘날의 행동과학 등이 도달한 이론과 동일한 것이 적지 않다고 본다.

모습, 형태는 바뀌어도 인간의 마음은 2천 년 전과 그렇게 변하지 않은 것 같다. 《사기(史記)》에 씌어있는 시대에는 인간의 원형(原型)이 거의 완성되어 있었던 것이다. 때문에 《사기(史記)》에서 볼 수 있는 인간관계의 지혜는 현대인에게 시사하는 바가 크다고 본다.

인간관계의 접착제

　인간관계에 대처하는 탁월한 지혜를 위해서 인간은 일생동안에 접촉하는 상대는 의외로 적다고 할 수 있다. 실제, 생각해 보면 단 둘이 이야기할 수 있는 상대란 그렇게 많지 않다. 지기(知己)가 많다는 것은 부(富)에서 얻을 수 없는 풍요로움이다.

　그런데 현재의 관리(管理) 사회에 있어서 인간소외의 문제가 운운되고 있다.

　특히 각 기업에서 젊은 층의 퇴직이 늘어가고 있는 이유는 무엇일까. 그 보다 많은 이유는 '월급의 불만' 이거나 '장래성' 도 아니고, 바로 '인간관계' 라고 한다. 즉 '상사와 마음이 맞지 않는다' 는 것과 '동료와 잘 해나가지 못한다' 는 등이 퇴직이유의 첫째라고 한다.

　또한 다른 조사에 의해도 샐러리맨에게 제일 힘든 것은 '인간관계의 번거로움이다' 라는 결과가 나왔다.

　특히 인간관계에 처하는 중국인의 지혜는 탁월하다. 세계에서 손님이 오거나 손님을 부르는 것을 좋아하는 쌍벽을 이루는 민족은 러시아인과 중국인이라고 한다. 그런데도 그 양자의 하는 방법은 전적으로 대조적이다.

　러시아인의 경우는 상대의 기분이 어떻든 관계없이 자기의 기분대로 상대를 맞이한다. 반면에 중국인의 경우는 상대의 기분과 상황을 읽고, 거기에 응해서 아주 작은데도 신경을 쓴다.

　복합민족의 사회, 오래된 역사와 문화, 이러한 요인이 인간관계의 지혜를 세련시킨 것이다.

　인간관계는 논리로 해명될 수 없다. 컴퓨터에 있어 제일 상대하기가 벅찬 것은 인간관계라고 한다.

그렇다면 그 인간관계를 잘 하기 위해서는 우리들은 과연 어떻게 해야만 하는가. 한 잔 하러 간다, 골프를 친다…… 무엇인가 빈약한 대책만 하고 있지 않는가. 한번쯤 반성해 볼 필요가 있다.

인간을 결속시키는 것은 반드시 물질이나 이해관계만이 아니다. 논리로서 풀지 못하는 것을 결합시키는 접착제는 도대체 무엇일까. 《사기(史記)》에서 그것을 찾아내 보기로 한다.

사전에 납득시킬 배려(配慮)

만일 사장이 간부인사에 대해서 "A군과 B군 가운데 어느 쪽이 적임자라고 생각하는가?" 라고 물어오는 경우가 있다고 하자. 공평하게 본다면 적임자는 A군이라고 생각한다. 그러나 B군과는 다정한 사이뿐만 아니라, 또한 은혜도 입은 바 있기 때문에 어떻게 하는 것이 좋을까?

공자의 손제자(孫弟子)로 이극(李克)이라는 학자가 있었다. 위(魏)의 중신의 추천으로 위의 문후(文侯)에 중임되어 정치고문으로서 자주 상담을 받았다.

가끔 재상(宰相)의 인선에 있어서 이극은 문후로부터 의견을 요구받았다.

"재상의 후보자로서 적황(翟璜)과 위성자(魏成子)의 두 사람만 놓고 있지 않다고 생각합니다만 선생은 어느 쪽이 적임자라고 생각합니까?"

"저 같은 사람이 말할 일이 아니라고 봅니다."

"선생, 사양할 경우가 아니라 생각됩니다. 어쨌든 의견을 들려주기를 바랍니다."

"사양이 아닙니다. 선생 자신이 생각하도록 하고 싶어서입니다. 다만 감히 말씀드리자면 인물을 선정하는 기준은 다음의 다섯 가지가 있을 수 있습니다.

첫째, 불우했을 때, 누구와 가장 친하게 지냈던가.

둘째, 부유해졌을 때 누구에게 주었던가.

셋째, 높은 지위에 올랐을 때 누구를 등용했는가.

넷째, 궁지에 빠졌을 때 부정을 하지 않았던가.

다섯째, 빈곤할 때 걸신들린 모양을 하지 않았던가.

이 같은 다섯 가지 조건에 비추어 봐서 걸맞은 인물을 선정하면 좋다고 생각합니다. 저의 의견 등은 들을 필요가 없습니다."

"과연 그렇군요. 덕분으로 결심이 생겼습니다."

이극은 퇴출했으나, 집으로 돌아가는 도중 적황(翟璜)의 집에 들렀다. 적황(翟璜)은 물었다.

"당신께서 재상인선 때문에 선생의 하문(下問)을 받으셨다고 하는데, 도대체 누가 결정될 것 같은가요?"

적황(翟璜)은 불끈 화가 나는 기색으로

"그것은 우스운 일이군요. 어떻게 생각해봐도 내가 위성자에게 뒤떨어지지 않는다고 생각합니다. 군주를 보좌하는 자의 중요임무의 하나는 좋은 인물을 추천하는 데 있지만, 병법가(兵法家)의 오자(吳子)를 서부국경지대의 사령관에 추천한 것은 저였습니다. 우리 주군(主君)이 동부 국경의 수비를 맡고 계실 때에 능이(能吏)의 서문표(西門豹)를 동지(同地)에 현령(縣令)으로 추천한 것도 저였습니다. 또한 중산(中山)의 공략 때에도 악양(樂羊)을 천거하고, 그 점령지 통치에는 선생을 추천하지 않았습니까. 또 공자(孔子)의 시종장(侍從長)에 굴후부(屈侯駙)를 추천한 것도 저였는데 제가 왜 위성자에게 떨어집니까?"

이극은 그를 타일렀다.

"당신은 동료들을 모아 파벌을 만들어 높은 자리에 오르려고 하는 것은 아니겠지요. 주군은 나에게 위성자와 적황의 어느 쪽이 재상으로서 적임인가를 물었을 때 저는 자신이 결정하도록 진언하고, 다만 인물을 선정하는 다섯 가지의 기준을 말씀 올렸습니다. 그 때의 분위기로 봐서는 위성자가 임명될 것으로 짐작이 갔습니다.

냉정히 생각할 필요가 있습니다. 위성자는 봉록(俸祿)의 9할을 사람들에게 주고, 자기는 1할을 지녔습니다. 그 결과, 공자(孔子)의 제자인 자하(子夏)를 비롯하여, 그 제자의 단간목(段干木), 전자방(田子方) 등의 고명한 학자를 맞아들일 수 있었습니다. 이 세 사람은 우리 주군(主君)의 스승입니다. 그리고 당신이 추천한 다섯 사람은 어느 분 없이 신하(臣下)입니다. 유감스럽게도 격(格)이 다르지 않습니까."

"저의 생각이 잘못되었습니다. 앞으로 좋은 가르침이 있기를 바랍니다."

– 《사기(史記)》의 〈위세가(衛世家)〉

이 글은 이런 경우, 세 가지의 포인트로 나누어진다.

첫째, 인사에는 사적인 정실을 가져와서는 안 된다는 것. 더구나 이극과 적황의 관계는 주군도 잘 알고 있었다. 여기서 이극이 적황을 추천했으면, 이 극은 그 정도의 인간이라고 평가되었을 것이다.

둘째, 확실하게 이름을 들지 않은 점이다. 만일 이름을 말했더라면 나중에 응어리가 남을 것이다. 그러니 주군 자신이 결단한 것으로 생각하게 만드는 것이 좋다.

셋째, 이 점이 특히 중요하다. 즉시 그 자리에서 적황을 방문하여 사정을 보고하여 납득시키는 것이다. 만일 이것을 하지 않고 나중에 소문으로 적황의 귀에 들렸다면 아마 적황과 이극의 사이는 파국을 맞이할 것은 틀림이 없다.

인간은 사전에 알고 있는 것과 사후에 알리는 것과는 납득의 방법이 전적으로 다르다. 그리고 제3자로부터 전해지는 경우에는 말에 꼬리가 달려 사실을 왜곡시키고 만다. 이렇지 않도록 사전양해를 얻는 것은 진정 현명한 일이다.

형편이 나빠 말하기 어려운 것도 있다. 때문에 도리어 뒤로 미루다가 인간관계를 망칠 때가 많다. 말하기 어려운 것일수록 빨리 상대에 전할 일이다. 그 쪽이 보다 정확하게 이쪽의 의견을 반영시킬 수 있기 때문이다.

인간판단법의 제1과

사람을 분별하기란 여간 어렵지 않다. 그 어렵다는 이유는 상대에 있는 것이 아니라, 보는 측, 즉 자기 쪽에 있다. 결국 흐리지 않는 눈을 가지지 않는다는 것이 어려운 것이다.

《사기(史記)》는 전국 시대 말기의 사상서의 《한비자(韓非子)》에서 다음과 같은 이야기를 인용하고 있다.

큰 비 때문에 부잣집의 흙담이 무너졌다. 그 집 아이가 아버지에게 말했다.

"빨리 수리하지 않으면 도둑이 들어올 겁니다."

이웃집의 주인도 주의를 줬다.

"빨리 수리하지 않으면 도둑이 들 겁니다."

과연 그날 밤, 도둑이 들어 도둑을 맞고 말았다.

'아들 녀석은 꽤 눈치가 빨라. 게다가 의심스러운 것이 이웃집 주인이다. 그가 훔친 것이 틀림없다.'

— 《한비자(韓非子)》 설난편(說難篇), 《사기(史記)》노자한비열전(老子韓非列傳)

전적으로 같은 말을 했음에도 불구하고, 자식이라는 이유로 그 말을 '선견지명(先見之明)'이라고 생각하는 반면에 타인이라는 이유로 '의심한다'는 것이다. 그러나 누가 이 부자를 비웃을 수가 있는가.

《한비자(韓非子)》에는 또 다음과 같은 이야기가 있다. 우리들은 크고 작고간에 사람을 판단하는 경우 선입관을 버리고 상대를 보기 앞서 자기의 안경을 확인하도록 안경이 흐리지 않는가 색깔이 들어 있지 않는가. 그런데 여기서 입장을 바꾸어서 생각할 필요가 있다. 가령, 소년의 입장에서 소년은 같은 것을 했으나, 상대가 소년에 대해서 가지고 있는 감정에 의해서 받아들이는 방법이 다르게 된다. 따라서 타인에게 무엇인가 응하도록 하는 경우 상대가 자기를 어떻게 생각하고 있는가 잘 보면서 응하도록 하는 방법이 중요하다. 만약 이쪽을 마음 놓고 생각하지 않고 있으면 그 생각을 바꾸도록 하는 것이 선결문제이다.

어느 것 없이 인간판단법의 제1과는 보조개가 곰보얼굴로 보이거나 곰보얼굴이 보조개로 보일 수도 있다. 이런 사실을 유의하여야 한다는 것이다.

＃말이 아니라 행동으로 판단을

　정확한 인간판단을 방해하는 제2의 요인은 틀린 정보이다. 여기에 대해서 '조직과 정보의 취급방법'은 달리 말하겠지만, 저해요인에 말려들지 않고, 보다 객관적으로 사람을 보려면 어떻게 하는 것이 좋을까.

　한(漢)의 무제(武帝) 때 이소군(李少君)이라는 선술사(仙術使)가 뵙기를 청했다. '불노불사의 술'(不老不死의 術)을 가지고 있다고 했다.

　이 사나이의 경험이나 나이는 누구도 모른다. 다만 가끔 승상(丞相)의 주연에 초청되었을 때 마주앉게 된 90세의 노인을 향해 이소군은 말했다.

　"나는 당신의 할아버지와 활(弓)경기를 같이 했다"고 말했다.

　노인은 어렸을 때 조부(祖父)와 활 경기에 갔던 기억이 났다. 일동은 어이가 없었다.

　그 이소군을 맞이한 제왕(帝王)은 크게 기뻐하고, 또 따뜻하게 대하며 조금 있다 제왕은 낡은 동기(銅器)를 내보이며 감정을 구했다. 이소군은 말했다.

　"이것은 제(齊)의 환공(桓公)의 10년 백침묘(栢寢廟)에 놓여 있던 것입니다."

　확실히 그것은 제의 환공의 시대 것이다. 그렇고 보면 이소군은 6백년을 살아온 것이 된다. 궁중의 사람들은 무척 놀랄 수밖에 없었다.

　드디어 이소군은 제왕에게 언상(言上)을 올렸다.

　"불노불사를 원하신다면 먼저 부뚜막제(祭)부터 지내도록 해주십시오. 그러면 귀신이 나타나 붉은 모래가 황금으로 바뀝니다. 그 황금으로 만든 식기를 사용하여 음식을 만들면 수명이 늘고 동해에 떠게 되는 봉래산의 선인과 만나게 됩니다. 그 다음에 봉선(封禪)의 의식을 행하면 불노불사의 몸이 됩니다."

무제(武帝)는 즉시 스스로 부뚜막의 신을 빌고 도사(道士)를 동해에 파견하여 봉래산(蓬萊山)의 선인을 찾아내 붉은 모래를 황금으로 바꾸도록 하는 연금술에 열중시켰다.

이렇게 진행하고 있을 때 이소군은 병에 걸려 죽고 말았다.

– 《사기(史記)》의 봉선서(封禪書)

불로불사의 술을 가지고 있다는 도사가 죽는다. 이 아이러니컬한 이야기는 인간을 판단하는 경우에 그 말을 믿어버리게 되고 그의 구체적인 행동을 척도로 하게 되는 것을 가르치고 있다.

이쪽에서 어떤 기대감이 있을 때는 어쨌든 상대의 언동에 기대하게 되는 방향으로 확대해석하게 된다.

《사기(史記)》의 기본은 사람들이 무엇을 욕구하고 있는가를 붙잡는 것이다. 이것은 입장을 바꾸어서 말하면 사람을 판단하는 경우는 희망적인 관측을 버려야 한다는 것이 된다.

우는 방법으로 마음을 꿰뚫는다

행동이나 사실을 척도로 하여 사람을 판단한다고 해도 현상만으로는 되지 않는다. 예를 들어 울고 있는 것을 보고, 그대로 상대가 슬퍼한다고 판단할 것이 아니다. 기쁜 나머지 울고 있는지도 모른다.

현상을 보고 마음속까지 알게 된다면 정말 놀라운 일이다. 이것을

'비언어적(非言語的) 행동에 의한 행동관찰법(行動觀察法)'이라고
한다.

다만 여기에는 보편적인 법칙이 없다. 경험에 의해서 회득(會得)
하게 되는 방법밖에 없다. 마지못해서 목을 흔드는 것이 승낙의 신호
라고 분별할 수 있다는 것은 역시 상당한 경험이 없이는 안 된다.

말도 똑같다. 예를 들어 상대가 강한 어조로 말하는 것은 자기의
약한 것을 감추기 위해서이다. 또한 본심(本心)과는 전적으로 역(逆)
발언하는 것도 있다. 그리고 우는 방법을 보고 사람의 마음을 읽은 사
례도 있다.

한제국(漢帝國)의 2대 황제(二大皇帝)인 혜제(惠帝)가 젊어서 세상
을 떠났다. 어머니인 여후(呂后)는 사자(死者)의 장례 예식대로 곡은
했으나 눈물이 나오지 않았다.

근습(近習)의 장벽강(張?彊)은 그 때 나이 불과 15세였으나 여후의
모습을 보고 재상의 진평(陳平)에게 말했다.

"태후(太后)는 외아들 혜제가 죽었음에도 왜 눈물을 흘리지 않을
까요?"

"좀 이상스럽지 않은가요?"

"혜제의 자식은 아직 어리다. 그래서 태후는 건국 이래의 중신방
(重臣方)이 반역하지 않을까 하는 걱정이 앞서 슬퍼할 여유가 없음이
사실입니다. 이대로 나가면 당신들에게 재난이 닥칠 것입니다. 여기
에는 단 한 가지 태후의 일족인 여씨(呂氏)들을 요직에 앉히는 것입니
다. 그래야만 태후께서 마음이 안정되어 당신들도 괜찮을 것입니다."

재상이 이런 헌책(獻策)대로 권유했더니 여후는 안심하여 울음이
소리가 마음에서 우러났다.

— 《사기(史記)》 여후본기(呂后本紀)

이 같은 결과 여후의 스트레스는 해소하고 중신들도 마음이 놓였다. 만약 여후의 본심을 못 알아냈다면 그녀의 시기심이 발동하여 피의 숙청이 있었을 것이다.

그러나 그녀의 울음을 읽어냄으로서 몇 사람의 목숨이 구제되었다.

어떤 방법으로 감추려고 해도 인간의 심리상태는 어떤 형태로도 그 태도가 드러나고 만다는 것이다.

제3부

삶의 지혜와 넋두리

인간을 바꾸는 학문

우리는 예부터 '군사부일체(君師父一體)'라고 해서 스승을 제왕과
동렬에 놓는 아름다운 전통을 가지고 있다. 그리고 또한 하늘을 우러
러 보아 부끄럽지 않고, 땅을 굽어보아 수치스럽지 않은 것이 군자의
일락이요, 천하의 영재를 모아 교육하는 일이 이락이라 하였다.

그러나 시대의 변천과 더불어 어느 사이인가 우리 사회에서 '스
승', 즉 '학문'이 없다는 말들을 예사로 듣는다. 즉 단순히 지식만을
전수하는 '선생'은 있으나 지식의 전수뿐 아니라 인간적 교류를 통해
'인간형성=인간을 바꾸는 학문'을 하는 스승이 적다는 것이다.

공자는 일찍이 "세 사람이 함께 길을 가면 그 가운데 반드시 나의
스승 될 만한 사람이 있다. 좋은 점은 골라서 이를 따르고, 좋지 못한
점은 살려서 스스로 고친다.(三人行 必有我師焉 擇其善者而從之 其不

善者而改之)"라고 했다.

결국 공자에 의하면 자신의 인격 형성을 위하여 도움이 될 수 있는 사람이면 누구나 스승이라고 생각했던 모양이다. 그러므로 배운다는 것은 스스로 스승이 되어 학문을 한다는 것이다.

학문을 통해서 '인간을 바꾼다'는 것은, 즉 학문 그 자체가 인간을 바꾸는 것이 아니면 안 된다는 것을 의미한다. 그 인간이란 타인을 말하는 것이 아니라 자기 자신을 말한다. 그러므로 타인을 바꾸려는 '스승'이라면 먼저 자기를 바꾸는 것이다. 자기를 바꾸자면 반드시 '학문'이 따르게 된다.

프랑스의 소설가이며 극작가인 몬텔랑(H.M. Montherlant)은 "자기의 일생동안 몇 번이고 되풀이하여 읽을 한 권의 책을 갖는다면 그는 행복한 사람이며, 그 보다도 더 많은 책을 갖는다면 아주 행복한 사람이다"라고 했다.

눈부신 경제발전으로 세계의 이목을 집중시키고 있는 일본의 최고경영자들이 처음부터 끝까지 읽고 있는 책이 무엇인가 하면 《논어》가 압도적이라고 한다.

그 《논어》 가운데서도 학문을 좋아하지 않으면 반드시 빠지기 쉬운 폐단에 대해서 공자가 자로에게 말한 글귀이다.

"어진 것을 좋아하고 배움을 좋아하지 아니하면 그 폐단은 어리석음이요.(好仁不好學 其蔽也愚)

슬기로움을 좋아하고 배움을 좋아하지 아니하면 그 폐단은 무절제요. (好知不好學 其蔽也蕩)

믿음을 좋아하고 배움을 좋아하지 아니하면 그 폐단은 의를 해치는 것이요. (好信不好學 其蔽也賊)

곧음을 좋아하고 배움을 좋아하지 아니하면 그 폐단은 난폭해 질 것이요.(好直不如學 其蔽也絞)

용맹을 좋아하고 배움을 좋아하지 아니하면 그 폐단은 가혹한 것이요. (好勇不如學 其蔽也亂)

굳셈을 좋아하고 배움을 좋아하지 아니하면 그 폐단은 광(狂)이니라. (好剛不好學 其蔽也狂)"

이상 말한 것처럼 인·지·신·직·용·강(人·知·信·直·勇·剛)의 여섯 가지는 모두 미덕이긴 하나

학문의 뒷받침이 없으면 우·탕·적·교·난·광(愚·蕩·賊·絞·亂·狂)의 여섯 가지의 폐단을 발생케 하며 덕행에는 반드시 학문이 필요한 것이니 덕행만으로 덕행이 될 수 없을뿐더러 덕(德) 그것이 곧 학문이라 할 수 없는 것이다.

여기에서 말하는 공자의 학문관은 소크라테스의 애지적 정신(愛知的 精神)에 가깝다는 것을 느낄 수 있다.

원래 학문의 의의를 덕행에서 찾는 것이 공문(孔門)의 특색이라 하지만 덕행의 뒷받침으로 학문을 강조하는 이 글귀에서 공자의 지혜와 다양성을 찾게 된다.

앞에서 지적한대로 '스승'을, 즉 '학문'으로 생각할 때, 앞에서 열거한 여섯 가지 덕목을 고정된 관념이나 절대치만으로 고집할 것이 아니라 때로는 '스승=학문'을 통해서 바꿀 수도 있고 상대를 존중하는 '유연한 틀'을 마련할 수도 있다고 본다.

그러므로 학문이 인간을 바꾸는 것도 한 그루의 나무가 거목이 되기 위해서는 옮겨 심어야 하고 때로는 가지를 쳐주어야 하듯이 한 국가가 발전하는 역사의 흐름에 있어서는 한 시대를 마무리 짓고 또다

시 시작되는 새 시대의 '장'을 열기 위한 새 전기가 반드시 필요하다.

새 역사의 전기를 마련하는데 있어서 무엇보다 요구되는 것은 '새 바람'이다. 새 바람은 '새사람'을 요구한다. 새 사람은 '스승', 즉 '학문'에 의해서 바뀐 인간을 말한다.

일찍이 순자(荀子)도 말했다.

"학자가 학문을 좋아하면 하늘은 이를 잊지 않는다. (弟子好學 天不忘也)" 그러므로 스승은 스승 스스로의 권위에 의해서 그림자가 밟혀지지 말아야 한다.

이것은 오직 진가(眞價)받는 학문의 뒷받침이 있어야만 하는 것이다. (1993. 1. 13)

책은 인생(人生)의 좋은 스승

문화부가 금년을 '책의 해'로 결정했다. 책을 많이 읽는 '문화사회'를 만들자는 것이다. 우리는 그 동안 가을이면 으레 '독서주간'을 정하고 책을 읽자는 캠페인을 벌여 왔다. 그러나 아이러니컬하게도 서점의 매출은 연중 가을이 최하위였다. 결국 책을 읽지 않는다는 얘기가 된다.

우리 사회가 얼마나 책을 안 읽는지를 개탄하는 통계도 나왔는데 우리 국민 1인당 장서량이 2권이 채 안 되는데 비해 일본은 10권이나 된다고 한다.

그러므로 금년을 '책의 해'로 정한 성격을 따져보면 '독서주간'과 같은 단발성 행사가 아닌 지속적이고 성장 가능한 독서운동을 정착하기로 하고 이를 위해 국민독서진흥법 제정 추진, 책 선물에 큰 부담이 되는 도서류 우편 탁송제도 개선 등 법적, 제도적 측면에서도 힘쓴 것이 보인다.

　필자는 일본에서 오랫동안 연구생활을 해왔기 때문에 일본이나 한국에서 지하철을 타고 출퇴근한 경험이 많다. 그러나 양국의 지하철 풍경은 너무도 달랐다. 일본인에 비해서 한국 사람들이 책을 너무 안 읽는다는 것이다.

　일본인들은 잠시라도 틈만 나면 책을 읽는 '지적 호기심' 이 대단하다. 즉 책을 통해서 지식이나 정보를 받아들이거나 연구하는 습관이 몸에 젖어있다.

　그런데 우리는 적당한 모방이나 즉흥적 발상에 의존하는 편으로, 일본인이 아주 사소한 일도 책을 통해서 해결하려고 하는 태도와는 상반된다.

　이것을 단적으로 표현할 것 같으면, 우리가 책 구입에 있어서 일본의 3분의 1정도의 비용만을 들인다는 것이다. 그렇다고 일본인이 3권 사보는데 우리가 1권 사본다는 게 아니다. 한국인의 GNP는 잘 해야 일본의 20%밖에 안 된다. 그러니까 실제로는 일본인은 10권씩 사보는데 우리는 한 권 정도도 사지 않고 있다는 셈이 된다.

　이번 '책의 해'를 정한 것도 알고 보면 한권이라도 좋으니 책을 읽을 기회를 갖자는 것이다. 전철 안에서 책을 읽는 모습을 옆에서 보면 흐뭇한 생각이 든다. 물론 그것도 책 나름이다. 저속한 오락 잡지나 음란한 소설류가 아닌 책의 경우다. 하기야 못된 책을 읽는 것보다는 차라리 읽지 않는 편이 훨씬 낫다고도 한다.

　가령, 가정에서 책을 읽는 아버지, 어머니의 모습은 자녀들에게 "책을 읽어라"하고 되풀이하는 말보다 책을 읽게 하는 동기를 훨씬 많이 부여한다.

필자는 책을 통해 인생을 살아왔다고 해도 과언이 아니다. 지금 우리들은 '자기 지식'에서 '타인 지식'으로 옮겨가는 전환기에 놓여 있다. 경제가 극도로 발전하고 기술 혁신이 진보함에 따라 사회구조가 점점 복잡하게 되고, 한 사람의 두뇌에는 들어갈 수 없을 정도로 알고 있어야만 할 지식의 복잡함은 더해가고 있다.

우리는 백 권의 책을 한 시간에 읽을 수 없다. 그러나 백 권의 책을 읽은 사람과 한 시간 동안 만나서 이야기할 것 같으면 그 지식을 흡수할 수 있다. 그렇기 때문에 그런 사람을 만난다는 것은 '자기 지식'의 정리에 좋은 기회가 된다.

비단 상대가 사람만이 아니라 서적이나 잡지를 읽거나 여러 곳의 통계 같은 것을 보는 것도 모든 다른 사람의 지식, 시간, 노력을 자기 것으로 빌리는 것이 된다.

그러므로 우리가 좋은 책을 손에 들고 있다면 우리는 훌륭한 스승과 면접한 것이 되고, 우리가 그 책을 펴서 그 속에 담겨진 귀한 글을 읽고 있다면 우리는 덕망 높은 스승에게 직접으로 가르침을 받고 있는 것이 된다.

이 좋은 가르침을 친구에게 어떻게 하면 전달할 수 있을까. 공자도 "자기보다 뛰어난 것이 있는 사람을 친구로 사귀라"고 했다.

필자는 혼자 외국의 서점에 들렀을 때 마치 친구와 같이 들른 기분으로 그 친구에게 이 책이 필요할 것인데, 또 그 친구가 이 책을 읽어 주었으면 하는 책이 발견되면 가난한 호주머니를 모조리 털어 그 책을 사서 그 친구에게 보내주었다. 그러면 그 친구에게 좋은 스승을 소개해 주는 것 같아서 정말 흐뭇하다.

언젠가 그 친구는 "나를 공부시키는 방법도 여러 가지인데"하면서 필자가 사준 책을 열심히 읽는다고 기쁜 미소를 띠웠다. 그 후 그 친구도 내가 읽었으면 하는 책을 보내왔다.

필자는 밤을 새우면서 읽었다. 책을 통해 그 친구와의 우의가 더욱 돈독해졌다.(1993. 1. 21)

철학(哲學)은 '삶의 지혜(智慧)'

우리는 '철학' 하면 대학의 일반 교양과목 또는 문과대학 철학과 전공의 과정으로 생각하고, 따라서 '철학'은 철학과 교수나 그것을 배우는 학생 때문에 있는 것 같이 생각한다.

그것을 더 심하게 말하면 철학은 철학관계의 책자를 출판하는 출판업자나 편집자를 위해서 있는 것처럼 말한다.

그러므로 그 이외의 사람들에게 '철학'은 마치 무용지물로써 있으나 없으나 관계없는 학문으로 본다. 즉 철학은 대학의 철학교실·철학연구실·철학연구회 등에서 이야기되고 논의되나 일반사회의 사람들에게 있어서는 인연이 없고 가까이 하기에는 어려운 학문으로서 경원되어 있으며 혹은 전혀 무시되고 있는 것으로 보인다.

철학은 철학의 전문가 내지 전공생의 전유물(專有物)에 지나지 않는가. 철학을 일반사회인에게 친밀하게 가까이 하는 것으로 해방할 수 없을까.

돌이켜 보건대 그리스로부터 시작된 서양철학은 분명히 외래의 사상으로 그것이 우리나라에 이식된 것은 겨우 1백 년 전쯤 된다. 외래사상이 우리나라의 정신풍토에 토착하기 위해서는 1백 년 가량으로는 아직 시간이 모자라는 듯하다.

불교나 유교(이것을 동양철학이라 불러도 좋다면)는 역시 우리나라에 있어서는 외래의 동양철학이긴 하나 그것은 이미 우리나라의 정신풍토를 이룬 전통사상으로 간주된다.

그러므로 한국불교·한국유교는 일부 전문학자의 독점물로 취급되는 것이 아니라 일반 사회의 지식인 사이에 공유된 것이며 더 나아가서는 단순히 지식으로서 지식인에게 애호되는 것이 아니라 그것이 실천지(實踐智)로서 광범한 일반서민 사이에까지 침투되었다. 이렇게 되기 위해서는 역시 상당한 시간을 가져야 했다.

불교나 유교가 단순한 지식이 아니고 실천지(實踐智)가 되기 위해서, 즉 '동양철학'이 '삶의 지혜'가 되기 위해서 갖은 우여곡절을 겪으면서 단련되어 왔다고 본다.

그러므로 많은 시간이 흘러서 '서양철학'도 일반사회인 사이에 상식으로까지 해방이 되면 굳이 '동양철학'이라고 내세우지 않으면서도 지금 우리 생활에 있어서 '실천지', 즉 '삶의 지혜'가 될 것으로 본다.

원래 '철학'에는 다음과 같은 것이 있다.

첫째, 좁은 의미의 철학, 즉 주로 '형이상학'과 '인식론'이 있고 둘째, 넓은 의미의 철학, 즉 '형이상학', '인식론' 이외에도 '윤리학', '미학·예술학', '종교철학'이 포함된다. 경우에 따라서는 '사회과학'도 포함된다.

셋째, 보다 넓은 의미의 철학, 즉 '세계관', '인생관'을 가리켜서 말한다. 여기서는 세 째의 예로 '사람들의 철학'인 인생관·세계관을 좀 더 구체적으로 언급하고자 한다. 여기에는 인생론·행복론·연애론·결혼론·평화론·가정론·교육론 등 그밖에도 많다. 또 삼라만

상, 우주, 인생 등도 철학의 좋은 자료가 된다. 우정론 · 국가론 · 연극론 · 문화론 등도 철학적으로 취급할 수 있다.

플라톤의 《대화론》이 그 좋은 본보기 책이 된다. 즉 한 사람 한 사람이 '자기 자신과의 대화'를 전개하고 자기의 개성에 맞도록 자기의 세계를 구축하고, 거기에 따라서 '나의 철학'을 실천해 가면 된다는 내용이다.

인간은 다른 동물과 달리 자기의 존재에 대한 이해를 필요로 한다. 그런데 인간의 이러한 자기 이해는 국가관과 윤리이념을 포함한 그의 전체적인 세계관의 기초가 된다. 그러므로 쉘러(scheler. M)는 여기에 착안해서 인간학(人間學)의 문제를 철학의 가장 중요한 현대적인 과제라고 했다.

그러므로 현대철학의 큰 과제로서 인간의 '삶의 지혜'란 인간 이해의 근본이 되는 '인간'이 무엇이냐에 대한 일상적인 인간이해를 개념화하고, 과학화하고, 체계화하는 것이다. 그리고 인류역사상에 나타난 모든 위대한 정신운동들은 언제나 하나의 새로운 인간 이해에 의해서 뒷받침되어왔다.

플라톤이 제시한 '나의 철학'을 취미로서 '생각하는 기쁨'을 실천지로 옮기면 그것이 참된 '삶의 지혜'인 '철학'을 자기 것으로 만드는 것이다.(1993. 1. 28)

사람됨의 '그릇' 크기

'사람'이란 무엇인가, 사람을 사람으로서 평등하게 정하고, 사람을 사람으로서 독자의 것으로 단정하는 것은 무엇 때문일까. 그리고 사람 이외의 것으로부터 사람을 구별하는 특질은 어디서 구해야 하는 가. 사람의 이름에 알맞게 살고, 생각하고, 행동하고, 만들어내는 조건과 제약은 어디서 구하면 좋을까. 현재에 이르기까지 사람은 그제 사람이라고 계속 생각해 왔다. 그러므로 앞으로도 사람은 사람이라고 계속 생각할 것은 틀림없다.

여기서 다시 한 번 '사람은 왜 사는가?' 라는 근본적인 문제를 제기하지 않을 수 없다.

이 질문은 과거에도, 지금도 그리고 앞으로도 되풀이될 질문이며 우리의 '삶' 이란 질문에 대한 대답이라고 할 수 있다.

우리의 '삶' 을 더 높은 목적을 위한 수단에 지나지 않는다고 하고 배만 부르면 만사가 어떻게 되든 알바 아니라는 식의 태도는 사람을 스스로 동물의 상태로 끌어내리는 태도이다. 사실 배부른 안정보다는 위험한 '자유' 가 더 가치 있으며 자유가 희생된 안정은 사람의 길이 아니다.

그러므로 리처드 바크(Richard Bach)가 쓴 《갈매기의 꿈》에서 나온 '조나단' 은 우리에게 좋은 '삶' 의 목적을 보여주었다. 조나단은 결국 '분별없는 무책임' 이라는 죄목으로 추방당했으나 "삶을 위한 의미와 더 높은 목적을 추구하는 갈매기보다 더 책임있는 자가 누구겠는가? 수 천 년 동안 우리는 물고기 대가리를 찾아 다녔지만 그러나 지금 우리는 살 이유를 찾고 있다. 배우고, 발견하고, 자유롭게 될 이유를 가지고 있다"고 외쳤다.

그는 혼자 맹렬히 비행 연습을 한다. 비행 능력과 기술이 나날이 진척된다는 것이 그에게는 유일한 기쁨이다. 위험을 무릅쓰고 날았더니 '그 속도는 힘이었고, 그 속도는 기쁨이었고, 그 속도는 순수한 아름다움이었다'

'가장 높이 나는 갈매기가 가장 멀리 본다' 는 것이다.

우리들 한 사람 한 사람은 '사람' 이다. 사람이란 것에 대한 '마음 가짐' 이나 깨달아 알아냄도 한 사람 한 사람의 몫이다. 여기에 기초를 두고 예부터 '사람' 에 대해서 갖가지의 논의가 있었고, 또 각종의 '사람됨' 이 제시되었다.

물론 누구 할 것 없이 어느 시대, 어떤 사회라는 '그릇(容器)' 속에서 자기를 놓고 생각하게 되었다. 옛날 사람들은 천지만물 사이에 자기를 놓고 보았다. 즉 자연의 품속에서 자기의 가장 편안한 모습을 생각한 것이다. 그러나 이제는 '자연과 인생' 을 놓고 생각했던 일이 옛것이 되어버렸다.

자연의 에너지가 파괴된 지금, 과학과 기술이라는 고도의 장비를 몸에 익힌 현대의 인간이 언제까지나 지상에서 생존을 계속할 수 있을까. 자기의 생존을 한 순간에 말살할 수 있는 수단을 손에 넣은 현대의 인간, 그 인간의 생존은 무엇에 의해서 확보되고, 무엇에 의해서 확실해질까. 앞날이 불확실한 시대임은 틀림없다.

도대체 '사람' 이란 무엇에 기초를 두고 있는가 생각하면 할수록 앞에서 지적한 일개의 갈매기 조나단이 지적한 높은 '삶' 의 목적은 오히려 사람의 마음을 왜소하게 좁히고 있다. 그러므로 요즘처럼 사람됨의 '그릇' 이 커야만 하겠다는 시대도 없었다.

사람됨의 '그릇' 이란 타고난 천품에도 있겠지만 그보다는 후천적으로 그가 겪은 체험이나 철학 등이 합쳐진 '경륜' 에 의해서 좌우될 수 있다.

일찍이 공자도 "사람이 길을 넓히는 것이지 길이 사람을 넓히는 것은 아니다(人道弘道 非道弘人)"라고 했다. 이것은 길 자체가 조화를 부려서 사람을 크게 하며, 위인이 되게 한다고 생각해서는 안 되며,

사람과 길과의 관계는 언제나 사람이 주역이 되고, 길은 조역(助役)이 된다는 것을 의미한다.

미국의 케네디 대통령이 당선되자 맨 먼저 찾아 나선 것이 '새 인물' 찾기였다. 원래 훌륭한 결과는 훌륭한 '사람'으로부터 시작된다고 생각한다.

그만큼 사람됨의 '그릇' 크기는 모든 것의 출발이라 할 수 있는 것이다.(1993. 3. 23)

인생(人生)의 회귀(回歸)와 원점(原點)을 찾아

인생은 회귀한다고 한다. 그 회귀의 주기를 대개 60년을 잡아왔다. 그러나 요즘은 인생 칠십 고래희라고 열 살을 더 잡는다. 그 만큼 인생의 수명이 더 늘었다는 것을 의미한다. 얼마 전만 해도 회갑잔치를 열어 축하를 받는 것이 영광이었다.

그러나 요즘 와서 회갑잔치를 연다는 청첩장을 받고 보면 어쩐지 얼떨떨하다. 왜냐하면 필자가 바로 회갑이기 때문이다. 그러므로 그 회갑을 연다는 친구가 얄밉기도 한다. "너도 같이 늙어가자"는 것만 같아서이다. 물론 같이 늙어가는 처지에서 서로 동행하면서 살자는 것은 고맙기도 하지만, 어쩐지 낙엽귀근과 같은 쓸쓸함을 안겨주기 때문이다. 그러나 회갑을 계기로 하여 지금까지 살아온 과거를 돌이켜 보는 것도 무의미하지 않은 것 같다.

필자는 항상 원점을 주장해 왔다. 더구나 인생에 있어서 원점을 중히 여기는 것은 다름이 아니다. 어느 결혼식의 주례사에서 필자는 신혼부부에게 간곡히 당부한 일이 있다. "오늘 두 분은 새로 탄생하는 것이다. 그 탄생의 원점이 바로 오늘이다."라고 강조하면서 두 분이 괴롭거나 어려운 일을 당면했을 때는 꼭 오늘을 생각하라고 하였다. 그 오늘이 바로 두 분을 새로 출발시킨 원점이라고 하면서 그 원점을 중요시 하라고 하였다.

필자도 육십이라는 숫자를 한 바퀴 돌아 회귀하고 보니 내 인생의 원점이 무엇이었던가 하는 생각이 든다. 지금까지 그렇게 심각하게 생각하지 않았던 일들을 요즘 와서는 골똘하게 생각하는 버릇도 생겼다. 그만큼 나이의 무게를 느끼는 것 같다.

필자가 외국에 가서 어느 여류 사회학자에게 "어떻게 하면 나이를 먹지 않습니까?" 물었더니 그 대답이 "나이를 생각하지 않으면 된다."고 간단히 답변했다. 정말 그렇다. 나이는 생각할수록 더 나이의 무게를 가중시키는 것이 틀림없다. 그렇다면 항상 희망을 갖고 일에 골똘해야만 자기 나이를 잊고 살 것 같다.

미국 어느 대학에서 있었던 일이 생각난다. 75세가 된 노교수께서 조교더러 연구계획이 어떻게 되었느냐고 물었더니 적어도 그 계획은 10년이 걸릴 것만 같다고 했다. 그러자 노교수는 오늘부터 시작하면 되지 않겠느냐고 하면서 시작하도록 명령하였다. 이 광경이야말로 노교수께서 자기 나이를 잊고서 일에 열중하고 있는 모습이 아닌가.

필자는 남들이 빨리 해내는 "박사학위논문"을 10년 만에 통과시켰다. 어떻게 생각하면 자신의 무능을 탓하고 싶다. 10년 동안 여러 차례의 좌절에 부딪히기도 했다. 그것도 인생을 한 바퀴 돌아 회귀한 60에서 결말을 지었으니 얼마나 무능한가.

그러나 필자에게 원점을 중시하는 그 생각이 없었더라면 도중하차 했을 것은 사실이다. 그 논문이 통과했을 때 누군가 소감을 말하라고 해서 그 소감을 말한 적이 있다.

오늘까지 필자가 살아온 데는 세 가지의 원점이 있다. 첫째가 국민학교(일제 때) 6학년 때의 일이다. 필자는 급장(반장)이었다. 담임 선생은 일본사람이었다. 그는 나에게 한 장의 사진을 보이면서 어느 것이 더 높으냐고 물었다. 나는 서슴없이 뉴욕의 엠파이어 스테이트 빌딩이 더 높다고 하였다. 그는 화난 얼굴로 "동경역이 더 높지 않느냐고 했다." "선생님 동경역은 길이가 더 길지요?" 했더니 그제서야 세로로 세워놓은 동경역을 바라보면서 언짢은 얼굴로 다시 한 번 나를 쳐다본 그 선생의 눈동자가 도무지 잊혀지지 않는 원점이 되었다.

그 후 필자는 동경역을 직접 찾아갔고 또 나이 사십이 넘어 뉴욕을 찾아갔을 때 제일 먼저 올라간 곳이 엠파이어 스테이트 빌딩이었다. 나도 모르게 그 선생의 얼굴이 떠오르면서 눈물이 흘러내렸다.

두 번째 원점은 사범학교 시절인데 기차로 통학하였다. 사범학교를 졸업하면 국민학교 교사가 된다. 통학 때마다 기차간에서 만나는 젊은 신사가 있었다. 그 신사는 무거운 가방을 들고 조용히 무엇인가의 생각에 항상 골몰해 보였다. 그 신사는 무거운 가방을 들고 조용히 무엇인가의 생각에 항상 골몰해 보였다. 그 신사는 대학의 전임강사였다. 나도 저 신사처럼 대학교수가 되어야겠다는 생각을 항상 갖게 되었다.

그 후 필자는 교수가 되어 그 교수님을 찾아뵈었다. 그 교수님에게 당신이 항상 나의 머리에서 떠나지 않는 교수상(敎授像)이라고 하였더니 오히려 겸손하게 "당신이 나보다 더 유명한(?) 교수가 되었지요."하고 반문하였는데 정말 부끄러움을 금할 수가 없었다.

세 번째 원점은 일본 쓰쿠바 대학에서 교육학박사 학위를 받아야 겠다고 생각했을 때인데 바로 동경고등사범학교에서 공부한 어느 선생의 이야기에서 시작되었다. 그 선생의 말인 즉 "교육학"하면 동경고사라고 하였다. 그 말이 머릿속에 깊이 박혀 또 하나의 원점이 되었던 것이다.

그러므로 10년이란 세월을 인내한 것도 그 때 어리석게 머리에 박히고만 원점 때문에 "지각생 중에도 지각생"이라는 닉네임이 붙은 사람이 되고 말았다. 어쩐지 인생을 한 바퀴 돌아 회귀하고 보니 어리석기만 했던 일들이 머릿속을 주마등과 같이 달리고 있다. 나이든 탓이라고 생각하면서 넋두리를 늘어놓는 필자를 용서하기를.(1991. 3. 4)

한자 숙어(漢字 熟語)

경국(傾國)[傾기울 경/ 國나라 국]
'나라를 위태롭게 한다 [경국지색 傾國之色)]

경원(敬遠)[敬공경할 경/遠멀 원]
– 공경하되 멀리 함
– 공경하는 체 하고 실제로는 상대를 하지 않음.

鷄肋(계륵) [鷄닭 계/肋갈비뼈 륵(늑)]
– '닭갈비' 라는 뜻으로 먹자니 먹을 것이 없고, 버리자니 아까움 기우(杞憂)[杞구
기자나무 기/憂근심할 우]
– 앞일에 대한 쓸데없는 걱정

괘관(掛冠)[掛걸 괘/冠갓 관]
– 관직에 있는 자가 제복에 딸린 관(冠)을 벗어 걸어 놓음. 관직을 사임함.

낙백(洛魄)[洛떨어질 락/魄혼백 백]
– 혼이 떨어지다, 뜻을 얻지 못하고 실의에 빠져 있음.

남상(濫觴)[濫넘칠 람/觴술잔 상]

- 무슨 일의 시초나 근원이 되는 것

남취(濫吹)[濫吹]

- 함부로 불다. 엉터리로 불다.
- 무능한 사람이 재능이 있는 체하거나 실력이 없는 사람이 높은 자리를 차지하고 있음 .

노익장(老益壯)[老늙을 노/益넘칠 익/壯장할 장]

- 늙은이지만 젊은이 못지 않은 힘을 과시함.

녹림(綠林)[綠푸르를 록/林수풀 림]

- 푸른 숲이란 뜻으로, 도둑 떼의 소굴을 일컫는 말.

농단(壟斷)(壟언덕 롱/斷끊을 단)

- 깎아 세운 듯이 높이 솟아 있는 언덕이란 뜻.
  곧 ① 재물을 독차지함. ② 이익을 독점함.

단장(斷腸)[斷끊어질 단/腸창자 장]

- 창자가 끊어지는 듯하게 견딜 수 없는 심한 슬픔이나 괴로움./ 애 끊는 슬픔

도탄(塗炭)[塗진흙 도/炭숯 탄]

- 진흙이나 숯불에 떨어진 것과 같은 고통
- 가혹한 정치로 말미암아 백성들이 심한 고통을 겪는 것.

독안룡(獨眼龍)[獨홀로 독/眼눈 안/龍용 룡]

- 애꾸눈의 용이란 뜻. 애꾸눈의 영웅 또는 용맹한 장수. 애꾸눈의 고덕(高德)한 사람.

동취(銅臭)[銅구리 동/臭냄새 취]

- 구리 냄새, 동전 냄새라는 말로, 재산을 써서 관직을 얻는 사람이나 재물을 탐하는 사람.

등용문(登龍門)[登오를 등/龍용 룡/門문 문]

- 용문에 오르다. 立身出世의 관문. 또는 출세의 계기를 잡다.

만가(輓歌)[輓수레 끌 만/歌노래 가]

– 상여를 메고 갈 때 부르는 노래. 혹은 죽은 사람을 애도하는 노래

모순(矛盾)[矛창 모/盾방패 순]

– 말이나 행동의 앞뒤가 서로 일치되지 아니함.

목탁(木鐸)[木나무 목/鐸큰 방울 탁]

– 불교에서 독경(讀經)이나 염불을 욀 때 사용하는 불구(佛具).
– 세상 사람들을 각성시키고, 가르쳐 인도하는 사람

묵수(墨守)[墨먹 묵/守지킬 수]

– 자기의 의견을 굳게 지킴. 곧 굳건히 성을 지킨다.
– 지금은 융통성 없이 의견이나 주장을 굳게 지킴

물의(物議)[物만물 물/議의논할 의]

– 세상 사람들의 평판 또는 비난.
– '물의를 일으키다' 가 아니라 '말썽을 일으키다' 는 뜻.

미망인(未亡人)[未아닐 미/亡죽을 망/人사람 인]

– 남편이 죽고 홀로 사는 여인.

미봉(彌縫)[彌꿰맬 미/縫꿰맬 봉]

– 꿰매어 깁는 계책. 임시로 꾸며대어 일시적인 눈가림만 하다

반골(反骨)[反거꾸로 반/骨뼈 골]

– 뼈가 거꾸로 되어 있음.
– 모반(謀反).권세나 권위에 타협하지 않고 저항하는 기골을 이르는 말.

발호(跋扈)[跋뛰어넘을 발/사나울 발/扈떨칠 호, 통발 호]

– 통발을 뛰어넘는 큰 물고기처럼 세차고 사납게 날뜀
– 세력이 강성하여 다스리기가 매우 어려움

백미(白眉)[白흰 백/眉눈썹 미]

– 여러 사람 중에 가장 뛰어남.

법삼장(法三章)[法법 법/三석 삼/章글귀 장]

– 세 장의 법 조목, 진의 가혹한 법을 대신한 가장 간단명료한 법을 뜻함

부마(駙馬)[駙곁말 부/馬말 마]

– 임금의 사위/공주의 부군(夫君)

불초(不肖)[不아니 불/肖닮을 초]

– 자기의 아버지를 닮지 않음. 매우 어리석고 못남.
– 자식이 부모에게 자신을 낮추어 부르는 말

불혹(不惑)[不아니 불/惑혹할 혹]

– 불혹의 나이. 곧 마흔 살.

사이비(似而非)[似비슷할 사/而말이을 이/非아닐 비]

– 겉으로 보기에는 비슷한 것 같으나 실지로는 아주 다른 가짜.

사족(蛇足)[蛇뱀 사/足발 족]

– 필요 없는 것을 붙이는 것. 또는 필요 없는 것.
– 쓸데없는 군더더기

사지(四知)[四넉 사/知알 지]

– 하늘과 신과 나와 그대가 안다,
– 세상에는 영원한 비밀이 없다. 언젠가 들통 나게 마련이다

상사병(相思病)[相서로 상/思생각 사/病병 병]

– 서로 생각하는 병, 남녀 사이에 사랑하면서 뜻을 이루지 못해 생긴 병

선입견(先入見)[先먼저 선/入들 입/見볼 견]

– 먼저 마음속에 자리 잡은 생각(의견)

식언(食言)[食먹을 식/言말씀 언]

– 약속한 말을 지키지 않음. 한번 입 밖에 낸 말을 입 속에 도로 넣는다.

안도(安堵)[安편안할 안/堵살 도]

– 편안히 삶, 해지 받지 않아 마음을 편안히 가짐을 뜻함

약관(弱冠)[弱약할 약/ 冠벼슬 관]

－남자가 스무 살이 된 때, 20대

역린(逆鱗)[逆거스를 역/鱗비늘 린]

－ 임금님의 노여움

옥상옥(屋上屋)[屋집 옥/上위 상/屋집 옥]

－ 독창성 없이 전 시대인의 것을 모방만 함을 경계. 불필요하게 일을 거듭함

완벽(完璧)[完온전할 완/璧구슬 벽]

－ 흠이 없는 구슬. 결점이 없이 훌륭함

월단평(月旦評)[月달 월/旦아침 단/評평할 평]

－ 인물의 비평. 월조평(月朝評).

조장(助長)[助도울 조/長길 장]

－ 일을 도와서 두드러지게 만듦. 또는 일을 도와서 나쁜 방향으로 이끎

좌단(左袒)[左왼 좌/袒옷 벗어 맬 담]

－ 웃옷의 왼쪽 어깨를 벗는다. 남에게 편들어 동의함

천리안(千里眼)[千일천 천/里거리 리/眼눈 안]

－ 먼 곳의 것을 볼 수 있는 안력(眼力). 사물을 꿰뚫어 보는 힘.

철면피(鐵面皮)[鐵쇠 철/面얼굴 면/皮가죽 피]

－ 얼굴에 철판을 깐 듯 수치를 수치로 여기지 않는 사람.

－ 뻔뻔스러워 부끄러워할 줄 모름. 또 그런 사람.

청담(淸談)[淸맑을 청/談말씀 담]

－ 명리(名利) 명문(名聞)을 떠난 청아(淸雅)한 이야기.

－ 고상한 이야기. 위진 시대에 유행한 노장자를 숭배하고 속세를 떠난 청정무위
  의 공리공론

태공망(太公望)[太클 태/公벼리(슬) 공/望바랄 망]

－ 주나라 문왕의 스승, 강가에서 낚시질하고 지내다가 등용됨

퇴고(推敲)[推밀 퇴/敲두드릴 고]

– 글을 지을 때 자구(字句)를 여러 번 생각하여 고치다.

태두(泰斗)[泰클 태/斗말 두]

– 태산과 북두칠성

– 우러러 존경을 받을 만한 인물, 권위자, 학문 예술분야의 대가

파경(破鏡)[破깨뜨릴 파/鏡거울 경]

– 부부가 인연을 끊음.

파천황(破天荒)[破깨뜨릴 파/天하늘 천/荒거칠 황]

– 아무도 못했던 일을 처음으로 성취함,

– 이제까지 아무도 하지 못했던 일을 성취함을 비유하거나 썩 드문 성씨의 가문 또는 양반 없는 시골에서 인재가 나와 원래의 미천한 상태를 벗어남을 이르는 말

천황

천지가 열리기 이전의 혼돈한 상태

한발(旱魃)[旱가물 한/ 魃가물귀신 발]

– 가뭄을 몰고 오는 신화 속의 여신.

해어화(解語花)[解풀 해/語말씀 어/花꽃 화]

– 말을 이해하는 꽃––미인을 뜻하는 말

홍일점(紅一點)[紅붉을 홍/한一 일/點점 점]

– 여럿 가운데서 오직 하나 이채를 띠는 것.

– 많은 남자들 틈에 오직 하나뿐인 여자.

– 여러 하찮은 것 가운데 단 하나 우수한 것

효시(嚆矢)[嚆울 효/矢화살 시]

– 전쟁터에서 우는 화살을 쏘아 개전(開戰)의 신호로 삼다.

– 모든 일의 시초.

나이와 관계되는 숙어

지학(志學) : 15세를 일컬음.

약관(弱冠) : 남자 나이 20세를 일컬음.

이립(而立) : 30세를 일컬음.

불혹(不惑) : 40세를 일컬음.

지명(知命) : 50세를 일컬음.

이순(耳順) : 60세를 일컬음.

화갑(華甲) : 「화(華)」자는 십(十)이 여섯 개에다 일(一)이 하나 있으므로 61세를
　　　　　　나타내며, 회갑(回甲), 환갑(還甲). 61세를 일컬음.

진갑(進甲) : 62세를 일컬음.

고희(古稀) : 70세를 일컬음.

종심(從心) : 70세를 일컬음.

희수(喜壽) : 「희(喜)」자를 「칠」로도 썼기 때문에 喜壽는 '七 + 七' 세 즉, 77세를 일
　　　　　　컬음.

산수(傘壽) : 「산(傘)」자를 「仐」로도 썼기 때문에 傘壽는 '八十' 세 즉, 80세를 일컬음.

미수(米壽) : 「미(米)」자를 분해하면 '八十八' 이 되기 때문에 米壽는 88세를 일컬음.

졸수(卒壽) : 「졸(卒)」의 약자를 「卆」이라고 썼기 때문에 卒壽는 '九十' 세, 즉 90세.

백수(白壽) : 「백(百)」에서 일(一)을 빼면 「백(白)」즉 百에서 하나를 빼면 99세가 된다.

結婚記念日을 나타내는 漢字語

紙婚式(지혼식) : 1주년

藁婚式(고혼식) : 2주년

糖菓婚式(당과혼식) : 3주년

革婚式(혁혼식) : 4주년

木婚式(목혼식) : 5주년

花婚式(화혼식) : 6주년

電氣器具婚式(전기기구혼식) : 8주년

312

陶器婚式(도기혼식) : 9주년

錫婚式(석혼식) : 10주년

鋼鐵婚式(강철혼식) : 11주년

麻(絹)婚式(마혼식) : 12주년

象牙婚式(상아혼식) : 14주년

銅婚式(동혼식) : 15주년

磁器婚式(자기혼식) : 20주년

銀婚式(은혼식) : 25주년

眞珠婚式(진주혼식) : 30주

珊瑚婚式(산호혼식) : 35주년

碧玉婚式(벽옥혼식) : 40주년

紅玉婚式(홍옥혼식) : 45주년

金婚式(금혼식) : 50주년

回婚式(회혼식) : 60주년

동자이음(同字異音)

車
(거) 수레 ▷ 車馬費(거마비)
(차) 수레, 성 ▷ 車庫(차고)

乾
(건) 하늘, 마르다 ▷ 乾坤(건곤)
(간) 마르다 ▷ 乾木水生(간목수생)

見
(견) 보다 ▷ 見聞(견문)
(현) 나타나다, 뵈다 ▷ 謁見(알현)

更
(경) 고치다, 시각 ▷ 更張(경장)
(갱) 다시 ▷ 更新(갱신)

龜
(구) 거북, 땅이름 ▷ 龜尾(구미)
(귀) 거북, 본받다 ▷ 龜鑑(귀감)
(균) 터지다 ▷ 龜裂(균열)

金
(금) 쇠, 금 ▷ 金庫(금고)
(김) 성, 땅이름 ▷ 金浦(김포)

茶
(다) 차 ▷ 茶菓(다과)
(차) 차 ▷ 茶禮(차례)

丹

(단) 붉다 ▷ 一片丹心(일편단심)

(란) 꽃이름 ▷ 牡丹(모란)

宅

(댁) 집 ▷ 宅內(댁내)

(택) 집 ▷ 住宅(주택)

度

(도) 법도 ▷ 程度(정도)

(탁) 헤아리다 ▷ 忖度(촌탁)

讀

(독) 읽다 ▷ 讀書(독서)

(두) 구절 ▷ 吏讀(이두)

洞

(동) 동네, 구멍 ▷ 洞里(동리)

(통) 꿰뚫다, 밝다 ▷ 洞察(통찰)

復

(복) 회복하다 ▷ 復歸(복귀)

(부) 다시 ▷ 復活(부활)

北

(북) 북녘 ▷ 南北(남북)

(배) 패하다 ▷ 敗北(패배)

殺

(살) 죽이다 ▷ 殺害(살해)

(쇄)빠르다, 감하다 ▷ 殺到(쇄도)

塞
(새) 변방 ▷ 塞翁之馬(새옹지마)
(색) 막다 ▷ 語塞(어색)

索
(색) 찾다 ▷ 索引(색인)
(삭) 삭막하다 ▷ 索莫(삭막)

說
(설) 말씀 ▷ 學說(학설)
(열) 기쁘다 ▷ 說喜(열희)
(세) 달래다 ▷ 遊說(유세)

省
(성) 살피다 ▷ 省墓(성묘)
(생) 덜다 ▷ 省略(생략)

率
(솔) 거느리다, 앞장서다 ▷ 引率(인솔)
(율,률) 비율 ▷ 效率(효율)

衰
(쇠) 쇠하다 ▷ 衰退(쇠퇴)
(최) 상복 ▷ 衰服(최복)

帥
(수) 장수 ▷ 元帥(원수)
(솔) 거느리다 ▷ 帥先(솔선)

數
(수) 수, 셈하다 ▷ 數學(수학)
(삭) 자주 ▷ 頻數(빈삭)
(촉) 빽빽하다 ▷ 數고(촉고)

宿
(숙) 자다 ▷ 露宿(노숙)
(수) 별 ▷ 星宿(성수)

拾
(습) 줍다 ▷ 습득(습득)
(십) 열 ▷ 貳拾(이십)

食
(식) 먹다 ▷ 飮食(음식)
(사) 밥 ▷ 簞食(단사)

識
(식) 알다 ▷ 認識(인식)
(지) 기록하다 ▷ 標識(표지)

惡
 (악) 악하다 ▷ 善惡(선악)
 (오) 미워하다 ▷ 憎惡(증오)

樂
(악) 음악 ▷ 音樂(음악)
(락) 즐겁다 ▷ 娛樂(오락)
(요) 좋아하다 ▷ 樂山(요산)

於
(어) 어조사 ▷ 於焉間(어언간)

(오) 감탄사 ▷ 於乎(오호)

葉
(엽) 잎사귀 ▷ 葉書(엽서)

(섭) 성 ▷ 葉氏(섭씨)

易
(이) 쉽다 ▷ 難易度(난이도)

(역) 바꾸다, 역경 ▷ 貿易(무역)

咽
(인) 목구멍 ▷ 咽喉(인후)

(열) 목메다 ▷ 嗚咽(오열)

刺
(자) 찌르다 ▷ 刺客(자객)

(척) 찌르다 ▷ 刺殺(척살)

(라) 수라 ▷ 水刺(수라)

炙
(자) 굽다 ▷ 膾炙(회자)

(적) 굽다 ▷ 炙鐵(적철)

狀
(장) 문서 ▷ 賞狀(상장)

(상) 모양 ▷ 狀況(상황)

著

(저) 짓다 ▷ 著述(저술)

(착) 붙다 ▷ 附著(부착)

切

(절) 끊다, 간절하다 ▷ 親切(친절)

(체) 모두 ▷ 一切(일체)

則

(즉) 곧 ▷ 然則(연즉)

(칙) 법칙 ▷ 規則(규칙)

辰

(진) 별, 용 ▷ 甲辰(갑진)

(신) 나다 ▷ 生辰(생신)

徵

(징) 부르다 ▷ 徵兵(징병)

(치) 음률 ▷ 徵音(치음)

參

(참) 참여하다 ▷ 參與(참여)

(삼) 석 ▷ 壹貳三(일이삼)

拓

(척) 열다 ▷ 開拓(개척)

(탁) 박다 ▷ 拓本(탁본)

推

(추) 밀다 ▷ 推戴(추대)

(퇴) 밀다 ▷ 推敲(퇴고)

沈

(침) 잠기다 ▷ 沈沒(침몰)

(심) 성 ▷ 沈氏(심씨)

便

(편) 편리하다 ▷ 便利(편리)

(변) 곧, 똥오줌 ▷ 小便(소변)

暴

(포) 사납다 ▷ 自暴自棄(자포자기)

(폭) 드러내다 ▷ 暴露(폭로)

皮

(피) 가죽 ▷ 皮革(피혁)

(비) 가죽 ▷ 鹿皮(녹비)

降

(강) 내리다 ▷ 昇降(승강)

(항) 항복하다 ▷ 降伏(항복)

行

(행) 다니다 ▷ 行人(행인)

(항) 항렬 ▷ 行列(항렬)

畵

(화) 그림 ▷ 畵家(화가)

(획) 긋다 ▷ 企畵(기획)

滑

(활) 미끄러지다 ▷ 滑走路(활주로)

(골) 익살스럽다 ▷ 滑稽(골계)

긴급동의

《소학》을 읽지 않은 사람은 박사라고 부르지 맙시다!

《사기》를 읽지 않은 사람은 교수라고 부르지 맙시다!

《효경》을 읽지 않은 사람은 효자라고 부르지 맙시다!

《당시사걸》을 읽지 않은 사람은 시인이라고 부르지 맙시다!

《열자》를 읽지 않은 사람은 도사라고 부르지 맙시다!

《당시사걸》을 읽지 않은 사람은 시인이라고 부르지 맙시다!

《장자》를 읽지 않은 사람은 사상가라고 부르지 맙시다!

《십팔사략》을 읽지 않은 사람은 역사가라고 부르지 맙시다!

《한비자》를 읽지 않은 사람은 법관이라고 부르지 맙시다!

《요재지이》를 읽지 않은 사람은 소설가라고 부르지 맙시다!

《맹자》를 읽지 않은 사람은 교육엄마라고 부르지 맙시다!

《육조괴담》을 읽지 않은 사람은 강심장이라고 부르지 맙시다!

《육조단경》을 읽지 않은 사람은 스님이라고 부르지 맙시다!

《백사전》을 읽지 않은 사람은 연인이라고 부르지 맙시다!

《후서유기》를 읽지 않은 아이는 중학생이라고 부르지 맙시다!

《봉신방》을 읽지 않은 사람은 초등학생이라고 부르지 맙시다!

《서유기》를 읽지 않은 사람은 배낭여행가라고 부르지 맙시다!

《오자병법》을 읽지 않은 사람은 장교라고 부르지 맙시다!

《세설신어》를 읽지 않은 사람은 한문선생이라고 부르지 맙시다!

《소림사》를 읽지 않은 사람은 검투사라고 부르지 맙시다!

《노자》를 읽지 않은 사람은 마음을 비운 사람이라고 부르지 맙시다!

《공자의 일생》을 읽지 않은 사람은 스승이라고 부르지 맙시다!

《송사》를 읽지 않은 사람은 명상가라고 부르지 맙시다!

《선》을 읽지 않은 사람은 의사라고 부르지 맙시다!

《손자병법》을 읽지 않은 사람은 기업가라고 부르지 맙시다!

《중용》을 읽지 않은 사람은 노조위원장이라고 부르지 맙시다!

《대취협》을 읽지 않은 사람은 개그맨이라고 부르지 맙시다!

《육도삼략》을 읽지 않은 사람은 아이디어맨이라고 부르지 맙시다!

《귀호선괴》를 읽지 않은 사람은 귀신 잡는 해병이라고 부르지 맙시다!

《채근담》을 읽지 않은 사람은 변호사라고 부르지 맙시다!
《동물원》을 읽지 않은 사람은 만화가라고 부르지 맙시다!
그리고……
《논어》〈안연편 7〉의 구절을 달달 외고 있지 않은 사람은 대통령으로 뽑아
주지 맙시다!

자공(子貢)이 정치에 대하여 물으니, 공자가 말했다.
"식량을 풍족히 하고, 군비를 튼튼히 하고, 백성에게 신망을 얻어야 하느니라."
"부득이 하여 세 가지 중에서 하나를 버린다면 어느 것을 버려야 합니까?"
"군비를 버릴 것이니라."
자공이 다시 물었다.
"부득이 하여 두 가지 중에서 또 하나를 버린다면 어느 것을 버려야 합니까?"
"식량을 버릴 것이니라."
"예? 식량이라니요? 식량을 버리면 백성이 굶어 죽지 않겠습니까?"
"예로부터 죽음은 피할 수 없는 것. 그러나 백성이 믿지 않으면 나라가 존립하
지 못하느니라."

- 《논어》〈안연편 7〉
서경대학교 주희영 교수 제공